Die Sprache der Zeit

DIE SPRACHE DER ZEIT

Sven Urban

Bibliografische Information der Deutschen Nationalbibliothek:
Die Deutsche Nationalbibliothek verzeichnet diese Publikation
in der Deutschen Nationalbibliografie; detaillierte
bibliografische Daten sind im Internet über http://dnb.dnb.de
abrufbar.

© *2018 Sven Urban*

Illustration: José „ Kid Mindfreak" Lucas
Herstellung und Verlag:
BoD – Books on Demand, Norderstedt

ISBN: 978-3-7528-4129-9

uxori carissimae

Unerwünschte Störungen

In der Bibliothek geschahen seltsame Dinge. Hugo von Grabenstein hasste seltsame Dinge! Es gab so viel zu tun und alle außergewöhnlichen Vorkommnisse bedeuteten nichts anderes als Verzögerungen, Aufschub und die Nichteinhaltung von Fristen. Hugo hasste es, wenn er seine Fristen nicht einhalten konnte. Bereits jetzt stapelten sich auf seinem kleinen Schreibtisch zwischen den knorpeligen Wurzeln des großen Baumes die nur halb beschriebenen Blätter und unfertigen Bücher mehrere Meter hoch. Nein! So konnte und so durfte es einfach nicht weitergehen.

Vor Wut schnaubend setzte Hugo sich wieder zurück an seinen Platz und warf zähneknirschend einen neidischen Blick hinüber zu dem Tisch seines unmittelbaren Nachbarn und heimlichen Erzrivalen Theodor von Krummholz. Er konnte es nicht fassen. Obwohl der bereits völlig tattrige Theodor geschlagene zweihundert Jahre älter war als er selbst und im Gegensatz zu ihm noch immer einen altmodischen Griffel anstatt einer fortschrittlichen Schreibmaschine verwendete, lag er auch an diesem Tag – wie leider so oft – eindeutig in Führung. Und das alles nur wegen dieser verfluchten Störungen, von denen der fast vollkommen taube und schon beinahe halb blinde Theodor natürlich vollkommen verschont blieb. Ach, wie sehr sehnte Hugo sich in diesem Moment doch danach, ebenso taub zu sein wie Theodor. Bei seiner einzigen Lebensaufgabe, dem Schreiben, waren seine spitzen Ohren – so klein sie auch sein mochten – doch sowieso nichts weiter als ein elendiges Hindernis.

Aber es half alles nichts. Hugo wusste, dass er sich in den nächsten Stunden nicht einmal die allerkleinste Pause gönnen durfte, wenn er auch nur davon träumen wollte, seinen Rückstand aufzuholen. Sofort begannen seine kleinen dicken Finger erneut unermüdlich und mit der gewohnten Präzision über die Tasten seiner treuen Schreibmaschine zu fliegen. Minute um Minute füllte sich abermals eine Seite nach der anderen und allmählich war Hugo wieder halbwegs zufrieden mit seiner Leistung. Vielleicht, ja vielleicht hatte er tatsächlich doch noch eine winzig kleine Chance, Theodor – diesen überheblichen alten Fatzken – wieder einzuholen. Genau! Er würde ihm schon zeigen, wer von ihnen hier unten zwischen den Wurzeln der Fleißigste von allen war!

»*Geronimo!*«, erschallte es urplötzlich – und seltsam kratzig – weit über Hugos Kopf. Sofort verfehlte einer seiner Finger die angepeilte Taste. Womit hatte er das nur verdient?! Jetzt musste er auch noch diesen verfluchten Fehler korrigieren. Missmutig blickte Hugo in die Höhe und richtete, verwundert über den merkwürdigen Anblick, der sich ihm dort bot, den Sitz seiner dicken runden Brillengläser.

Viele Meter über ihm, mitten zwischen den gewaltigen Ästen des großen Baumes, herrschte eine schreckliche Aufregung. Hugo sah ein gewaltiges schneeweißes Wesen mit großen schwarzen Hörnern und weit ausgebreiteten Schwingen, das von einer ungemein riesigen Horde schrecklich zerlumpter Gestalten verfolgt wurde, während es gleichzeitig auf einen dichten Schwarm garstiger kleiner Vögel zusteuerte. Alle diese Kreaturen waren Hugo zwar nur allzu gut bekannt – hier im Inneren der Bibliothek hatten sie sich allerdings schon seit einer wahren Ewigkeit nicht mehr blicken lassen. Wen er für seinen Geschmack in letzter Zeit hingegen bereits ein Mal zu oft gesehen hatte, waren die zwei seltsamen Männer, die jetzt auf dem Rücken des gehörnten Wesens saßen und sich tief vornüber-gebeugt in dessen Gefieder festkrallten.

Der vordere der beiden – eine geradezu grotesk dürre Figur mit knallroten Haaren und einem gro-ßen schwarzen Zylinder – schien an dem wilden Ritt ganz offensichtlich sein helles Vergnügen zu haben. Der hintere jedoch – ein glatzköpfiger Mann mit Vollbart, der in einem schmuddeligen grauen Anzug steckte – schaute in eben diesem Moment ängstlich zu Hugo herab. Ja, für den Bruchteil einer Sekunde schien es sogar so, als sähe er ihm direkt in die Augen. Dann aber waren die beiden einfach spurlos verschwunden. Ganz so, als hätte es sie überhaupt nie gegeben.

Verwirrt schüttelte Hugo seinen dicken breiten Schädel und blinzelte mit seinen blutunterlaufenen Augen. Was hatte er da eben nur gesehen?

Schon einen Moment später wurde er Zeuge, wie das schneeweiße Wesen gänzlich von dem Vogelschwarm verschluckt wurde, und kurz darauf fielen auch die zerlumpten Gestalten gierig über es her.

Das, was dann folgte, war eine wilde Luftschlacht, die wohl jeden anderen überaus beeindruckt hätte. Nicht so jedoch Hugo. Der rümpfte nur verächtlich seine kleine spitze Nase und wandte sich endlich der Korrektur jenes verabscheuungswürdigen Tippfehlers zu. Sorgsam drehte er an dem bereits etwas rostigen Rad seiner Schreibmaschine und gemächlich wanderte das eingespannte Blatt Zentimeter für Zentimeter nach oben, sodass er die entsprechende Stelle schließlich leicht erreichen konnte. Vorsichtig schmierte er mithilfe eines schmalen Pinselchens die weiße Flüssigkeit über das falsche Zeichen, spannte das Blatt dann wieder korrekt in die Maschine und fuhr anschließend mit seiner Arbeit fort.

Immer diese verfluchten Ablenkungen! Nun würde er es heute ganz bestimmt nicht mehr schaffen, Theodor noch einzuholen!

1. Kapitel

Die Haustür fiel mit einem leisen Klacken in ihr Schloss. Oskar drehte sich nicht noch einmal um, sondern beeilte sich, diesen Ort so schnell wie möglich hinter sich zu lassen. Nur wenige Schritte benötigte er, um den Vorgarten zu durchqueren, während der eisige Wind lautstark durch die verzweigten Äste der knorrigen alten Eiche pfiff, auf denen sich bereits die ersten blutjungen Knospen zeigten. Als er auf den Bürgersteig hinaustrat, stürzte sich der Regen von einem Moment auf den anderen mit seiner ganzen Kraft auf ihn und Hunderte kalter Tröpfchen brachen sich unter dem brennenden Gefühl winzig kleiner Nadelstiche auf seinem Gesicht. Zu seinem Glück trennten ihn jedoch nur noch wenige Meter von der Tür seines Porsche, in dessen schwarzem Lack sich das schwache Licht aus den großen Fenstern des Hauses hinter seinem Rücken verzerrt widerspiegelte. In seinem Inneren empfing ihn der wohlige Duft des noch immer brandneuen Sportwagens und kaum hatte er sich angeschnallt, da strich er mit einer Hand liebevoll über das samtweiche Leder des Lenkrades, betätigte die Zündung und melodisch surrend sprang das Auto an.

Wenig später befand Oskar sich auf der fast völlig leeren Landstraße in Richtung Frankfurt und kaum zwanzig Minuten darauf lenkte er den Porsche hinab in den dunklen Eingang der Tiefgarage des großen Apartmenthauses. Schließlich betrat er seine

Wohnung, hängte sein Sakko an die Garderobe und stellte seine Schuhe sorgfältig an ihren Platz. Dann ging er zu seiner Hausbar und goss sich in einem Anflug von Übermut viel zu viel Whiskey in ein viel zu kleines Glas.

Während er dieses Glas in seinem großen Lieblingssessel austrank, zog an seinem inneren Auge eine ganze Reihe von Erinnerungen an längst vergangene Ereignisse vorüber, die ihn an diesen Punkt in seinem Leben geführt hatten: Der Stress seines Studiums, sein erster Tag in der Kanzlei, all die vielen Überstunden, aber auch die zahlreichen erfolgreich abgeschlossenen Fälle. Insgesamt sollte er mit sich zufrieden sein, sagte er sich. Sicher, es war nicht immer alles so gelaufen, wie er es sich irgendwann einmal vorgestellt hatte – aber wer konnte das schließlich schon von sich behaupten?

Die leuchtenden Ziffern im Armaturenbrett des Porsche hatten Oskar mitgeteilt, dass es bereits nach neun Uhr abends war, als er den Wagen einige Zeit früher vor dem Haus zum Stehen gebracht hatte, in dem seine Frau Corinna zusammen mit seiner kleinen Tochter Amelie wohnte.

»Du bist spät«, sagte Corinna, als sie die Haustür öffnete und ihren Mann aus müden, rot unterlaufenen

Augen anblickte. Sie trug eine löchrige Jogginghose und ein ausgewaschenes T-Shirt, das vor einigen Jahren einmal grün gewesen sein mochte. Zwischen den Fingern ihrer rechten Hand klemmte eine Zigarette, deren Rauch sich in kleinen blauen Spiralen in die Luft empor drehte.

»Du hast wieder angefangen«, bemerkte Oskar. Eigentlich hatte Corinna sich das Rauchen bereits vor langer Zeit abgewöhnt, als sie schwanger geworden war. Bis dahin war es die einzige schlechte Angewohnheit gewesen, die ihn an ihr wirklich gestört hatte. Später waren noch ein paar andere hinzugekommen.

Eine Strähne ihrer schulterlangen blonden Haare wehte Corinna in ihr von dünnen Sorgenfältchen durchzogenes Gesicht. Sie ignorierte sie und zog genervt an ihrer Zigarette. »Es ist kalt. Komm gefälligst rein und kümmere dich um deinen eigenen Kram.« Der Rauch verließ ihren Mund gemeinsam mit ihren trotzigen Worten.

Oskar begab sich in das Innere des kleinen Vorbaus. »Ich hatte noch etwas Wichtiges zu erledigen«, sagte er, während er sich die Füße abtrat.

»Pah! Hast du das denn nicht immer?«

Es fiel Oskar nicht schwer, diese Spitze zu ignorieren. Stattdessen streifte er sich, der Macht einer alten Gewohnheit gehorchend, die Schuhe von den Füßen und stellte sie auf den kleinen hölzernen Schuhschrank, der noch immer treu an seinem Platz stand – an der Wand gleich neben der Eingangstür.

Corinna schloss die Haustür hinter ihnen. »Amelie hat auf dich gewartet.«

»Ich sagte ja, ich hatte noch etwas zu erledigen«, erwiderte Oskar. »Ein wichtiges Telefonat mit einem Vertreter von Tactech hat sich etwas in die Länge gezogen.«

Mit einem leichten Seufzer gab Corinna zu verstehen, was sie von Oskars Rechtfertigung hielt. Wortlos ging sie an ihrem Mann vorüber und Oskar folgte ihr in den Flur. Das weiche Gefühl des dicken Teppichs unter seinen Füßen brachte ein ganzes Bündel an Erinnerungen mit sich, doch er schob es abwehrend zur Seite.

»Papa!« Oskars Tochter Amelie stürzte aufgeregt aus der Küche auf den schmalen Flur hinaus und stürmte mit der ganzen ungebändigten Energie eines Kindes auf ihn zu. Sie steckte in einem pinkfarbenen Schlafanzug, der von einer ganzen Armee vollkommen identischer Einhörner verziert wurde. Mit offenen Armen prallte sie an Oskars Hüfte und zog ihren Vater fest an sich. »Da bist du ja endlich.«

»Kleines Fräulein!«, schimpfte Corinna. »Hatte ich dir nicht gesagt, dass du in der Küche warten sollst?«

»Es tut mir leid, mein Schatz. Ich hatte noch etwas zu tun«, sagte Oskar und strich seiner Tochter liebevoll über den Kopf. Amelie hatte die strohblonden Haare ihrer Mutter geerbt. »Außerdem weißt du doch, dass ich nur kurz vorbeigekommen bin, um schnell etwas zu unterschreiben.«

14

»Nein!« Amelie drückte sich noch etwas fester an ihren Vater. »Mach das nicht! Bitte Papa!«

Oskar hatte nichts anderes erwartet. Seit er vor einigen Monaten ausgezogen war, nutzte seine Tochter jede einzelne sich ihr bietende Möglichkeit, ihn darum zu bitten, sich nicht von Corinna scheiden zu lassen. Amelie nahm sich die ganze Sache viel zu sehr zu Herzen.

»Aber mein Schatz«, sagte Corinna und trennte ihre Tochter behutsam von Oskar. »Wir haben doch schon so oft über das Ganze gesprochen. Die Sache ist viel komplizierter, als du dir das vorstellst.« Sie führte Amelie vor sich her und Oskar folgte den beiden in die Küche.

Dort angekommen setzte Amelie sich auf einen der Stühle an dem großen Esstisch und verschränkte schmollend die Arme. »Nein!«, rief sie. »Die Sache ist ganz einfach. Papa soll das nicht unterschreiben.«

Mit Ausnahme des stinkenden übervollen Aschenbechers, in dem Corinna jetzt ihre Zigarette ausdrückte, sah die Küche noch immer genauso aus, wie Oskar sie seit Jahren kannte. Mitten auf dem großen Esstisch stand die kleine blaue Blumenvase, die Corinna irgendwann einmal von seiner Mutter zum Geburtstag geschenkt bekommen hatte. Auf der Arbeitsplatte gleich neben dem Herd sah er die alte Kaffeemaschine, die sie damals noch vor ihrer Hochzeit als ersten Gegenstand ihrer gemeinsamen Wohnung zusammen ausgesucht hatten und die Corinna – wie er genau wusste – nur deswegen nie gegen eine neue ausgetauscht hatte. Und auch an der Tür des großen Kühlschrankes hing weiterhin jenes Bild, das Amelie vor gar nicht allzu langer Zeit in der Schule gemalt und mit nach Hause gebracht hatte. Es zeigte die ungelenken Versuche einer kaum Sechsjährigen, ihre Familie zu porträtieren: Oskar in der Mitte – wie er fand etwas unvorteilhaft um die Hüfte herum dargestellt – mit Corinna und Amelie links und rechts an seinen Händen. Darüber stand mit rotem Buntstift in Buchstaben, denen man die ersten unbeholfenen Schreibversuche noch deutlich ansah: *Meine Famlie.*

»Amelie möchte, dass das dort hängen bleibt«, erklärte Corinna, als sie bemerkte, dass Oskars Blick auf dem Bild ruhte.

Die Worte seiner Frau klangen ein wenig zu gleichgültig in Oskars Ohren. »Dann lass es halt hängen«, sagte er und zuckte mit den Schultern. »Warum schließlich auch nicht? Wir sind ja weiterhin ihre Eltern, oder etwa nicht?«

»Aber wir sind keine Familie mehr!«, rief Amelie.

»Ach was! Blödsinn!« Oskar ging zu seiner Tochter, bückte sich und fasste sie bei den Schultern. »Zwar kann man die Zeit nicht zurückdrehen, aber eins verspreche ich dir hoch und heilig: Ich werde mich immer darum kümmern, dass ihr zwei gut versorgt seid. Du ganz besonders. Und natürlich werden wir uns auch weiterhin sehen. Aber glaub mir mein Schatz, so ist es wirklich das Beste für alle Beteiligten.« Nach einer kurzen Pause fügte er hinzu: »Außerdem kannst du dich bei mir melden, wann immer du möchtest.«

Amelies Blick wanderte hinab auf Oskars Knie. »Ach. Du hast ja eh nie Zeit.«

»Ich bin viel beschäftigt, ja«, gab Oskar zu und richtete sich auf. »Aber nur dank meiner Arbeit können Mama und du hier in diesem schönen großen Haus leben und …«

»Tu bloß nicht schon wieder so verdammt gönnerhaft!«, fiel Corinna ihm aufgebracht ins Wort. Ihre Augen funkelten angriffslustig. »Ich arbeite schließlich auch, vergiss das gefälligst nicht immer! Außerdem geht es Amelie um dich, nicht um dein verdammtes Geld. Wann verstehst du das endlich? Geld, Geld, Geld, das ist alles, an das du seit Jahren denkst!«

Oskar konnte sich ein hochmütiges Lächeln nicht verkneifen. »Na ja, bei deinem kleinen Lehrergehalt würdest du ja wohl auch noch vierzig Jahre lang die Raten für ein Haus wie das hier abstottern.« Er blickte sich suchend in der Küche um. »Aber lassen wir das. Wo sind jetzt diese Papiere?«

Corinna sah ihren Mann einen Augenblick lang fassungslos an. Dann schüttelte sie kaum merklich den Kopf. »Ach, es hat doch sowieso keinen Sinn mehr mit dir. Seitdem du damals diese verdammte Stelle bei Hausmann Meier angenommen hast, hast du dich einfach so sehr verändert, dass ich dich überhaupt nicht mehr wieder erkenne.« Sie seufzte. »Was ist nur damals mit dir passiert?«

»Ich …«, setzte Oskar an.

Doch Corinna winkte ab. »Lass es bloß sein! Ich will das alles wirklich nicht noch einmal hören. Warte hier. Ich hole gleich die Papiere.« Sie drehte sich zu ihrer Tochter herum. »Aber vorher bringe ich dich kleine Dame erstmal auf dein Zimmer. Na los, sag Papa gute Nacht.«

Doch Amelie blieb wie angewurzelt sitzen.

»Hör auf deine Mutter, meine Kleine«, sagte Oskar.

»Aber ich will nicht auf mein Zimmer!« Ein ängstlicher Ausdruck trat in Amelies Augen. »Da, da sind doch die Monster!«

»Du hast gehört, was ich gesagte habe. Außerdem hast du dafür doch deine Puppe.« Corinnas verärgerte Stimme zitterte leicht und Oskar erkannte deutlich, wie seine Frau ihre Tränen zurückhalten musste. Warum war sie bloß so verdammt emotional?

Amelie zögerte noch einen Moment. »Na gut«, seufzte sie dann, stand sichtlich widerwillig auf, ging zu Oskar und legte ihre kleinen Arme um ihn. »Gute Nacht, Papa.«

»Gute Nacht, mein Schatz«, sagte Oskar und gab ihr einen schnellen Kuss auf die Stirn. »Ich hab dich lieb.«

»Ich dich auch.«

Während Corinna Amelie daraufhin in ihr Zimmer im Obergeschoss des Hauses brachte, rang Oskar mit der Frage, warum sie die Kleine gerade an diesem Abend überhaupt zu ihm gelassen hatte. Musste Corinna ihr das Ganze wirklich noch schwerer machen, als es für sie ohnehin bereits war?

Als Corinna wenige Minuten später in die Küche zurückkehrte, hatte sie sich – so schien es Oskar zumindest – wieder etwas beruhigt. In ihrer Hand hielt sie mehrere aneinander geheftete Blatt Papier. »Amelie nimmt das alles wirklich ganz schön mit, weißt du?«, sagte sie und legte die Blätter auf den Küchentisch.

Oskar nickte – ohne den Gedanken jedoch weiter zu verfolgen. »Was war das denn vorhin von wegen Monster?«, fragte er stattdessen.

Corinna massierte sich die Stirn. »Ach weißt du, das ist gerade nur wieder so eine Phase von ihr.« Sie zündete sich eine Zigarette an, nahm einen ersten Zug und blies den Rauch in die Küche. »Das geht schon eine ganze Zeit so.«

»Ach?«

»Ja. Aber als ich vor kurzem mit ihr in der Stadt war, sind wir an einem Flohmarkt vorbei gekommen. Du weißt schon, so einem, wo die Leute ihren ganzen alten Plunder verkaufen.« Sie zog an ihrer Zigarette. »Ich hatte gedacht, die gäbe es heutzutage gar nicht mehr.«

»Hmm.« Eigentlich wollte Oskar nur die Papiere unterschreiben und verschwinden. »Dachte ich auch.«

»Na ja, wie auch immer. Plötzlich wollte sie auf jeden Fall unbedingt so eine schäbige alte Puppe haben. Sie war von dem Stand überhaupt nicht mehr weg zu bekommen. Ein echt schräges Teil. Gehörte irgend so einer schludrigen alten Frau.« Corinna schüttelte den Kopf. »Zuerst wollte ich ihr die natürlich nicht kaufen. Aber dann kam mir so eine Idee und ich habe ihr erzählt, dass die Puppe sie von jetzt an vor den bösen Monstern beschützt. Tja, und dadurch war es wirklich auch eine Zeit lang besser.« Ein Anflug von Stolz huschte über Corinnas müdes Gesicht – verschwand aber genauso schnell, wie er gekommen war. »Ich hab wirklich keine Ahnung, warum sie gerade jetzt plötzlich wieder damit anfängt.«

»Du weißt ja, wie Kinder sind«, sagte Oskar. »Ich hatte in ihrem Alter immer panische Angst vor kleinen grünen Kobolden unter meinem Bett.« Er seufzte, nahm sich die Papiere vom Küchentisch und begann in ihnen zu blättern. »Aber wenn du genau weißt, dass sie das alles so aufregt, warum hast du sie dann heute nicht zu deinen Eltern gebracht?«

»Na, warum wohl?!«, blaffte Corinna und ohne dass Oskar es sich wirklich hätte erklären können, schien sie von einem auf den anderen Moment vor Wut regelrecht zu kochen. »Weil sie dich unbedingt sehen wollte.«

Oskar horchte auf. Allerdings nicht aufgrund von Corinnas Worten, sondern weil ihm war, als höre er das leise Getrappel kleiner Kinderfüße im Flur des Obergeschosses. Doch vermutlich hatten ihm bloß seine Ohren einen Streich gespielt. »Nun, das war ja wohl nicht gerade die beste Idee, oder?«, wandte er seine Aufmerksamkeit wieder dem Gespräch zu.

»Du!« Corinna machte einen schnellen Schritt auf Oskar zu. Offensichtlich hatte sie alle Mühe, ihren Zorn zu unterdrücken.

Oskar hingegen blieb ruhig. »Ich was?«

»Du *Riesenarschloch*!«, rief sie. »Du verstehst wirklich überhaupt gar nichts mehr!«

»Ich verstehe *was* nicht?«, fragte Oskar, trennte seinen Blick jedoch nicht auch nur für eine Sekunde von den Papieren, sondern schlug betont desinteressiert die nächste Seite auf.

»Dass du schuld an allem bist! Dass dank dir einfach alles den Bach herunter geht! Dass deine kleine siebenjährige Tochter *deinetwegen* oben in ihrem Zimmer liegt und in ihr Kissen weint, weil sie sich von ihrem Vater verlassen fühlt!«

Oskar schaute in Corinnas zornige Augen. Musste sie denn immer gleich so übertreiben? »Also, ich würde ja sagen, dass an einer gescheiterten Beziehung immer beide Parteien eine gewisse Mitschuld tragen.«

»Ach, ja?!« Corinna taumelte gespielt zwei Schritte zurück, als hätte man sie vor den Kopf gestoßen. »Und was wäre dann bitte meine Schuld, Mister Neunmalklug? Vielleicht, dass ich mich jeden Tag um unsere Tochter gekümmert habe, während du kaum mal zu Hause warst?«

»Bitte. Mach dich nicht lächerlich. Ich muss eben arbeiten.« Oskar hatte wirklich überhaupt keine Lust, all diese Dinge, die sie schon gefühlt eine Million Mal miteinander durchgekaut hatten, heute Abend noch ein weiteres Mal zu diskutieren.

»*Es geht im Leben nicht immer nur um deine verfluchte Arbeit*!«, schrie Corinna, der jetzt endgültig der Kragen zu platzen schien. »Du hast wirklich *jede* verdammte Möglichkeit dazu genutzt, dein scheiß Büro nicht zu verlassen! Wenigstens ab und zu hättest du doch auch mal einen Abend mit uns verbringen können!«

»Ach, jetzt hör aber auf! Ich war immer da, wenn es für euch wichtig war.«

»Das ist eine glatte Lüge! Und das weißt du auch!« Corinna war dermaßen außer sich, dass sie erst bemerkte, dass ihre Zigarette mittlerweile ganz verqualmt war, als die Glut ihre Finger erreichte. »Verdammt!«, rief sie, verzog ihr Gesicht und steckte den glimmenden Stummel in den Aschenbecher. »Du warst ja nicht einmal für mich da, als Julia gestorben ist.«

Oskar warf seiner Frau einen flüchtigen Blick zu. »Jetzt fang bloß nicht wieder *damit* an. Es ging halt nicht. Außerdem …«

»Außerdem *was*?«

Oskar hatte diese Diskussion in den letzten Jahren schon viel zu oft geführt, um noch jedes einzelne seiner Worte auf die Goldwaage zu legen. »*Außerdem* war das doch wohl eher Julias Problem als deines.«

Corinna starrte Oskar fassungslos und mit vor Zorn geweiteten Augen an. Erst nach einer Weile ergriff sie wieder das Wort. Ihre Stimme war jetzt leise und in ihre Worte mischte sich ein unterdrücktes Schluchzen. »Und *du* hast damals mit diesem Flittchen geschlafen«, presste sie zwischen ihren Zähnen hervor. »Nicht ich.«

Oskar blickte von den Papieren auf. Corinnas zornige Augen hatten sich inzwischen mit Tränen gefüllt. Er fragte sich, was sie nur für ein Problem hatte. Schließlich würde es ihr an überhaupt nichts fehlen. Seine monatlichen Unterhaltszahlungen waren generös und vertraglich verbrieft auf eben jenen Seiten, die er gerade in der Hand hielt. Ja, sogar das große Haus, das sie sich ohne ihn nie im Leben hätte leisten können, war das ihre, solange sie zusammen mit Amelie darin wohnen wollte. Erst bei einem etwaigen Verkauf standen ihm fünfzig Prozent des Erlöses zu. In finanzieller Hinsicht konnte man sie als vollkommen sorgenfrei bezeichnen. Was wollte sie denn schon mehr?

Oskar griff in die Innentasche seines Sakkos, zog einen Kugelschreiber hervor, legte die Papiere auf den Küchentisch und unterschrieb sie mehrmals an verschiedenen Stellen. »So. Damit wäre das erledigt.« Er steckte den Kugelschreiber wieder ein und hielt Corinna die Papiere hin. »Und spare dir bitte in Zukunft diese alten Kamellen, ja?«

Corinna nahm die Papiere entgegen. Einen Augenblick lang erweckte sie den Eindruck, als wüsste sie nicht, was sie dort in ihrer Hand hielt. Dann endlich schien der Gedanke sie zu erreichen. »Raus!«, rief sie. »Mach bloß, dass du verschwindest!«

2. Kapitel

Als Oskar am nächsten Morgen durch das nachdrückliche Summen seines Weckers erwachte, fühlte er sich so benommen wie nach einer allzu langen und ausgelassenen Weihnachtsfeier. Für einen kurzen Moment fragte er sich, woran das nur liegen konnte – bis ihm das große Glas Whiskey wieder einfiel, das er sich so spät am vergangenen Abend noch zu Gemüte geführt hatte. Einen Augenblick lang kämpfte er mit seiner Benommenheit, dann aber stand er auf und schlüpfte in seine Hausschuhe. Er wurde halt auch nicht jünger.

Wie an jedem anderen Morgen schob er auch heute zuerst die schweren weißen Vorhänge seines Schlafzimmerfensters beiseite und öffnete es. Das helle Tageslicht brannte in seinen trüben Augen. Daher dauerte es einen Moment, bis er sah, dass der Regen aufgehört hatte und auch die dunklen Wolken zum größten Teil fortgezogen waren. Der graue Asphalt der Straßen weit unter ihm war noch immer sichtlich nass. Ansonsten aber war ein kalter Wind alles, was von dem schlechten Wetter des vergangenen Tages übrig geblieben war. Für die Jahreszeit versprach es ein durchaus schöner Tag zu werden.

Es war kurz nach sieben. Oskar hatte sich seit einigen Jahren angewöhnt, um diese Uhrzeit aufzustehen. In zwei Stunden würde er wie immer im Büro sein. Da er seine Arbeitszeiten im Wesentlichen selbst bestimmen konnte, hätte er zwar ebenso gut auch etwas später anfangen können, allerdings bekam er vormittags einfach am meisten erledigt. Doch dies hielt ihn – wie Corinna hierzu sicherlich etwas bitter bemerkt hätte – keineswegs davon ab, oft bis spät abends in der Kanzlei zu bleiben, wenn seine Arbeit es erforderte. Und das tat sie fast täglich.

Als er wenige Minuten später aus der Duschkabine trat, fühlte er sich wesentlich wacher. Während des Zähneputzens warf er – wie so oft in letzter Zeit – einen kritischen Blick in den Spiegel. Sicher, die Tatsache, dass ihm nur noch an den Seiten seines Kopfes einige kurz rasierte graue Stoppeln geblieben waren, verhinderte jeden Versuch, sein wahres Alter zu leugnen. Ebenso wie die vielen kleinen Fältchen und das ein oder andere Kilo zu viel, das in den letzten Jahren dazu gekommen war. Seiner Meinung nach verliehen ihm seine Glatze und die Falten in Verbindung mit seinem grau melierten Vollbart jedoch mehr Reife – und damit auch eine gewisse Attraktivität – als es noch die vollsten Haare und das glatteste Gesicht jemals gekonnt hätten. Ja, alles in allem konnte er mit sich zufrieden sein.

Schließlich saß Oskar alleine in seiner geräumigen Küche, trank schwarzen Kaffee und aß eine kleine Schale Müsli. Ein großzügigeres Frühstück – ein absolutes Muss für Corinna – hatte er sich nach ihrer Trennung ziemlich schnell abgewöhnt. Die Zubereitung erschien ihm als Zeitverschwendung. Es gab wirklich wichtigere Dinge. Vor ihm auf dem Küchentisch stand sein Tablet-PC, auf dem er jeden

Morgen die Tageszeitung las. Sein ganz besonderes Interesse erweckte heute ein kleiner Artikel im Wirtschaftsteil:

Bevorstehende Fusion
von Tactech und Pan-Sec fast perfekt.

Bei diesen Unternehmen handelte es sich um zwei IT-Security Riesen, die Oskar nur zu gut kannte, da sie ihn derzeit sehr auf Trab hielten. Die beiden Großmächte ihrer Branche standen im Begriff, nicht nur ihre Firmen, sondern auch einen Großteil ihrer Produkte miteinander zu verschmelzen. Es waren Millionen im Spiel und besonders an der Börse wurde die Fusion daher äußerst kritisch beäugt. An diesem Punkt kam Oskars Arbeitgeber, die Kanzlei Hausmann Meier, ins Spiel, denn selbstverständlich ging eine solche Aktion niemals ohne Komplikationen im rechtlichen Bereich vonstatten. Managerverträge mussten neu ausgehandelt, ein komplett neuer Vorstand aufgebaut und – was vor allem in diesem Fall von ganz besonderer Bedeutung war – umfangreiche Patentrechte überschrieben werden.

Zwar handelte es sich bei Hausmann Meier um eine sehr alte deutsche Kanzlei, doch gerade in dem vergangenen Jahrzehnt hatte sie durch eine immer weiter fortschreitende Spezialisierung auf IT- und Wirtschaftsrecht einen wahren Boom erlebt. Der Fall Tactech/Pan-Sec war daher zwar nur eines in einer langen Reihe ähnlicher Projekte – aber definitiv eines der profitabelsten. Nicht zuletzt für Oskar.

Als er die Anstellung bei Hausmann Meier vor einigen Jahren angenommen hatte, hatte sich der kometenhafte Aufstieg der Kanzlei zwar bereits am Horizont abgezeichnet, war aber noch lange keine Realität gewesen. Tatsächlich war Oskar überaus stolz darauf, dass er selbst zu einem nicht unwesentlichen Teil dazu beigetragen hatte, ihn Wirklichkeit werden zu lassen. Ja, durch seinen fleißigen Einsatz war er in der Hierarchie der Kanzlei schnell so weit nach oben geklettert, dass so gut wie in allen wichtigen Fällen, in die seine Abteilung involviert war, seit Jahren kein Vertrag mehr abgeschlossen wurde, ohne dass er zuvor durch seine Hände gegangen wäre. Oskar genoss das befriedigende Gefühl, das damit verbunden war, Ereignisse von großer wirtschaftlicher Bedeutung mitzugestalten. Dass sein Familienleben für diesen gewaltigen beruflichen Erfolg oft hatte zurückstecken müssen, empfand er dabei als eine Selbstverständlichkeit.

Auch in dem kurzen Artikel der heutigen Zeitung spiegelten sich zwischen den Zeilen Oskars jüngste Bemühungen wider. »Es wird im Allgemeinen davon ausgegangen, dass die endgültige Fusion der beiden Konzerne noch vor Ende des Monats zur rechtlichen Tatsache wird. Bedeutende Komplikationen werden gemeinhin nicht erwartet«, las Oskar laut vor und fügte hinzu: »Was der Kanzlei Hausmann Meier eine gewaltige Stange Geld einbringen wird. Ha!« Er lachte, klappte das Cover des Tablet-PCs zu und stand auf. Der erfolgreiche Abschluss dieses Falls würde ihm mindestens einen großen Bonus einbringen, vielleicht sogar eine weitere Gehaltserhöhung. Soviel stand fest.

Einige Minuten später befand Oskar sich wieder hinter dem Lenkrad seines Porsche. Wie an jedem Morgen legte er auch heute die wenigen Kilometer von der einen Tiefgarage seines Wohnhauses in die andere Tiefgarage des Kanzleigebäudes mit dem Auto zurück. Und wie so oft geriet er dabei auch heute in einen Stau. Da er an diese Situation allerdings seit langem gewöhnt war, war er weit davon entfernt, sich aufzuregen. Besonders an diesem Tag konnte der dichte Berufsverkehr seiner Laune kein Härchen krümmen. Nicht nur war seine Scheidung endlich ein rechtlicher Fakt, auch der Fall Tactech/Pan-Sec war so gut wie abgeschlossen. Was machten da schon ein paar Autos vor ihm oder hinter ihm? Immerhin schien der Himmel selbst seine Hochstimmung zu teilen! Denn kaum hatte er die Garage verlassen, da verzogen sich auch noch die letzten übergebliebenen Wolken und ließen den warmen Strahlen der Sonne freie Bahn.

Oskars Handy klingelte. Das Display seines Bordcomputers meldete ihm, dass es sich bei dem unerwarteten Anrufer um Martin handelte, seinen langjährigen besten Freund und Arbeitskollegen. Oskar schaltete den Anruf auf seine Freisprechanlage.

»Guten Morgen. Was gibt's denn, das nicht noch die paar Minuten warten kann?« Martin war für gewöhnlich ein wenig eher in seinem Büro als Oskar – damit er es so früh wie möglich wieder verlassen konnte. »Ich bin doch gleich in der Kanzlei. Stehe nur gerade wie immer im Stau.«

»Guten Morgen, du haarige Billardkugel,« kicherte Martin. »Deswegen rufe ich dich ja an. Du musst heute wohl woanders parken. Die Zufahrt zu unserer Tiefgarage ist blockiert.«

Oskar stutzte. »Blockiert?«

»Ja. Aber Gott sei dank wahrscheinlich nicht mehr allzu lange. Die Purzilei ist gerade dabei, die da wegzuschaffen.« Er seufzte. »Aber eben wird das noch nichts, tut mir leid.«

»Wegzuschaffen?« Oskar ärgerte sich, dass offensichtlich irgendwer im Begriff war, einen lästigen Schatten auf seinen perfekten Tag zu werfen. »Du sprichst in Rätseln. Ist da etwa eine Demonstration im Gange, oder so was?«

»Ha! Schön wär's. Aber nein, das hier ist viel skurriler.«

»Nun mach es doch nicht so unnötig spannend«, rief Oskar, doch genau in diesem Moment drängelte sich ein kleiner zerbeulter Opel Corsa so unmittelbar vor seinem Wagen in die Spur, dass er ihm um ein Haar in die Seite gefahren wäre, wenn er nicht kräftig auf die Bremse getreten hätte. »*Du Spinner!*«, brüllte Oskar und betätigte mehrmals die Hupe.

»Hey! Kein Grund gleich ausfallend zu werden.«

»Was? Ach so, nein, ich meinte hier jemanden auf der Straße. Aber nun raus mit der Sprache. Sag endlich, was da los ist.«

30

»Gerne. Aber du wirst es mir eh nicht glauben. Unser gesamtes Gebäude ist umgeben von einem großen Flohmarkt.«

»Einem was?« Oskar traute seinen Ohren nicht. »Jetzt verarschst du mich aber!«

»Keineswegs! Glaub mir, ich wünschte, es wäre so. Aber du wirst das ja alles gleich selbst sehen. Such dir nur irgendwo anders einen Parkplatz, in Ordnung?« Martin musste lachen. »Irgendwie ist es ja auch ganz witzig. Manche von den Verkäufern schießen echt den Vogel ab. Aber wie auch immer. Bis gleich. Ich hab zu tun.«

»Bis gleich«, beendete auch Oskar das Gespräch. »Ein Flohmarkt also«, sagte er zu sich selbst. »Na, da bin ich aber mal gespannt.«

Im Herzen Frankfurts einen Parkplatz zu finden, der sich auch nur halbwegs in der Nähe von Oskars Büro befand, war gar kein so einfaches Unterfangen. Nachdem er eine gefühlte Ewigkeit mit der Suche im dichten Stadtverkehr verschwendet hatte, war sein Geduldspotential endgültig aufgebraucht. Daher entschied er sich zu der zwar teuersten aber auch einfachsten Lösung und fuhr direkt zum größten Parkhaus der Stadt. Etwa zwanzig Minuten nachdem er seinen Wagen dort abgestellt hatte, näherte er sich langsam seinem Ziel. Von weitem sah er bereits die Spitze des Hochhauses, in dessen gläsernen Fenstern sich die hellen Strahlen der Sonne brachen. Die Basis des Bürogebäudes wiederum – den Ort, an dem sich dieser seltsame Flohmarkt befinden sollte – verdeckten im Moment noch mehrere kleinere Gebäude. Trotzdem meinte Oskar, schon das gedämpfte Gemurmel Hunderter Stimmen hören zu können. Endgültig von Neugier gepackt, beschleunigte er seinen Schritt.

Wenig später bog er um die letzte verbliebene Ecke und sein Blick fiel das erste Mal auf die zahlreichen Tische und Pavillons sowie all die Autos und Kleinbusse, die das gesamte untere Ende des Hochhauses so eng umfassten wie ein viel zu tief sitzender Gürtel. Zwischen diesen Ständen ging eine überraschend große Menschenmenge hin und her und musterte neugierig die angebotenen Dinge. Bereits jetzt erkannte Oskar edle Schreibtische und verzierte Stühle, bunte Gemälde und antike Standuhren, ja sogar den großen goldenen Trichter eines alten Grammophons, der in der hellen Sonne blitzte und blinkte. Am äußersten Rande des Ganzen sah er außerdem – wie von Martin erwähnt – einige Polizeiautos, sowie die dazu gehörigen Beamten in ihren blauen Uniformen, die energisch gestikulierend mit einigen der Personen an den Ständen beschäftigt waren.

Schließlich betrat Oskar den Flohmarkt und obwohl er sich ursprünglich fest vorgenommen hatte, dieses lästige Hindernis so schnell wie möglich zu durchqueren, um endlich in seine Kanzlei zu gelangen, spürte er plötzlich – jetzt, da er all die angebotenen Waren aus nächster Nähe sah – wie die Stände eine geradezu magische Anziehungskraft auf ihn ausübten und seinen Blick regelrecht fesselten. Wie ferngesteuert begann deshalb auch er, über den Markt zu schlendern, als wäre dieser in Wirklichkeit schon die ganze Zeit lang sein Ziel gewesen.

Nach einigen Metern kam er an einem Stand vorbei, der einer dicklichen Frau gehörte, die altes, sichtlich wertvolles Porzellan verkaufte. Der große Tisch, hinter dem sie saß und ihrerseits die Besucher des Marktes beobachtete, war über und über mit zierlichen Tassen, Teekännchen und Tellern bestellt. Oskar sah zerbrechliche Vasen, edle Schüsselchen aber auch kleine Figürchen, die bunte Elefanten, elegante Frauen und Männer in barocken Kleidern oder freudig hechelnde Hunde darstellten. Ja, tatsächlich wirkte sogar die Besitzerin selbst, mit ihrer sehr weißen Hautfarbe, ihren merkwürdig leblosen Puppenaugen und ihrem weit geschnittenen, altertümlichen Kleid, auf Oskar ein wenig so, als sei auch sie ganz aus Porzellan gemacht.

Nur wenige Augenblicke später sah er sich mit einem anderen Stand konfrontiert, der kaum einen größeren Gegensatz hätte darstellen können. Vor einem geöffneten VW-Kleinbus – dem selbst schon beinahe ein Platz im Kreise der Antiquitäten gebührte – waren auf kleinen Tischen, Ständern und in Schaukästen Militaria aller Gattungen ausgestellt. Oskar sah Orden, Uniformen und Patronenhülsen, Helme, Bajonette und Gürtelschnallen. Auf dem Kopf einer lädierten, alten Schaufensterpuppe saß eine glänzende Pickelhaube, während an ihrer Seite ein rostiges Gewehr lehnte. Gerade wunderte Oskar

sich noch über dessen mögliche Funktionstüchtig-
keit, als ihm auffiel, dass auch der Besitzer dieses
Standes beinahe so aussah, als wäre er ebenfalls ein
Teil seiner Auslagen. Mit übereinander geschlagenen
Beinen saß auf der Kante der geöffneten Tür des
Busses ein drahtiger alter Mann mit grauen Haaren
und einem vollen Schnauzbart, der sich an den
Seiten weit empor kringelte. Er trug eine alte
Uniform und musterte seine potentiellen Kunden
mit scharfem Blick durch ein Monokel. Oskar ging
ganz schnell weiter.

Besonders ins Auge fiel Oskar außerdem ein einzig und allein unzähligen von Schallplatten gewid-
meter Stand, dessen langhaariger Verkäufer eine
dünne Nickelbrille trug, während ein anderer kauziger Händler – der allerlei Gemälde von Sonnenblu-
men und surrealen Sternenhimmeln anbot – nur
noch ein Ohr besaß. Aber auch der Rest des Marktes
war ähnlich kurios.

Als er sich nach einiger Zeit wie an einen vergessenen Traum wieder daran erinnerte, dass er eigentlich in seine Kanzlei musste, wo man sicherlich bereits auf ihn wartete, wusste Oskar zuerst nicht, wie
lange die Eindrücke des Marktes ihn festgehalten
hatten. Durch einen schnellen Blick auf seine Arm-
banduhr erfuhr er jedoch, dass sein gewöhnlicher
Arbeitsbeginn nun mehr als zwei Stunden der Vergangenheit angehörte. »*Verdammt*!«, fluchte er so
laut, dass sich einige der anderen Marktbesucher
verwirrt zu ihm herum drehten, und zielstrebig
machte er sich auf den Weg zu dem Haupteingang

des Bürogebäudes. Dabei kam er zwar noch an zahlreichen anderen Ständen vorbei, doch unter der Aufwendung all seiner Willenskraft gelang es ihm, sie größtenteils zu ignorieren. Bis zu dem Augenblick jedenfalls, in dem er angesprochen wurde.

»Hey, du!«, sagte eine seltsam kratzige Stimme neben Oskar. »Ja genau. Du da ohne Haare. Willst du nicht wenigstens mal einen kurzen Blick riskieren, was ich hier so alles anzubieten habe?«

Oskars Antwort kam völlig automatisch. »Ich habe keine Zeit.« Seltsamerweise blieb er aber dennoch stehen.

»Ach, so ein Quatsch! Für ein gutes Buch hat man immer Zeit«, beharrte die Stimme. »Oder man nimmt sie sich.«

Oskar konnte sich beim besten Willen nicht daran erinnern, wann er das letzte Mal ausreichend Zeit zu verschwenden gehabt hatte, um ein Buch zu lesen. Dennoch wandte er sich zu der kratzigen Stimme herum – wenn auch nur, um seine Neugier zu stillen, mit was für einer Kuriosität von Mensch er es in diesem Fall wohl zu tun hatte.

Er wurde nicht enttäuscht. Vor ihm stand ein geradezu grotesk schlaksiger Mann, der ihn um mehr als einen ganzen Kopf überragte. Seine fast schon unnatürliche Größe wurde noch dadurch gesteigert, dass er einen bereits sehr lädierten, aber noch immer samtschwarzen Zylinder trug, an dessen Seite eine weiße Feder mit einem kurzen schwarzen Ende befestigt war. Ansonsten steckte er in einer zerschlissenen ebenfalls schwarzen Weste und einem furchtbar knittrigen weißen Hemd mit dünnen Nadelstreifen. Seine dichten, ja geradezu wolligen Haare waren kurz und von demselben intensiven Rot wie sein langer Ziegenbart. Knallrot war ebenfalls seine Hose, die außerdem ein breites Karomuster durchzog. Sein Gesicht hingegen war geradezu kalkweiß und wurde dominiert von zwei starren schwarzen Pupillen – sowie einem regelrecht diabolisch breiten Grinsen.

»Bist du noch da?«, fragte der Mann, nachdem Oskar ihn bereits eine geraume Zeit lang mit offenem Mund angestarrt haben musste.

»Ähem. Entschuldigung?«

»Ist schon gut. Kein Problem. Manchmal habe ich diese Wirkung auf Menschen«, sagte der Mann und streckte Oskar ein zwar kleines, dafür aber ziemlich dickes, in Leder gebundenes Buch entgegen. »Hier! Guck dir lieber das mal an. Glaub mir, das musst du wirklich *unbedingt* gelesen haben!«

Oskar hatte jedoch absolut kein Auge für das Buch. Denn erst jetzt fiel ihm auf, dass der Stand dieses komischen Kerls – wenn man es denn überhaupt so nennen konnte – sogar noch um einiges merkwürdiger war als er selbst. Bei diesem nämlich handelte es sich ausschließlich um Tausende von Büchern, welche sich – keineswegs ordentlich aufgetürmt, sondern als wären sie von einem riesigen Laster einfach an dieser Stelle ausgekippt worden – um ihren kauzigen Verkäufer herum zu solch enormen Bergen aufhäuften, dass Oskar nur vermuten konnte, es mochten sich irgendwo unter ihnen vielleicht auch noch Tische befinden. Neben unzähligen Taschenbüchern in allen möglichen Stadien ihres typischen Verfalls sah er in diesem lieblosen Durcheinander allerdings auch einige wirklich schöne Ausgaben von in Leinen oder Leder gebundenen Klassikern. Unwillkürlich dachte er an Corinna. Unordnung hin oder her – er hätte wohl alle Mühe gehabt, sie hier wieder wegzubekommen.

»Hallo-o?!«, sagte der Mann und streckte Oskar das Buch jetzt sogar noch nachdrücklicher entgegen.

»Ähm, ich ähm, ja ich brauche wirklich kein Buch.« Oskar winkte ab – zögerte dann aber doch noch einen Augenblick. Wie von dem gesamten Markt an sich, so schien auch von diesem Buch eine geradezu unheimliche Anziehungskraft auszugehen. Er spürte regelrecht, wie sich seine Finger verselbstständigen wollten. Daher kostete es ihn eine geradezu körperliche Anstrengung, ablehnend den Kopf zu schütteln und hinzuzufügen: »Aber danke für das Angebot.«

»Bitte bitte«, sagte der Mann und ließ das Buch wieder sinken. Sein unheimliches Grinsen wurde sogar noch ein kleines bisschen breiter. »Aber du wirst schon noch sehen. *Dieses Buch* brauchst du ganz bestimmt.«

Endlich fasste Oskar sich ein Herz. »Das glaube ich kaum«, sagte er, drehte sich mit einem Ruck von dem Mann weg und ging mit großen Schritten in Richtung Haupteingang des Hochhauses. Er war sowieso schon viel zu spät dran. Doch ohne dass er zu sagen gewusst hätte warum, lief ihm in eben diesem Augenblick ein eiskalter Schauer den Rücken hinunter.

3. Kapitel

Erweckte das Hochhaus, das die Kanzlei Hausmann Meier beherbergte, bereits von außen den Eindruck, als würde es ausschließlich aus Glas bestehen, so setzte dieser sich auch in seinem Inneren konsequent fort. Überall hatte der federführende Architekt peinlich genau darauf geachtet, die tragenden Elemente des Gebäudes durch optische Tricks und Kniffe auf ein Minimum zu reduzieren, während gleichzeitig der zur Verfügung stehende Raum maximiert wurde. Bei der Gesamterscheinung des Gebäudes handelte es sich daher – wie Oskar schon oft und nicht ohne einen gewissen Stolz gedacht hatte – um ein wahres Sinnbild eben jener Werte, mit denen sich seine Kanzlei identifizierte: Effizienz und Kompetenz.

Oskars Abteilung befand sich in der 23. Etage, weshalb es die Taste mit dieser Zahl war, die er – keine zwei Minuten nachdem er sich von dem seltsamen rothaarigen Kauz losgerissen hatte – im Inneren des Fahrstuhls betätigte. Als sich die silberfarbenen Schiebetüren der Kabine kurz darauf wieder für ihn öffneten, trat er hinaus auf den Flur – und somit hinein in seine eigene Welt.

»Guten Tag, Herr Kaufmann«, begrüßte ihn Silvia, die stämmige, etwa sechzigjährige Sekretärin hinter dem Empfang. »So spät heute?«

»Tag«, erwiderte Oskar und blieb kurz stehen. Er mochte Silvia, die in gewisser Weise eine Art Mutterrolle in der Abteilung innehatte und bereits so lange für Hausmann Meier arbeitete wie niemand anders, den er kannte. »Tja, heute kam irgendwie aber auch wirklich alles zusammen. Zuerst natürlich wie immer der Stau und dann musste ich mir wegen dieses seltsamen Flohmarktes auch noch einen Parkplatz in der Stadt suchen.«

Silvia nickte verständig. »Ja, der macht uns schon den ganzen Morgen Probleme.« Sie legte die Stirn unter ihren kurz geschnittenen grauen Haaren in Falten. »Was das aber auch ist. Ich habe so etwas jedenfalls noch nicht erlebt. Heute Morgen war der plötzlich da und keiner weiß so recht, was es damit auf sich hat.«

»Na ja, aber die Polizei scheint sich ja jetzt darum zu kümmern«, sagte Oskar und hob grüßend die Hand. »Wie auch immer. Ich muss in mein Büro. Die Arbeit wartet nicht.«

»Ähm, Herr Kaufmann! Einen Augenblick noch bitte. Herr Scheuble kam gerade hier vorbei und da hat er mich gefragt, ob ich Sie heute schon gesehen hätte. Vielleicht gucken Sie zuerst kurz zu ihm ins Büro.«

Bei *Herrn Scheuble* handelte es sich um Oskars Freund Martin. »Wird gemacht Silvia«, sagte Oskar. »Das hatte ich sowieso vor.« Tatsächlich hatte er eigentlich zuerst seinen Aktenkoffer in sein Büro bringen wollen. Doch auch wenn Silvia in der offiziellen Hierarchie der Kanzlei noch so weit unter ihm stehen mochte, empfand er ihre Empfehlung in gewisser Weise als eine Art Anweisung.

Martins Büro befand sich nur ein kleines Stück den Flur hinunter. Oskar klopfte nicht, als er dort angekommen war, sondern öffnete einfach die Tür und trat in den Raum.

»Da bist du ja endlich!«, rief Martin, der hinter seinem Schreibtisch saß. »Das hat jetzt aber sogar noch eine ganze Ecke länger gedauert, als ich erwartet hatte. Was hast du denn bloß so lange getrieben?«

Anders als Oskar verfügte Martin nicht nur noch über alle seine Haare, er war außerdem vollkommen glattrasiert, wodurch er insgesamt deutlich jünger wirkte als Oskar – auch wenn er tatsächlich sogar einige Monate älter war. Ebenso wie Oskar trug auch er einen dunkelgrauen Anzug. Im Gegensatz zu ihm besaß Martin allerdings die – Maßschneider hin oder her – durchaus seltene Eigenschaft, dass dieser sich mit der Selbstverständlichkeit einer zweiten Haut an ihn schmiegte. Ganz so, als wäre er schon in ihm geboren worden. Und so wie Oskar seinen Freund kannte, hätte es ihn wirklich nicht im Geringsten gewundert, wenn das auch tatsächlich der Fall gewesen wäre.

Oskar legte die Hände auf die weiche Lehne eines der zwei großen für Klienten vorgesehenen Stühle vor Martins Schreibtisch. »Ach weißt du, ich habe mir nur diesen merkwürdigen Flohmarkt da unten mal etwas genauer angeguckt.«

Martin warf einen skeptischen Blick durch die von einem breiten schwarzen Rahmen umgebenen Gläser seiner Brille. »Was? Gehst du jetzt etwa unter die Trödelhändler?« Er streckte abwehrend die Hand aus. »Nein, warte! Nicht antworten. Du fühlst dich davon inspiriert, nicht war? Du wirst mir gleich sagen, dass du deinen Job hinschmeißen und in Zukunft als mittelloser Künstler durch die Lande ziehen wirst.« Er ließ die Schultern hängen und seine Mundwinkel wanderten nach unten. »Schade. Weißt du, ich habe eigentlich immer ganz gerne mit dir gearbeitet.«

Oskar kannte Martins verqueren Humor zu lange und zu gut, um sich irgendetwas dabei zu denken. Daher verzichtete er auf einen Kommentar. »Aber jetzt mal im Ernst, hast du irgendeine Ahnung, wo die plötzlich herkommen?«, fragte er stattdessen.

»Nicht die leiseste. Aber ganz ehrlich, solange die bald wieder weg sind, ist mir das auch vollkommen Schnuppe.«

»Hmm.« Oskar nickte. »Einer von denen wollte mir unbedingt so ein komisches altes Buch andrehen.«

»Glück gehabt, würde ich sagen. Ich wette, wenn du lange genug da unten geblieben wärst, hätten diese komische Typen sicher versucht, dir noch ganz andere Sachen aufzuschwatzen. Ha Ha!« Martin lachte, wie es seine Angewohnheit war, kurz, abgehackt und – wie Oskar fand – leicht stupide. Obwohl er das seinem Freund natürlich nie gesagt hätte. »Aber vergessen wir doch dieses Gesindel. Viel wichtiger ist ja etwas ganz anderes. Wie lief es gestern? Ist alles in Ordnung bei dir?«

»Die Papiere sind unterschrieben.«

»Na, dann *herzlichen Glückwunsch* zu deiner neugewonnenen Freiheit!« Martin stand auf, ging zu Oskar und umarmte ihn kurz. Unmittelbar darauf packte er ihn mit beiden Händen fest bei den Schultern. »Das müssen wir feiern! Also, du weißt schon, was ich meine. Mit *Frauen,* nicht mit Alkohol. Nein. Falsch. Natürlich auch mit Alkohol. Mit Frauen *und* mit Alkohol. Wie wäre es gleich heute Abend?«

»Heute ist Donnerstag«, bemerkte Oskar.

»Oh, ach so, na dann.« Martin ließ Oskar los, ging zurück hinter seinen Schreibtisch und setzte sich. »Da haben wir dann wohl nur zwei Möglichkeiten. Entweder sparen wir uns das Ganze für morgen Abend auf, *oder aber*«, er erhob schwungvoll einen Finger, als hätte er einen genialen Einfall gehabt, »wir feiern mal ein paar Überstunden ab. Wenn du dir jede einzelne ausbezahlen lassen würdest, könntest du von dem Geld eh bald den ganzen Laden hier übernehmen. Und ich werde wohl auch hier und da noch ein paar übrig haben. Also, was sagst du? Genau so wie früher. Vor dieser ganzen Sache mit Corinna.«

Oskar musste schmunzeln. »Ich glaube nicht, dass ich mich einfach mal so zwanzig Jahre zurückversetzen kann«, lachte er. »Oder besser, *möchte.*«

Martin winkte ab und lehnte sich zurück. »Ach, du nun wieder.«

»Morgen ist abgemacht. Was heute angeht, muss ich erst einmal abwarten, wie die Dinge so laufen. Ich bin viel zu spät dran und es könnte sein, dass ich morgen noch ein paar wirklich wichtige Sachen zu erledigen habe, für die ich unbedingt einen klaren Kopf brauche.«

»Pah! Du bist und bleibst ein alter Streber. Aber wer bin ich schon, dass ich mich darüber aufregen würde? Ohne dich hätte ich schließlich wahrscheinlich nicht einmal das Studium geschafft.« Martin kicherte. »Aber gut, wir sehen uns dann nachher bestimmt noch. So oder so. Und jetzt raus hier! Ich habe ein paar wichtige Telefonate zu führen. Ab und an arbeite ich hier nämlich auch mal.«

Oskar verabschiedete sich flüchtig, dann verließ er – noch immer begleitet von Martins durchdringender Lache – den Raum und machte sich auf den Weg zu seinem eigenen Büro. Der Flur der Abteilung war von derselben gläsernen Offenheit wie der Rest des Gebäudes. Zwar waren die einzelnen Büroräume rechts und links des Weges weitestgehend schalldicht, aber doch einsehbar. Alleine mit dem großen Konferenzraum verhielt es sich etwas anders, dessen Wände mit verschließbaren Sichtblenden versehen waren, um den Klienten der Kanzlei gegebenenfalls die nötige Diskretion gewähren zu können. Dass eben diese Sichtblenden auch jetzt geschlossen waren, machte es Oskar unmöglich, eine Begegnung vorherzusehen, die er an diesem Morgen sonst wohl eher vermieden hätte. Denn gerade als er an dem Eingang des Konferenzraumes vorbei kam, öffnete sich dessen Tür und eine schlanke Frau mit langen schwarzen Haaren trat so unmittelbar vor ihm auf den Flur, dass die zwei um ein Haar miteinander kollidiert wären.

»Huch!« Die Frau trug einen figurbetonten schwarzen Hosenanzug und in ihrem Gesicht glänzten zwei volle rote Lippen. Als sie erkannte, mit wem sie da beinahe zusammengestoßen wäre, blieb sie – in einem deutlich zu geringem Abstand – unmittelbar vor Oskar stehen. »Oskar! Ach! Ich hatte gar nicht erwartet, dich *heute* hier zu sehen.«

Oskar erhob eine Augenbraue. »Hallo Christine.« Er war sich sicher, dass er die Antwort auf die Frage, die er im Begriff war zu stellen, bereits kannte: »Ähm, und warum genau hattest du das nicht erwartet, wenn ich fragen darf?«

»Ach, na ja«, sagte Christine und stellte einen Augenaufschlag zur Schau, der viel zu kräftig war, um nicht einstudiert zu sein. »Nur wegen dieser Sache mit deiner Scheidung und so.«

Oskar konnte sich nicht daran erinnern, Christine irgendwann einmal irgendetwas von seiner bevorstehenden Scheidung erzählt zu haben. Und ganz sicher war sie die Allerletzte, der er spezifische Details offen gelegt hätte – wie etwa die Tatsache, dass er am gestrigen Abend die Papiere unterschreiben wollte. Doch wie er nur zu gut wusste, gab es auch in dieser Kanzlei, ebenso wie in jedem anderen Unternehmen, ein unvermeidliches Pensum an Klatsch und Tratsch – und gerade bei Christine handelte es sich um wirklich alles andere als eine diskrete Person. »Wunderbar«, bemerkte er trocken. »Wie ich sehe, funktioniert der Buschfunk wie immer einwandfrei. Wenn du mich dann entschuldigst. Ich habe zu tun.«

»Oh, aber natürlich«, sagte Christine – handelte aber entgegen ihrer Worte. Denn anstatt Oskar alleine zu lassen, trat sie sogar noch einen weiteren kleinen Schritt auf ihn zu und beugte sich außerdem so weit vor, dass sich ihre Gesichter beinahe berührten. »Nur eine Sache noch«, flüsterte sie und Oskar spürte, wie ihr Atem die Haare seines Bartes in leichte Bewegung versetzte, während ihm gleichzeitig der verführerisch süße Duft ihres Parfüms direkt in die Nase kroch. »Zwar könnte Herr Krause gerade wesentlich mehr für mich tun als du«, sie ließ einen kurzen Moment verstreichen, »aber nun ja, wer weiß schon. Manchmal ist es hier abends ja auch einfach nur sehr, sehr einsam.« Dann, ohne Oskar auch nur die Chance einer Reaktion einzuräumen, schob sie sich so eng an ihm vorbei, dass sie ihn leicht mit ihren Brüsten streifte. Kurz darauf hatte sie sich bereits einige Meter entfernt.

Der Geruch von Christines Parfüm hingegen blieb zusammen mit Oskar noch einen Augenblick an Ort und Stelle stehen, während er dem einprägsamen Klacken ihrer hohen Absätzen lauschte. Erst als dieses Geräusch endgültig verstummte, konnte Oskar sich schließlich losreißen und die letzten wenigen Schritte vollenden, die ihn noch von seinem Büro trennten. Hier angekommen, zog er seinen Mantel aus, hängte ihn an den kleinen Haken hinter der Tür und öffnete den Knopf seines Sakkos. Kurz darauf saß er in seinem ledernen Schreibtischstuhl und blickte aus dem großen Fenster über die Dächer Frankfurts hinweg. Durch die Begegnung mit Christine hatten sich seine Gedanken so weit wie nur irgendwie möglich von der Arbeit entfernt.

Er erinnerte sich nur zu gut an jenen Abend vor ein paar Jahren. Von der ersten Sekunde an hatte

Christine damals keinen Hehl daraus gemacht, dass es ihr einzig und allein um berufliche Vorteile gegangen war und keinesfalls auch nur im Entferntesten um irgendwelche Gefühle. Es war dieser Sinn, in dem sich auch die Erwähnung von Herrn Krause verstand – dem Chef der Abteilung, sowohl Oskars als auch Christines direktem Vorgesetzten und damit dem einzigen Menschen, der ihr momentan noch den weiteren beruflichen Aufstieg ermöglichen konnte.

Nicht selten fragte Oskar sich, wie Christine ihr Handeln bloß mit ihrem Selbstwertgefühl vereinbarte. Meistens kam er dann jedoch zu dem ebenso einfachen wie beunruhigenden Schluss, dass es sich in ihren Augen dabei keineswegs um eine Erniedrigung handelte, sondern ganz im Gegenteil um eine besondere Form der Macht, die sie in ihren Augen besaß. Und dann war *er* derjenige, der sich benutzt fühlte.

Seine Gedanken wanderten weiter zu Corinna. Die Tatsache, dass er Christine damals in die Falle gegangen war, war seiner Meinung nach keineswegs ein Grund, sondern ein Symptom für den Niedergang ihrer Ehe gewesen – auch wenn seine Exfrau das ganz eindeutig anders sah. Doch seiner Meinung nach hatten sie sich damals schon viel zu sehr von einander entfremdet gehabt, als dass ihre Ehe noch zu retten gewesen wäre. Sie hatten es sich nur noch nicht eingestanden. Das war alles.

Um sich zu anderen Gedanken zu zwingen, schaltete Oskar seinen Computer ein und begann, seine

E-Mails zu checken. Neben einer Menge mehr oder weniger unwichtigen Nachrichten fand er in seinem Posteingang auch die eines Vertreters von Pan-Sec, die offensichtlich erst recht spät am vorigen Abend eingegangen war. Der Absender, ein Mann mit dem Nachnamen Klinge, bat ihn um einen möglichst zeitigen Rückruf am kommenden Tag. Obwohl Oskar noch nie persönlich mit ihm gesprochen hatte, kannte er diesen Herrn Klinge aus den bisherigen Verhandlungen nur zu gut und wusste daher sofort, dass es sich um ein für den gesamten Fall entscheidendes Gespräch handeln konnte.

Alles andere war von einem auf den anderen Moment vergessen. Oskar ärgerte sich beinahe zu Tode darüber, ausgerechnet heute so lange von diesem verdammten Flohmarkt aufgehalten worden zu sein. Wäre er doch am gestrigen Abend nur noch etwas länger im Büro geblieben! Schnell griff er zu seinem Telefon und wählte die Nummer, die in der E-Mail verzeichnet war.

Kurz darauf erklang am anderen Ende der Leitung die vollkommen gleichgültige Stimme einer älteren Frau. »Pan-Sec, wie kann ich Ihnen helfen?«

»Hallo, ich, ähm, ist dort nicht das Büro von Herrn Klinge?«

»Ich verbinde«, sagte die Frau und sogleich setzte am anderen Ende der Leitung die unnachgiebige Fahrstuhlmusik einer Warteschleife ein. Oskar hätte vor Wut platzen können! Außerdem wunderte er sich, dass er offensichtlich nicht wie gewöhnlich die direkte Durchwahl des Klienten bekommen hatte.

Dabei konnte es sich eindeutig nur um einen Fehler handeln. Zuerst zog er in Erwägung, aufzulegen und die richtige Nummer heraus zu suchen, entschied sich dann aber dagegen. In der Zeit, die er dafür benötigte, würde er sicher auch so an sein Ziel gelangen. Auch wenn es ihn noch so viele Nerven kostete.

Hier täuschte er sich jedoch gewaltig. Denn anders als erwartet hörte Oskar auch nach einer, auch nach zwei und auch nach drei Minuten noch immer nichts anderes als die immer gleichen Melodien. Zähneknirschend versuchte er sich abzulenken, nahm seinen Aktenkoffer, den er, als er in das Büro getreten war, nur schnell auf die äußerste Kante seines Schreibtisches gelegt hatte, und öffnete ihn, ohne hinzusehen. Eigentlich wollte er nur einige Papiere daraus hervor holen, statt dieser ertastete seine Hand jedoch den ledernen Rücken eines dicken Buches. Oskar stutzte. Ohne das Telefon vom Ohr zu nehmen, zog er den Koffer etwas näher an sich heran.

Das Buch kam ihm sofort merkwürdig bekannt vor. Es war relativ klein, aber dick. Sein Einband aus derben braunen Leder trug keinerlei Titel. Oskar stutzte erneut, als ihm bewusst wurde, dass es sich eigentlich nur um jenes Buch handeln konnte, das ihm dieser schrecklich dürre Kerl mit seinem komischen Zylinder auf dem Flohmarkt so hartnäckig hatte verkaufen wollen. »Wie zur Hölle hat der das gemacht?«

Am anderen Ende der Leitung erklang noch immer Fahrstuhlmusik. Oskar nahm das Buch in seine

Hand und betrachtete es genauer. Alles an ihm wirkte alt. Das speckige Leder des Einbandes fühlte sich an, als sei es schon durch Hunderte, wenn nicht gar durch Tausende von Händen gegangen. Das Papier war vollkommen vergilbt und so knittrig, als sei es unzählige Male gelesen worden. Die stark bestoßen Ecken sowie die vielen kleinen Kratzer und Macken schienen außerdem von rauen Zeiten zu erzählen, die das Buch offensichtlich bereits erlebt hatte. Von Sekunde zu Sekunde wuchs Oskars Neugier im gleichen Maße wie seine Verwunderung. Kaum achtete er noch auf die immer gleichen Klänge, die aus dem Telefonhörer an sein Ohr drangen.

Er legte das Buch vor sich auf den Tisch und schlug es auf. Auch wenn er selbst nicht genau wusste, womit er eigentlich gerechnet hatte, so übertraf das, was er sah, als er durch die Seiten blätterte, selbst noch seine kuriosesten Vorstellungen: Sie alle waren vollkommen leer!

Das ergab sogar noch weniger Sinn als das plötzliche Erscheinen des Buches in seinem Aktenkoffer. Warum nur hatte dieser schräge Typ ihm ein vollkommen *leeres* Buch verkaufen wollen? Oder besser: Warum hatte er ihm ein vollkommen leeres Buch *zugesteckt*?

Immer schneller und schneller begann Oskar durch das Buch zu blättern, in der Hoffnung, doch noch irgendwo ein paar Wörter, eine Zeichnung, *irgendetwas* zu entdecken, das, wenn auch vielleicht nicht dem merkwürdigen Vorkommnis an sich, so doch wenigstens dem Buch einen Sinn gab. Und schließlich wurde er fündig. Auf der allerletzten Seite standen in einer krakeligen Handschrift nicht mehr als zwei scheinbar sehr flüchtig notierte Wörter. Es dauerte einen Augenblick, bis Oskar imstande war, sie zu entziffern.

»*Occulta aperiantur*«, las er laut vor – ohne die Bedeutung auch nur einer einzelnen Silbe zu verstehen.

Kaum jedoch hatte er die Worte ausgesprochen, da geschah etwas, das ihm das Blut in den Adern gefrieren ließ: Das Buch in seiner Hand begann zu verblassen! Langsam aber deutlich begannen seine Umrisse zu verschwimmen und schon nach wenigen Sekunden konnte er seine eigene Hand durch es hindurch erkennen. Dann – genau in dem Moment, in dem das Buch hätte gänzlich verschwunden sein müssen – schien es, als ob die Realität selbst an jener Stelle erst zu zerknittern und dann sogar zu *zerreißen* begann.

Starr vor Schreck und viel zu überrumpelt um zu schreien, sah Oskar, wie die zuerst noch haarfeinen Risse immer tiefer und tiefer wurden, bis sich ein großes unförmiges Loch auftat. Ein Loch von einer solch geradezu unwirklichen Schwärze, dass es höchstens halb real zu sein schien, während sich an seinen eckigen Rändern der Raum und die Zeit selbst krümmten. Gleichzeitig ging von diesem Loch ein derart unvorstellbar kräftiger Sog aus, dass es zuerst Oskars Finger, dann seine Hand, seinen Arm und schließlich seinen gesamten Körper innerhalb nur weniger Sekundenbruchteile völlig verschlang.

Das Telefon, das Oskar gerade noch in der Hand gehalten hatte, fiel an der Stelle, an der er eben noch gestanden hatte, auf den Boden. »Ja, bitte? Klinge«, meldete sich endlich der Vertreter von Pan-Sec. Doch diese Worte erreichten Oskar schon längst nicht mehr.

4. Kapitel

Kurz nachdem Oskar von dem Loch verschluckt worden war, umfing ihn dessen absolute Finsternis. Gleichzeitig begannen die extremsten Kräfte an ihm zu zerren, die er in seinem ganzen Leben jemals gespürt hatte. Zuerst wurde er in alle Himmelsrichtungen gleichzeitig gerissen, dann verlor er schlagartig jegliches Gefühl für seinen Körper. Dort, wo er normalerweise seine Arme und seine Beine, seine Hände und seine Füße, seinen Kopf und seinen Rumpf spürte, empfand er plötzlich nichts weiter als die vage Präsenz einer grob umrissenen Masse, von der er meinte, dass sie irgendwie einmal zu ihm gehört hatte.

Kurz darauf erfuhr diese Masse eine geradezu brutale Beschleunigung, verließ die Finsternis und tauchte ein in ein rauschendes Meer aus grellem Licht und kräftigen Farben. Überall um Oskar herum kreisten und tanzten prächtige Wirbel in allen Nuancen des Regenbogens erfüllt von Milliarden winziger Lichter, die jetzt auseinander stoben wie riesige aufgeschreckte Insektenschwärme.

Doch kaum hatte dieser phantastische Eindruck seine Sinne erreicht, da umfing ihn auch schon erneut absolute Schwärze und alle zuvor erlebten Kräfte wirkten in der exakt umgekehrten Reihenfolge auf ihn ein. Auf geradezu knochenbrecherische Art und Weise wurde er abgebremst, dann zusammengestaucht. Gerade als er sich sicher war, er würde durch diese ungeheuerlichen Strapazen jeden

Augenblick das Bewusstsein verlieren – da war alles vorbei und er spürte, dass er ausgestreckt und mit dem Bauch nach unten auf dem Boden lag. Um ihn herum herrschte vollkommene Stille.

Oskar war viel zu perplex, als dass er sich sofort darüber hätte Gedanken machen können, was gerade mit ihm geschehen war. Stattdessen wollte er nur wissen, wo er sich befand. Denn zumindest einer Sache war er sich bereits jetzt vollkommen sicher: In seinem Büro war er nicht mehr. Ja, vielleicht war er nicht einmal mehr in Frankfurt!

Mit äußerster Vorsicht öffnete er die Augen. Das Erste, das er sah, war jenes merkwürdige Buch, das ihn an diesen Ort gebracht hatte. Es lag direkt neben ihm auf dem Boden, der bedeckt war von einem dunkelroten, mit einem zierlichen goldenen Blumenmuster durchwirkten Teppich. In einiger Entfernung sah er zum Teil mit braunem Holz verkleidete, zum Teil mit großformatigen Gemälden bedeckte Wände. Ein wenig erleichtert über diese zumindest nicht besonders schrecklichen ersten Eindrücke nahm Oskar allen Mut zusammen, stand auf und drehte sich langsam einmal im Kreis.

Der Raum, in dem er sich befand, verfügte über kein einziges Fenster. Vor sich allerdings sah er eine breite Freitreppe, die wie ein riesiger Trichter zu der einzigen Tür empor führte. An der mit kunstvoll verwobenen Stuckarbeiten verzierten Decke wiederum hingen drei große ausladende Kronleuchter, deren Tausende von Kristallen prachtvoll zu ihm herab funkelten. Zu seiner Rechten und gar nicht allzu weit entfernt sah er einen unscheinbaren kleinen Tresen, dem er vorerst jedoch keine weitere Aufmerksamkeit schenkte.

Denn viel brennender interessierten ihn in diesem Augenblick die riesigen Gemälde, welche die Wände mit ihrer überschwänglichen Verwendung der Farben beherrschten. Blühende Landschaften im Sonnenuntergang, altertümliche Segelschiffe im Kampf mit schäumenden Wellen und antike Ruinen im strahlenden Morgenrot. Doch waren es keinesfalls diese Motive, die Oskar am stärksten verwirrten, sondern etwas vollkommen anderes. Denn auch wenn er wirklich kaum etwas mit Kunst am Hut hatte, diesen einen Maler kannte er dann doch nur zu gut. Es handelte sich um William Turner – Corinnas absoluten Lieblingskünstler. Nur was hatten seine Bilder hier verloren? Wo auch immer *hier* war.

Einen Moment später wiederum fesselte Oskar der phantastische Anblick jener einzigen Tür dort oben am anderen Ende der Treppe. Diese verschwand regelrecht unter den detailreichen, aus glänzender Bronze gefertigten Darstellungen zahlreicher Pflanzen und Tiere. Der Rüssel eines großen goldenen Elefanten wickelte sich um einen prachtvollen Türknauf in Form einer geöffneten Rosenblüte und aus den Ecken schauten kleine Spatzen und Tauben zu Oskar herab. All diese Tiere wirkten derart lebensecht, als würden sie sich im nächsten Moment – so sie nur wollten – von ihrem Untergrund lösen und zwitschernd und trompetend an ihm vorüberziehen. In der Mitte der Tür prangte, als größte von ihnen allen, die Darstellung eines faszinierenden Mischwesens aus Löwe und Eule, dessen stolz aufgerichteter Kopf von zwei mächtigen Hörnern verziert wurde, die sich bogen wie die eines Widders.

Es war dieser Augenblick, in dem die Gewissheit von Oskar Besitz ergriff, dass er voll und ganz seinem Schicksal ausgeliefert war. Nur mir allergrößter Mühe gelang es ihm, einen Anflug von Angst und Panik niederzuringen, der im Begriff stand, seine Kehle zuzuschnüren, und sich noch einmal zusammenzureißen. Wo auch immer er sein mochte, in unmittelbarer Gefahr schien er sich zumindest nicht zu befinden. Und was auch immer dieses verdammte Buch nur mit ihm angestellt haben mochte – verletzt hatte es ihn nicht. Tatsächlich war er trotz der zurückliegenden Strapazen sogar vollkommen schmerzfrei.

»Möchte der Herr etwas abgeben?«, zerschnitt eine merkwürdig zischende Stimme die ansonsten vollkommene Stille des Raumes.

Oskar war derart tief in seine Gedanken versunken gewesen, dass er beinahe zu Tode erschrak. »Hat, hat da jemand etwas gesagt?«, fragte er, als sein Herz nach einigen Sekunden wieder etwas langsamer schlug.

»Ich habe den Herrn lediglich gefragt, ob er gerne etwas abgeben möchte«, erwiderte die Stimme, diesmal merklich darum bemüht, ein wenig lauter zu sprechen. Dadurch erkannte Oskar nun auch, dass sie von jenem kleinen Tresen stammte, dem er zuvor kaum Beachtung geschenkt hatte.

Doch so sehr er auch die Augen zusammenkniff, noch immer konnte Oskar dort an dem Tresen niemanden sehen. Daher entschied er sich dazu, etwas genauer nachzuschauen. Schließlich konnte er kaum einfach für immer hier stehen bleiben. Zudem überkam ihn die Hoffnung, dass derjenige, der ihn angesprochen hatte, auch in der Lage sein würde, ihm zu erklären, wohin es ihn hier verschlagen hatte. Schnell bückte er sich noch einmal, nahm zur Sicherheit das Buch in die Hand und ging in Richtung Tresen.

Bereits nach wenigen Metern bemerkte Oskar allerdings, dass dieser tatsächlich zu einer kleinen Garderobe gehörte, da sich unmittelbar hinter ihm mehrere mit goldenen Ziffern versehene Ablagefächer befanden – welche jedoch allesamt leer waren. Auf dem Tresen selbst wiederum stand nicht nur eine silberne Tischglocke, sondern auch ein aufgeschlagenes Gästebuch – das ihm zwei vollkommen unbeschriebene Seiten präsentierte. Über seine Kante hinaus ragten außerdem die kleinen gebogenen Spitzen zweier grüner und ebenso merkwürdig *haariger* Objekte, die Oskar für zwei extrem seltsame exotische Pflanzen hielt.

Hier irrte er sich gewaltig. Denn kurz bevor er den Tresen schließlich erreicht hatte, sah er das erste Mal den Besitzer jener Stimme. Bei diesem handelte es sich ebenfalls um den Besitzer der beiden grünen Objekte, die sich nun als die leicht gebogenen Enden seiner senkrecht in die Höhe stehenden Ohren herausstellten.

Dort hinter dem Tresen kauerte auf einem niedrigen hölzernen Stuhl ein kleiner grüner Kobold, der unmittelbar den Albträumen aus Oskars Kindertagen entsprungen zu sein schien. Ebenso wie in jenen halb vergessenen Träumen besaß der Kobold neben seinen langen Ohren und seiner giftgrünen Hautfarbe nämlich auch eine etwas hervorstehende Schnauze mit einer Nase, die an die eines kleinen Hundes erinnerte, während zwischen seinen schmalen Lippen viele kleine spitze Zähnchen hervor schauten. Merkwürdigerweise steckte dieser albtraumhafte Kobold zudem in einer knallroten Portiersuniform mit großen goldfarbenen Knöpfen. Oskar war sich sicher, dass die Kobolde in seinen Albträumen nie derartig gekleidet gewesen waren.

»Guten Tag, der Herr«, zischte der Kobold und nickte Oskar dienstbeflissen zu. Seine großen blutunterlaufenen Augen wirkten träge und unmotiviert. Überhaupt machte das Wesen einen eher gelangweilten Eindruck. Den gewaltigen Schrecken, den es Oskar einjagte, beeinträchtigte dieses Detail jedoch nicht im Geringsten.

»Was zur …« Oskar blieb wie angewurzelt stehen, machte dann auf dem Absatz kehrt und hechtete so schnell er nur konnte in die einzige Richtung, die sich ihm anbot: die Treppe hinauf zu jener prachtvollen Tür. Hier angekommen riss er sie auf, trat hindurch – und blieb sofort wieder stehen. Hatte ihn der Kobold auch zu Tode erschreckt – der Anblick, mit dem er sich nun konfrontiert sah, überwältigte ihn vollkommen!

Oskar hatte noch nie etwas auch nur annähernd Vergleichbares gesehen. Das Staunen und die Verblüffung, die von ihm Besitz ergriffen, ließen die Angst und die Unsicherheit der letzten Minuten für den Moment einfach in Vergessenheit geraten.

Er stand am Rande eines gigantischen Saales und blickte auf einen riesigen Baum, der vor seinen Augen weit hinauf in die Höhe wuchs und dessen knorpelige Wurzeln und knorrigen Äste die Wände, den Boden und sogar die Decke so vollkommen durchwucherten, dass es schlicht unmöglich war, zu sagen, wo genau der Baum aufhörte und das Gebäude begann. Dort allerdings, wo die Äste des Baumes in die Wände des Saales übergingen, bildeten sie vielerorts schmale Galerien und Oskar benötigte nur einen Augenblick, um zu bemerken, dass er selbst ebenfalls auf einer solchen stand. Dann trat er mit offenem Mund an das mit glänzendem Messing beschlagene Geländer vor ihm und umschloss es fest mit beiden Händen.

Die Decke des Saales bestand aus einer großen hölzernen Kuppel, welche in ihrer Mitte ein dickes gläsernes Element umschloss. Auf der anderen Seite dieses merkwürdigen Fensters herrschte weder schwarze Finsternis, noch leuchtete dort das helle Licht der Sonne. Stattdessen erkannte Oskar hinter dem Glas jene phantastischen Farb- und Lichtwirbel, die er erst vor kurzem noch selbst durchquert hatte.

Auf den Galerien und auf der unteren Ebene des Saales befanden sich überall große und kleine Türen und Tore, von denen einige offen standen und den Blick freigaben auf die hinter ihnen liegenden Gänge, die sich irgendwo im Dunklen verloren, andere wiederum schienen fest verschlossen. Eines der verschlossenen Tore fiel Oskar dabei besonders auf, da es nicht nur viel größer war als alle anderen, sondern außerdem aus sichtlich schweren und nur überaus grob bearbeiteten Balken bestand. Einen kurzen Moment fragte er sich, was sich hinter diesem derart außergewöhnlichen Tor wohl nur verbergen mochte – dann wanderte sein Blick bereits ganz von alleine weiter.

Alles, jeden Meter, ja scheinbar jeden einzelnen zur Verfügung stehenden Zentimeter der Wände des gigantischen Komplexes bedeckten Regale, die der Aufbewahrung zahlloser Bücher dienten. Wohin Oskar auch schaute, überall sah er kleine, große, mittlere, winzige und geradezu riesige Bücher. Schnell erkannte er außerdem, dass sie alle eine Sache gemeinsam hatten: Ihre Rücken waren versehen mit einer Art von Zeichen, wie er sie nicht nur noch nie gesehen hatte, sondern wie er sie auch nicht einmal zu beschreiben gewusst hätte, da sich ihre merkwürdigen Schnörkel und Windungen jedweder Symmetrie entzogen. Ja, tatsächlich fühlte er sich bei ihrem Anblick wieder wie ein kleines Kind, das im Grunde zwar bereits begriff, was Buchstaben waren und welchen Zweck sie erfüllten, das bisher selbst jedoch weder lesen noch schreiben konnte.

Doch keineswegs waren wirklich ausnahmslos alle diese Bücher fein säuberlich in die unzähligen Regale eingeräumt. Nein, einige von ihnen befanden sich auch auf den zahlreichen kleinen Schreibtischen, die zwischen den knorpeligen Wurzeln jenes großen Baumes standen und dort in keinerlei erkennbarer Ordnung die gesamte untere Ebene des Saales für sich in Beschlag nahmen. Dort stapelten sich die Bücher mancherorts sogar zu solch hohen Türmen, dass es beinahe an ein Wunder grenzte, wie sie auf geradezu aberwitzige Weise der Schwerkraft trotzten. Und an all diesen vielen Schreibtischen wurde fleißig gearbeitet.

Oskar bekam eine leichte Gänsehaut, als er bemerkte, dass es sich bei den blassen, ja fast schon bleichen Männern, die er dort unten sah und die nicht nur an ihren Schreibtischen saßen, sondern zum Teil auch mit Armen voller Bücher zwischen diesen hin und herliefen, auf keinen Fall um Menschen handelte – allerdings ebenso wenig um Kobolde, sondern offenbar um eine ganz eigene gnomartige Spezies.

Ihre Körper waren gedrungen, ihre Hände breit und ihre Nasen spitz. Gekleidet waren sie wie die lebendig gewordenen Karikaturen kauziger Gelehrter. Sie trugen Hemden und Sakkos, Pullunder und Westen in allen möglichen Abstufungen der Farben Grau, Beige und Braun. Ihre Nasen zierten dicke Nickel- und Hornbrillen, ihre Hälse Fliegen oder seltsam gemusterte Krawatten. Ihre Haare waren grau oder zumindest grau meliert und befanden sich bei dem einen in einem weniger, bei dem anderen in einem stärker fortgeschrittenen Stadium des Haarausfalls – oder schlicht der vollkommenen Verwahrlosung. Einige hämmerten eifrig auf mechanische Schreibmaschinen ein, andere tunkten fleißig Federn oder Griffel in kleine Tintenfässer.

Es dauerte etwas, bis Oskar all diese Eindrücke auch nur halbwegs verarbeitet hatte. Dann aber taumelte er einen Schritt zurück, zählte eins und eins zusammen und sagte zu sich selbst, gerade so, als wolle er seinen eigenen Gedanken noch einmal unterstreichen: »Es ist eine Bibliothek!«

»Richtig erkannt, Sherlock«, sagte eine ungemein kratzige Stimme direkt neben Oskar, die ihm sofort bekannt vorkam. Er drehte sich herum und tatsächlich, dort, nur wenige Meter von ihm entfernt, lehnte – lässig mit einem Arm auf das Geländer gestützt – jener schrecklich hagere Kauz mit schwarzem Zylinder und rotem Ziegenbart, den er zuvor auf dem Flohmarkt getroffen hatte!

»Tsts. Das hat jetzt aber doch ganz schön gedauert«, sagte der komische Typ, entfernte sich von dem Geländer und machte einen Schritt auf Oskar zu. »Hast du etwa wirklich so lange gebraucht, um meine Notiz zu finden?« Er griff nach dem Buch in Oskars Hand und steckte es in eine Tasche aus abgewetztem braunen Leder, die jetzt an seiner Schulter baumelte. »Danke, das nehme ich dann wohl besser wieder an mich.«

Oskar war hin- und hergerissen. Zwar war er stinksauer auf den Kerl, da offensichtlich er die

Schuld an seinem unfreiwilligen Ausflug an diesen seltsamen Ort trug. Gleichzeitig aber war er auch das erste bekannte, ja das erste wenigstens halbwegs menschliche Gesicht überhaupt, dem er an diesem Ort begegnete – und damit seine einzige Hoffnung auf einen Ausweg aus dieser Situation. »*Was zur Hölle geht hier vor*?!«, brach es aus ihm hervor.

»Immer ganz mit der Ruhe«, sagte der Mann mit Zylinder und legte Oskar beruhigend eine seiner nahezu schneeweißen Hände auf die Schulter, deren blau geäderte Finger ebenso lang und dürr waren wie der Rest von ihm. Er konnte sein unheimliches breites Grinsen, das Oskar bereits auf dem Flohmarkt aufgefallen war, offensichtlich nur schwer in Zaum halten. »Fangen wir doch vielleicht erstmal mit einer kurzen Vorstellung an. In Ordnung?«

»Ich …«

»Dein Name ist Oskar«, fiel ihm der Mann ins Wort, kaum dass er den Mund geöffnet hatte. »Keine Angst. Ich weiß ganz genau, wer du bist. Ich kenne dich wirklich nur zu gut.«

Ich will wissen, wo zur Hölle ich bin!, hatte Oskar eigentlich sagen wollen. Die Tatsache, dass sein rothaariges Gegenüber ihn anscheinend ausspioniert hatte, verärgerte ihn noch zusätzlich. »Du …«, begann er – wurde jedoch sofort erneut unterbrochen.

»Nenn mich Hermes!« Der Mann vollführte eine tiefe Verbeugung und lüftete seinen schäbigen Zylinder. Dann fügte er lächelnd hinzu: »Also nun ja, nicht etwa, dass das mein Name wäre, oder so. Aber irgendwie habe ich mich schon ein wenig daran gewöhnt.«

Eigentlich war Oskar vollkommen egal, wie der Typ hieß. Was er wollte, waren Antworten. »Wo zur Hölle bin ich?«, platzte es endlich aus ihm heraus. »Und was in drei Teufels Namen sind das da unten für Figuren?«

Hermes hielt einen Moment inne und zwirbelte nachdenklich seinen Spitzbart. Noch immer umspielte ein leichtes Grinsen seine Mundwinkel. »Na«, sagte er dann, »deine erste Frage hast du doch schon recht gut selbst beantwortet. Findest du nicht?« Er breitete die Arme aus und drehte sich einmal im Kreis. »Du, mein Bester, bist in einer Bibliothek. Mehr brauchst du eigentlich auch gar nicht zu wissen.«

»Aber …«

»Ja, ja, ist ja schon gut! Ich weiß. Es ist natürlich nicht einfach nur *irgendeine* Bibliothek«, sagte Hermes und winkte ab. »Aber glaube mir, das würde jetzt alles viel zu weit führen. Was die Typen da unten angeht.« Er deutete mit dem Daumen hinter sich in die Mitte des Saales. »Lass es mich für dich auf das Wesentliche konzentrieren. Ob du es glaubst oder nicht, die Kerle da schreiben die Zeit.«

»Was?!« Oskar traute seinen Ohren nicht. Wollte der Kerl ihn jetzt etwa vollkommen veralbern? »Die Zeit?«

»Genau«, bestätigte Hermes mit einem entschlossenen Nicken, das auch nicht den Hauch eines Zweifels aufkommen ließ, dass er die Sache wirklich vollkommen ernst meinte. »Und zwar den ganzen lieben langen Tag.« Er grinste erneut, dann legte er seine Hände auf den Rücken und begann ein paar Schritte auf und ab zu gehen. »Deswegen nenne ich sie einfach die *Schreiber*. Das ist vielleicht nicht gerade besonders originell, ich weiß, passt dafür aber perfekt und irgendeinen anderen Namen haben sie schließlich auch nicht. Zumindest keinen, von dem ich wüsste. Was dich angeht, nun, am besten siehst du in ihnen einfach so eine Art«, er blieb stehen und tippte sich einen Augenblick lang nachdenklich an sein spitzes Kinn, »tja, *Sekretäre*. Sie erfinden nichts, aber sie lassen auch nichts aus.« Er schaute Oskar tief in die Augen. »*Absolut gar nichts.* Verstanden?«

Oskar platzte beinahe der Kragen. »Nein, ich habe *nicht* verstanden!«, rief er. »Schreiber? Zeit? Wovon zum Teufel redest du da?« Unter normalen Umständen hätte er diesen *Hermes* – wie er sich seltsamerweise nannte – schlicht und einfach für verrückt erklärt und ihn nach Möglichkeit links liegen gelassen. Leider waren die Umstände aber alles andere als normal. Erst vor wenigen Minuten war er in ein Buch gesaugt worden, nur um kurz darauf einen Kobold zu treffen. Und als sei das alles noch nicht verrückt genug, wurde er jetzt auch noch im Inneren dieses gigantischen Gebäudes mit diesen merkwürdigen *Schreibern* konfrontiert!

Doch erneut zwang er sich zur Ruhe, so gut er konnte. Aufregung führte zu nichts. Nein, er musste versuchen, das Ganze sachlich anzugehen – auch wenn es ihm noch so schwer fiel. Dafür allerdings war vor allem eine Sache von ganz besonderer Bedeutung. »Warum bin ich hier?«, presste er zwischen seinen Lippen hervor.

»Endlich!«, rief Hermes. »Komm mit!« Und kaum hatte er diese Worte ausgesprochen, da setzte er sich sogleich in Bewegung.

Oskar blieb überhaupt keine Zeit für Widerworte. Dieser Hermes war nicht nur schrecklich hager, nein, er wusste die Länge seiner spinnendünnen Beine auch überaus gut einzusetzen. Schon nach nur wenigen Metern hatte Oskar daher Probleme, mit seinem neuen Bekannten Schritt zu halten. Da er sich aber keinesfalls erneut vollkommen allein dieser fremden Umgebung ausgesetzt sehen wollte, bemühte er sich nach Leibeskräften.

Ihr Weg führte die beiden zuerst ein Stück die gewundene hölzerne Galerie entlang, bis sie nach kurzer Zeit eine schmale Tür erreichten, hinter der sich eine enge Wendeltreppe verbarg. Hiervon jedoch ließ Hermes sich keineswegs aufhalten und sobald seine Füße die erste Stufe berührten, begann er, sie in einer schier halsbrecherischen Geschwindigkeit hinunter zu sausen, sodass Oskar ihn beinahe aus den Augen verlor. Endlich am anderen Ende der Treppe angekommen, traten sie erneut durch eine Tür und wieder hinein in jenen riesigen Saal mit dem großen Baum. Wie Oskar erstaunt feststellte, befanden sie sich nun auf dessen unterster Ebene – und damit in unmittelbarer Gegenwart der Schreiber.

So aus nächster Nähe betrachtet wirkten die Wesen, die auf Oskar zuvor einen beinahe possierlichen Eindruck gemacht hatten, jetzt überaus finster, ja regelrecht gruselig. Denn nun sah er, dass ihre wächserne Haut nicht einfach nur bleich war, sondern geradezu aschfahl und zugleich von vielen kleineren und größeren Falten durchfurcht wurde. Nicht nur ihre Nasen, auch ihre Ohren liefen spitz zu und ihre breiten Finger besaßen kurze, aber dicke Krallen von einem tiefdunklen Gelb. Gleichzeitig ging ein derart intensiver muffiger Gestank nach ungewaschener Kleidung von ihnen aus, wie Oskar ihn in seinem ganzen Leben noch nicht gerochen hatte.

Trotzdem grenzte es für ihn an ein wahres Schauspiel, dabei zuzusehen, wie vollkommen mühelos die auf den ersten Blick dafür scheinbar viel zu dicken und unförmigen Hände der Wesen über die Tasten der Schreibmaschinen flogen oder die zerbrechlichen Federn und Griffel ebenso schnell wie präzise über das dünne Papier führten. Wie er jetzt erkannte, verwendeten sie dabei kein ihm auch nur annähernd bekanntes Alphabet, sondern tatsächlich jene schrecklich verschnörkelten Zeichen, die er auch überall um sich herum auf den Rücken der Bücher sehen konnte. Mit dieser Sprache zeichneten sie also die Zeit auf! Zu gerne hätte Oskar sich den Inhalt eines dieser Bücher – wenn auch nur für einen kurzen Moment – einmal etwas genauer angeschaut.

Plötzlich jedoch spürte er, wie Hermes ihn am Arm ergriff und ihn mit sich weiterzog. »Weitergehen! Nicht stehen bleiben, weitergehen!«, sagte er in dem ermahnenden Tonfall eines Schaffners. »Glaub mir, es ist wirklich besser für dich, wenn du mit denen überhaupt nicht in Kontakt kommst.«

Oskar konnte es ganz und gar nicht leiden, wie der Kerl so an ihm herumzerrte. Bestimmt löste er die Hand von seinem Arm. »Und warum, wenn ich fragen darf?«

»Weil sie *stinken*!«, lachte Hermes. »Und weil sie die missmutigsten Kreaturen sind, die ich kenne. Aber nun komm! Beeil dich lieber etwas. Du willst doch schließlich wissen, warum du hier bist. Oder hat sich das etwa geändert?«

Widerwillig gehorchte Oskar und kurz darauf betraten die zwei einen der vielen von der Ebene der Schreiber abgehenden Gänge, dessen Wände ebenfalls über und über mit Regalen versehen waren, die bis hinauf zur Decke dicht an dicht mit Büchern zugestellt waren. Meter um Meter passierten Hermes und Oskar Abertausende von Buchrücken, ohne dass sich ihre Umgebung dabei auch nur ein wenig verändert hätte und bald erschien es Oskar, als besäße der Gang überhaupt kein Ende. Gleichzeitig wuchs mit jedem einzelnen Schritt seine Neugier.

Schließlich reichte es ihm und er blieb abrupt stehen. Keinen einzigen Schritt würde er mehr weitergehen, bevor er nicht zumindest einen flüchtigen Blick in eines dieser Bücher geworfen hätte! Was immer dieser Hermes ihm auch zeigen wollte, so wichtig konnte es gar nicht sein. Kurzentschlossen und vollkommen willkürlich griff er nach irgendeinem Exemplar, das sich in seiner unmittelbaren Nähe befand, und zog es aus dem Regal.

Als Oskar das Buch in der Hand hielt und es einen Moment lang von allen Seiten betrachtete, fiel ihm auf, dass es völlig übersät war von dunkelroten Flecken. Außerdem zog sich ein tiefer Schnitt einmal quer über die Vorderseite seines Einbandes. Verwundert darüber, was dies nur bedeuten konnte, schlug er das Buch auf.

»*Nein! Nicht!*«, schrie Hermes, der offensichtlich erst jetzt bemerkt hatte, was vor sich ging. Doch da war es bereits viel zu spät.

5. Kapitel

Als kämen sie aus weiter Ferne, hallten Hermes' Worte noch in Oskars Ohren wider, als er schon längst jeglichen Orientierungssinn verloren hatte. Wie zuvor in seinem Büro spürte er auch jetzt, wie er von einem kräftigen Sog erfasst wurde. Unmittelbar jedoch bevor ihn auch diesmal eine pechschwarze Dunkelheit umfing, sah er deutlich, wie das hagere Gesicht seines merkwürdigen neuen Bekannten direkt vor seinen Augen immer länger wurde und sich schließlich in eine groteske Maske verzerrte, die ausschließlich aus kalkweißer Haut und blutroten Lippen bestand.

Unmittelbar darauf begann Oskar, sich immer schneller zu drehen, während es sich für ihn gleichzeitig so anfühlte, als würde er tiefer und immer tiefer in das Buch hineingezogen werden. Doch weder sah er diesmal bunte Lichtwirbel, noch kehrten sich die Kräfte, denen er sich ausgesetzt sah, irgendwann in ihr Gegenteil um. Stattdessen hörten sie völlig abrupt auf und in der ihn umgebenen Dunkelheit wurden erst sehr verschwommene, dann nach und nach immer deutlichere Umrisse sichtbar. Schließlich bemerkte er, dass er wieder mit beiden Beinen fest auf dem Boden stand.

Es war Nacht. Er befand sich in einer schmalen Gasse zwischen zwei schäbigen Häusern – und in einem geradezu wolkenbruchartigen Regen. Reflexartig reagierte er auf den Anblick des herabstürzenden Wassers und suchte nach der nächsten

Möglichkeit, sich ins Trockene zu retten. In einigen Metern Entfernung befand sich ein kleiner Hauseingang. Halb springend, halb rennend suchte er dort Zuflucht.

Als Oskar einen Moment später etwas zur Ruhe gekommen war, erkannte er, dass der Regen sogar noch stärker war, als er zuvor gedacht hatte. Der gepflasterte Boden der engen Gasse zu seinen Füßen hatte sich regelrecht in einen schmutzigen Bach verwandelt. Von den Dächern der Häuser stürzten schäumende Wasserfälle herab, starke Windböen trugen den Regen in Stößen dahin und das allgegenwärtige Rauschen dröhnte lautstark in seinen Ohren. Ein greller weißer Blitz erhellte die Gasse. Ihm folgte nur wenige Sekunden später ein dumpfes Grollen, das scheppernd von den Häuserwänden zurückgeworfen wurde.

Oskar war verängstigt und vollkommen ratlos zugleich. Was hatte dieses Buch nur mit ihm angestellt? Nachdenklich fuhr er sich mit seiner rechten Hand durch die Haare seines Bartes. Es dauerte einen Augenblick, dann aber stellte er fest, dass dieser trotz des schier allgegenwärtigen Wassers, dem er sich gerade eben noch ausgesetzt gesehen hatte, nicht nass war. Er stutzte. Dann nahm er prüfend auch seine andere Hand und fuhr sich mit dieser ebenfalls durch den Bart, über sein Sakko, seine Krawatte und schließlich sogar über seine Hosenbeine und seine Glatze. Nichts. Kein noch so kleiner Tropfen. Nicht nur sein Bart, sondern auch seine Kleidung war vollkommen trocken! Er zögerte ein wenig, dann machte er kurzentschlossen einen Schritt vorwärts und trat erneut mitten hinein in den strömenden Regen.

In seinem ganzen Leben hatte er sich noch nie derart über einen Anblick erschreckt wie über den, der sich ihm nun bot: Die großen dicken Regentropfen fanden ihren Weg direkt durch ihn hindurch! Oskar hob eine Hand und als er etwas genauer hinsah, konnte er deutlich erkennen, wie der Regen auf der einen Seite einfach verschwand, um einen Sekundenbruchteil später vollkommen unversehrt auf der anderen Seite wieder aufzutauchen. Wie ihm jetzt außerdem auffiel, war auch der Wind – dessen Auswirkungen er doch nur allzu deutlich vor sich sah – für ihn nicht zu spüren. Ja, die Naturgewalten schienen ihn tatsächlich vollkommen zu ignorieren. Er schluckte. Es war, als sei er ein Geist.

Oskar bekam eine Gänsehaut. Dann aber dachte er nach. Falls er wirklich tot sein sollte, was hatte es dann bitte mit diesem seltsamen Hermes und all den anderen Dingen auf sich, die er in dieser schrägen Bibliothek gesehen hatte? Nein, er verdrängte diesen beängstigenden Gedanken ebenso schnell, wie er gekommen war. Aber was nur war dann mit ihm geschehen?

Eine Antwort auf diese Frage – zumindest da war er sich sicher – würde er hier in dieser dunklen Gasse nicht finden.

Oskar befand sich im Inneren einer Großstadt. Umso genauer er sich die Gegend anschaute, desto klarer wurde ihm, dass es ihn keineswegs in eines ihrer besseren Viertel verschlagen hatte. Ein Großteil der schäbigen, dicht aneinander gereihten Gebäude, an denen er vorüber kam, war durch Verwitterung und Unmengen von Ruß geschwärzt. Nicht selten hatte sich der Putz sogar schon vollkommen von seinem Grund gelöst und den Blick frei gegeben auf das blanke Mauerwerk darunter. Immer wieder schwamm auf dem wild dahinschießenden Wasser zu seinen Füßen allerlei Unrat an ihm vorüber und trotz des starken Regens drang ein derart schwerer und muffiger Gestank in seine Nase, als gehörte er so fest zu dieser Gegend, dass ihn auch noch so große Unmengen an Wasser nicht würden hinwegwaschen können.

Zwar sah Oskar nicht auch nur eine Menschenseele auf der Straße, doch in Anbetracht des schrecklichen Wetters sowie der Finsternis war dies eines der wenigen Dinge, über die er sich tatsächlich nicht im Geringsten wunderte. Vermutlich hatte sich auch noch der letzte arme Schlucker in irgendein Loch zurückgezogen. Hier und dort brannte ein gedämpftes, flackerndes Licht hinter einem Fenster, das nur von gelegentlich vorüberhuschenden Schatten gestört wurde. Das erste Straßenschild, auf das er stieß, zeigte den Namen *Brick Lane*.

Trotz des noch immer ohrenbetäubenden Prasselns des Regens nahm Oskar hinter sich plötzlich ein anderes, zuerst schwaches aber schnell lauter

werdendes Geräusch war. Noch bevor er sich um-
wandte, wusste er, dass es sich um das metallene
Getrappel galoppierender Pferdehufe handelte, welche die groben Pflastersteine der Straße trafen.

Er täuschte sich nicht. In dem schwachen Licht
der Straßenlaternen sah er eine Kutsche, die sich
schnell näherte. Gezogen wurde sie von einem einzelnen Pferd, dessen vor Nässe glänzendes Fell im
Tageslicht dunkelbraun sein mochte, jetzt bei Nacht
jedoch pechschwarz erschien. Damit besaß das Tier
eben dieselbe Farbe nicht nur wie das altertümliche
Gefährt, sondern auch wie der weite Umhang, welchen sich der tief nach vorne gebeugte Kutscher soweit über den Kopf gezogen hatte, dass Oskar sich
wunderte, wie der Mann sein Fahrzeug überhaupt
noch zu steuern vermochte.

Einen Wimpernschlag später polterte die Kutsche
bereits so dicht an Oskar vorüber, dass er beinahe von
einem ihrer hölzernen Räder erwischt wurde und sich
nur mit einem beherzten Satz in Sicherheit bringen
konnte. »Spinner!«, rief er – und sah kurz darauf zu
seiner Überraschung, wie das Gefährt langsamer
wurde und schließlich direkt an der nächsten Straßenecke vor einem Gebäude stehen blieb. Er machte
sich auf den Weg.

Als er etwa die Hälfte der Strecke zurückgelegt hatte, bemerkte er, dass es sich bei dem Gebäude offensichtlich nicht um ein normales Wohnhaus, sondern
um eine heruntergekommene Kneipe handelte, deren
Name mit großen weißen Buchstaben auf schwarzem
Grund über dem Eingang geschrieben stand:

The Frying Pan

Die Tür der Kutsche öffnete sich und eine männliche Gestalt mit schwarzem Zylinder, deren schmale Schultern ebenfalls von einem ausladenden dunklen Mantel bedeckt wurden, trat mit eingezogenem Kopf hinaus in den Regen. Eilig drückte der Mann dem Kutscher etwas in die Hand und war kurz darauf in der Kneipe verschwunden. In dem Moment, in dem Oskar schließlich selbst das altmodische Fahrzeug erreichte, setzte dieses sich bereits wieder in Bewegung. Doch jetzt war es der Mann, der ihn interessierte.

Als Oskar deswegen seine Hand auf die Türklinke der Kneipe legen wollte, fuhr diese ebenso durch das Metall hindurch wie der Regen durch seinen Körper. Er erschrak – obwohl er eigentlich mit so etwas hätte rechnen müssen – wusste dann aber sofort, was er zu tun hatte. Er holte einmal tief Luft und trat geradewegs durch die geschlossene Tür hindurch.

Das Erste, das Oskar sah, nachdem seine Augen das Holz der Tür durchquert hatten, war der schwarze Rücken eben jenes Mannes, der erst vor kurzem aus der Kutsche gestiegen war. Oskar blieb stehen. Der Mann hingegen steuerte auf die Theke zu, die sich über die gesamte rechte Seite des einzelnen großen

Raumes erstreckte, wo er sich schließlich zu zwei nicht mehr allzu jungen Frauen gesellte. Eine der beiden war eher klein und zierlich und trug eine schwarze Kappe auf ihren wolligen dunkelblonden Haaren, die andere wiederum war etwas kräftiger gebaut und hatte ihr dünnes Haar zu einem Dutt gebunden.

»Hey Kleiner!«, rief die etwas Stämmigere in einem von einem schweren Akzent gefärbten Englisch, das Oskar gerade noch verstand. »Da bist du ja schon wieder! Du kannst ja gar nicht genug bekommen, was?«

Das *The Frying Pan* war wirklich das heruntergekommenste Lokal, das Oskar in seinem ganzen Leben je betreten hatte – sofern es diesen Namen überhaupt noch verdiente. Es war ebenso lieblos wie planlos vollgestellt mit schäbigen Stühlen, schiefen Tischen sowie einigen großen Fässern, die ebenfalls als Tische dienten. Das vom Alter fast schon schwarze Holz, mit welchem nicht nur der Boden, sondern auch die Wände vollständig verkleidet waren, wirkte schrecklich ramponiert und abgeschabt. Zahlreiche der Dielen unter Oskars Füßen waren – vermutlich bereits vor langer Zeit – gebrochen, aber nie durch neue ersetzt worden. Durch das viele Regenwasser, das sicher nicht nur heute von den Besuchern hereingetragen wurde, machten sie zudem einen aufgequollenen und überhaupt sehr schmuddeligen Eindruck. Hinzu kam, dass überall angetrocknete Essensreste festklebten, einige verwaiste Bierkrüge offensichtlich bereits seit geraumer Zeit darauf warteten, abgeräumt zu werden, und hier und dort alte, zerknüllte und vollkommen aufgeweichte Zeitungen einfach so auf dem Fußboden herumlagen. Beleuchtet wurde diese armselige Szenerie durch das schwache Licht einiger weniger elektrischer Lampen, sowie der ein oder anderen unregelmäßig im Raum verteilten Kerze.

Mit Ausnahme des Mannes und der zwei Frauen hielten sich hier nur sehr wenige Menschen auf. Hinter der Theke stand ein offensichtlich sehr müder Barkeeper, dessen Mundwinkel unter seinem dreckig gelben Schnauzbart tief herabhingen, während er gelangweilt ein Glas polierte. An einem der Tische saßen zwei alte bärtige Männer schweigend über ihre halb vollen Gläser fast schwarzen Bieres gebeugt und schienen bereits mit offenen Augen zu schlafen.

Der Mann, dem Oskar gefolgt war, ging nicht auf die Worte der Frau ein, sondern setzte kommentarlos seinen Zylinder ab und legte ihn auf die Theke. Dann zog er seinen schwarzen Mantel aus, faltete ihn sorgfältig einmal in der Mitte und platzierte ihn – ohne sich jedoch selbst zu setzen – auf einem der leeren Barhocker vor sich.

Auch Oskar trat an die Theke. Allerdings versuchte er dabei möglichst unauffällig zu wirken und hielt daher absichtlich ein paar Meter Abstand zu dem Mann aus der Kutsche. Er war froh, dass seine ungewöhnliche Art und Weise, die Tür zu durchqueren, offensichtlich niemandem aufgefallen war. Er musste sein Glück ja nicht unbedingt überstrapazieren.

Alles was er hier wollte, war, herauszufinden, wo er gelandet war.

Jetzt, da er das ausladende Kleidungsstück abgelegt hatte, fiel Oskar sofort auf, dass der Mann sich sehr von den übrigen Menschen unterschied, die sonst allesamt einen sehr schludrigen Eindruck machten. Er musste etwa in seinen Fünfzigern sein, wirkte gleichzeitig aber auch seltsam jung. Er trug ein dunkelgrünes Jackett über einer gleichfarbigen Weste sowie ein gepflegtes weißes Hemd, das an seinem Hals von einer schwarzen Fliege verziert wurde. Seine eher grauen als schwarzen Haare waren weder wirklich kurz noch wirklich lang und kringelten sich an den Seiten seines Kopfes zu kleinen Locken. »Ei-Ein Ale, bitte«, stotterte er und der Barkeeper machte sich sichtlich lustlos an seine Arbeit.

In diesem Augenblick wurde Oskar sich bewusst, dass er sich in eine überaus ungünstige Situation begeben hatte. Jeden Moment würde der Barkeeper ihn fragen, was er trinken wolle. Seine Brieftasche hatte er zwar dabei, aber er bezweifelte sehr, dass man hier seine Kreditkarten akzeptieren würde. Nach kurzer Bedenkzeit entschied er sich deswegen dazu, die Flucht nach vorne anzutreten.

»Hey!«, rief er und winkte dem Barkeeper zu, gerade als dieser das dunkle Ale vor dem Mann abgestellt hatte. Oskar hatte vor, ihn nach einer Wegbeschreibung zu fragen und dann in ein Gespräch zu verwickeln. So würde er erfahren, wo er sich befand, ohne selbst etwas bestellen zu müssen. Doch sein Plan schlug fehl. Der Barkeeper ignorierte ihn derart vollkommen, als hätte er ihn überhaupt nicht gehört.

Oskar ärgerte sich über diese geradezu schon provokante Unhöflichkeit. Er wartete einige Sekunden, dann versuchte er es erneut. »*Hey*!«, rief er diesmal deutlich lauter als zuvor, während er gleichzeitig energisch gestikulierte. »*Hallo*!«

Wieder keine Reaktion. Und nicht alleine der Barkeeper, sondern auch der Mann und die beiden Frauen schienen ihn nicht einmal zu bemerken. Zumindest würdigte ihn keiner von ihnen auch nur eines flüchtigen Blickes. Ja, es war ganz so – als wäre er aus Luft.

Oskar begriff. Offensichtlich war er nicht nur für den Regen nicht vorhanden, sondern auch für die Menschen. Da er auch hiermit in gewisser Weise hätte rechnen können, ärgerte er sich allerdings mehr über seine eigene Naivität, als dass ihn die Angelegenheit noch wirklich erschreckte. Stattdessen beschloss er, das Beste aus der Situation zu machen, und trat einige Schritte näher an die kleine Gruppe heran. Ihr Gespräch hatte bereits begonnen.

»Wie war gleich noch mal dein Name, mein Süßer?«, fragte die Frau mit dem Dutt.

Der Mann nahm gerade einen ersten Schluck Bier. »De-Der tut nichts zur Sache«, antwortete er, nachdem er sich mit einer Geste, die vermutlich betont männlich wirken sollte, seinen Mund abgewischt hatte. Bei ihm wurde Oskar allerdings eher an einen kleinen Jungen erinnert, der sich von einem Milchbart befreite.

»Na! Aber warum denn so zugeknöpft?«, rief die Frau mit der schwarzen Kappe, lehnte sich etwas nach vorne und betrachtete den Mann aus zusammengekniffenen Augen. Es war offensichtlich, dass sie bereits ziemlich betrunken war.

Der Mann antwortete nicht, sondern senkte nur seinen Blick auf das Glas in seinen Händen. Es schien ganz so, als wäre ihm die Situation unangenehm.

»Ach, was soll's!«, sagte die Frau, winkte ab und nahm einen großen Schluck aus ihrem eigenen Glas. »Aber nur damit du's gleich weißt. Ich bin für deinen komischen Krams nicht zu haben!« Als der Mann sie hierauf etwas bestürzt anschaute, deutete sie betont nachdrücklich mit dem Zeigefinger auf ihn. »Jaha! Du hast schon richtig gehört! Emily hier hat mir das nämlich alles *ganz genau* erzählt.« Sie lachte, nickte und schüttelte dann empört den Kopf. »Nein, nein, nein. Weißt du was? Du bist schon ganz schön verdreht da oben unter deinen komischen Locken!«

»Aber i-ich dachte …«, stotterte der Mann und schaute betreten zu der Frau namens Emily. »Si-Sie hatten doch ge-ge…«

»Überleg dir das ganz genau, Mary Ann!«, fiel Emily ihm ins Wort und legte ihm ihren Arm um die Schultern. »Der Kleine hier bezahlt wirklich alles andere als schlecht.« Sie spielte etwas mit seinen Locken. »Nicht wahr?« Der Mann nickte bekräftigend. »Von einer Nacht mit ihm kannst du eine ganze Woche lang leben.« Sie lachte. »Sogar länger, wenn du mal etwas weniger saufen würdest.«

»Na und wenn schon. Irgendwo is' ja auch Schluss!« Mary Ann winkte ab und leerte mit einem Satz den Rest ihres Glases. Dann schob sie es mit einem kräftigen Ruck so unvorhersehbar abrupt zu dem schläfrigen Barkeeper herüber, dass der es nur mit Müh und Not noch rechtzeitig zu fassen bekam, bevor es über die Kante des Tresens sauste. »Außerdem muss ich los!«

»A-Aber, so hö-hören Sie mi-mir doch nu-nur einen Augenblick zu!«, bat der Mann. Er schien geradewegs zu verzweifeln. »E-Es soll au-auch ga- ganz bestimmt nicht zu I-Ihrem …«

»Vergiss es Freundchen!«, sagte Mary Ann. »Mit mir nicht! Aber Emily hier is' ja für dich da. Die steht doch auf so'n Kram.« Sie lachte und verdrehte gleichzeitig die Augen. »Viel Spaß noch euch zwei!«, rief sie, verließ schwankend den Tresen und stolperte kurz darauf hinaus in die Nacht.

Der Mann schaute ihr traurig hinterher. Seine Augen wirkten auf Oskar nun vollends wie die eines kleinen enttäuschten Kindes, dem man sein Spielzeug weggenommen hatte.

»Ach, mach dir da bloß nichts draus«, sagte Emily und schmiegte sich an seinen Arm. »Sie hat ja ganz Recht. Du hast doch mich!«

Der Mann entwand sich sofort ihrem Griff. »Di-Dich will ich aber nicht.« In seiner Stimme klang plötzlich ein derart jähzorniger Trotz, dass er Oskar sofort einen Schauer den Rücken hinabtrieb. »Ich will *sie*«, fügte er dann leise und ohne jegliches Stottern hinzu. Kurz darauf warf er sich mit einer gewissen Entschlossenheit seinen Mantel über, setzte auch seinen Zylinder wieder auf und folgte Mary Ann, während Emily mit einem Schulterzucken alleine an dem Tresen zurück blieb. Und Oskar folgte ihm.

Kurz bevor er die Tür erreichte, fiel ihm jedoch etwas auf, dem er zuvor offensichtlich nicht die nötige Aufmerksamkeit geschenkt hatte. Ohne weiter auf den Mann zu achten, hielt er inne. Auf einem der Tische lag – zwischen einem halb vollen Glas Ale und einem schmutzigen Teller voller angetrockneter Essensreste – eine schrecklich zerknitterte Ausgabe der *Daily News*, einer Zeitung, von der er noch nie gehört hatte. Ihr Name war ihm aber auch vollkommen egal. Denn neben dem in großen Buchstaben gedruckten Titel stand kleingeschrieben das Datum der Ausgabe: *30. August 1888.*

Die Kutsche, die altmodische Kleidung der Menschen, die Straßenschilder – alles ergab plötzlich einen Sinn! Auch wenn ansonsten überhaupt gar nichts mehr einen Sinn ergab.

Sobald er sich wieder etwas gefasst hatte verließ Oskar die Kneipe so schnell er nur konnte. Der Regen hatte nicht im Geringsten nachgelassen, sondern schien tatsächlich sogar noch etwas stärker geworden zu sein. Zu allem Überfluss war nun auch noch ein dichter Nebel aufgezogen, der es ihm fast unmöglich machte, sich zu orientieren. Weder der

Mann noch Mary Ann waren weit und breit zu sehen. Und da die Kneipe außerdem an einer Straßenecke lag, grenzte es für ihn geradezu an ein Glücksspiel, die richtige Richtung auszuwählen. Wohin waren die zwei nur verschwunden? Ratlos blieb Oskar direkt unter der Aufschrift *The Frying Pan* stehen, unfähig sich zu entscheiden.

»*Verschwinde*!«

Auch wenn dieses eine Wort nur äußerst gedämpft an Oskars Ohr drang, erkannte er deutlich Mary Anns Stimme. Sofort setzte er sich in Bewegung und lief jene Straße entlang, aus welcher der Schrei seiner Meinung nach gekommen war. Gleichzeitig warf er suchende Blicke nach allen Seiten, damit ihm auch bloß nichts entging.

Er passierte mehrere einfache Wohnhäuser, Läden, in deren Schaufenstern alle Arten von Gebrauchsgütern ausgestellt waren, und eine enge Gasse, in deren Finsternis er weder den Mann noch Mary Ann ausmachen konnte. Schließlich gelangte er an ein großes Fabrikgebäude.

»Du sollst verschwinden, hab ich gesagt!«, erklang erneut Mary Anns Stimme, diesmal deutlich näher. Fast gleichzeitig sah Oskar aus einem der Toreingänge des Fabrikgebäudes einen kleinen Zipfel ihrer Kleidung auf den schmalen Fußweg hinausragen.

Nur wenige Sekunden später hatte er die zwei erreicht. Mary Ann stand mit dem Rücken in die Ecke gedrängt in dem Toreingang. Der Mann befand sich direkt vor, ja fast über ihr und nahm ihr somit jegliche Möglichkeit zur Flucht. Vielleicht hatte Mary

Ann versucht, sich hier vor ihrem Verfolger zu verstecken. Vielleicht aber hatte sie sich auch nur einen kurzen Moment vor dem Regen schützen wollen und war dann von dem Mann entdeckt worden. Wie auch immer sie in diese missliche Lage geraten war – es sah jedenfalls ganz und gar nicht danach aus, als sei es freiwillig geschehen.

»I-Ich wi-will Ihnen nichts tun«, stotterte der Mann. »Si-Sie mü-müssen nur mi-mit mir mitkommen.«

»Das kannst du vergessen!«, rief Mary Ann und drängte sich noch etwas weiter in die Ecke. Gleichzeitig hob sie abwehrend die Hände. »Verschwinde gefälligst!«

»I-Ich ka-kann nicht ve-verschwinden!«, gelang es dem Mann herauszubringen. »E-Er lässt es nicht zu!« Seine Locken hingen schlaff und triefend vor Wasser an den Seiten seines Kopfes herab. Seine Gedanken und Emotionen schienen sich zu überschlagen und ihn völlig zu überwältigen.

Schließlich wandte er seinen Blick kurzzeitig von Mary Ann ab und Oskar wurde Zeuge, wie sich zuerst etwas in seinen Augen veränderte – bevor sich sein Gesicht zu einer fiesen Grimasse verzog. Als er Mary Ann daraufhin wieder anschaute, schien es ganz so, als wäre es eine völlig andere Person, die die nächsten ruhigen und wohl artikulierten Worte mit tiefer und bestimmter Stimme aussprach: »Du *wirst* mit mir mitkommen.«

»*Nein*!«, schrie Mary Ann – und dies war ihr letztes Wort. Denn plötzlich stürzte sich der Mann wie ein wildes Tier auf sie. Seine Hände fuhren an ihren Hals und unterdrückten ihre Stimme. Zuerst wehrte Mary Ann sich zwar noch mit Händen und Füßen, aber sie hatte dem Angreifer nicht auch nur das Geringste entgegenzusetzen. Ja, der Mann schien ihre Schläge und Tritte tatsächlich überhaupt nicht wahrzunehmen, während er sie immer stärker mit beiden Armen gegen die Wand presste und dabei sogar ein wenig vom Boden emporhob.

Oskar war von der Situation vollkommen überfordert. Zwar hatte er bereits in der Kneipe das Gefühl gehabt, dass mit diesem seltsamen Kerl etwas ganz und gar nicht stimmte, diese offene, ungebremste Brutalität fuhr ihm jedoch tief ins Mark seiner Seele. Unweigerlich wich er einige Schritte zurück und obwohl er wusste – oder vielmehr ahnte – dass er der Frau ebenso wenig helfen konnte, wie er sich selbst in Gefahr befand, fühlte er sich dennoch unmittelbar an den Geschehnissen beteiligt.

Mary Anns Widerstand wurde bereits schwächer. Daher brachte der Mann jetzt die nötige Kraft dazu auf, seine rechte Hand von ihrem Hals zu lösen und mit ihr in die Seitentasche seines Mantels zu greifen. Kurz darauf sah Oskar einen kleinen silbernen Gegenstand aufblitzen, bei dem es sich nur um eine Klinge handeln konnte. Und in dem Augenblick, in dem der Mann begann, mit dieser Klinge auf Mary Ann einzustechen, überschlugen sich die Ereignisse.

Während sich die ersten Tropfen dunkelroten Blutes zwischen den groben Pflastersteinen der Straße mit dem strömenden Regen vermischten, dessen lautes Tosen Mary Anns verzweifelte Schreie erstickte, meinte Oskar plötzlich noch eine dritte Gestalt neben den beiden eng im Kampf miteinander verschlungenen Menschen erkennen zu können.

Zuerst sah er lediglich verschwommene, schemenhafte Umrisse, die sich mitten im Nebel manifestierten. Dann aber sah er immer deutlicher etwas, das wirkte, wie ein lumpiger grauer Umhang, der einige Zentimeter über dem Boden schwebte. Nach und nach wurden für ihn immer mehr Details erkennbar und je mehr Oskar erkannte, desto heftiger spürte er die kalte Hand des nackten Terrors an seiner eigenen Kehle!

Von dem Kopf der rätselhaften Gestalt schaute gerade so viel unter einer fadenscheinigen alten Kapuze hervor, dass er eine löchrige Wange ausmachen konnte, durch die graugelbe Zähne hervor ragten. Einige Fetzen aschfahler Haut hingen wie altes Leder herab und aus einem der Ärmel des zerschlissenen Mantels ragte eine knöcherne Hand hervor.

Langsam aber bestimmt erhob dieses Wesen, kaum dass es vollständig zu erkennen war, nun diese Hand und streckte sie – während der Mann wie besessen immer wieder auf sein Opfer einstach – in Richtung der sterbenden Mary Ann aus.

Dann spürte Oskar eine Hand an seinem eigenen Arm. Sein Herz blieb beinahe stehen und ohne dass er etwas hätte dagegen unternehmen können, gab er einen unterdrückten Schrei von sich.

»*Pscht*!«, flüsterte Hermes. »Schnell! Wir müssen hier weg!«

Doch unmittelbar bevor Oskar erneut von tief-schwarzer Dunkelheit umfangen wurde, drehte jene Gestalt ihren knöchrigen Kopf etwas zur Seite und schaute ihm aus leeren Augen direkt in seine Seele.

6. Kapitel

Oskars Welt begann erneut sich zu drehen und einige Sekunden lang spürte er, wie er aus der tiefen Dunkelheit weiter und immer weiter emporgeschraubt wurde. Schließlich saß er auf dem Boden der Bibliothek und zitterte am ganzen Leib. Nur wenige Zentimeter neben ihm lag – jetzt wieder geschlossen – jenes Buch, das er zuvor derart willkürlich aus dem Regal gezogen hatte. Die verschnörkelten Schriftzeichen auf seinem Einband gaben ein leichtes, aber doch deutliches Glühen von sich, das allerdings bereits begann, schwächer zu werden. Die Dinge, die er soeben gesehen hatte, die Augen, diese furchtbaren Augen, in deren abgrundtiefe Leere er gerade noch geblickt hatte – so sehr er sich auch anstrengte, Oskars Verstand weigerte sich vehement, das alles zu begreifen.

»Ja, bist du denn total wahnsinnig geworden?!« Hermes' kratzige Stimme, die für derartige Eskapaden eigentlich vollkommen ungeeignet war, überschlug sich beinahe vor Aufregung. Der rothaarige Kerl hatte seine Arme in seine dürren Hüften gestemmt und beugte sich tief zu Oskar herab. Sein Blick schien Funken zu sprühen. »Da greifst du dir kurzerhand irgendein Buch und schlüpfst mir nichts, dir nichts in die Vergangenheit, als sei es das Selbstverständlichste auf der Welt.« Er schüttelte verständnislos den Kopf. »Du *musst* wahnsinnig sein«, stellte er nüchtern fest und richtete sich auf. »Oder einfach nur vollkommen bescheuert. Hast du überhaupt auch nur die leiseste Ah-

nung, was dir alles hätte passieren können? Wo du überall hättest landen können?«

»Ich, ich wusste ja nicht …«, stammelte Oskar.

»Du wusstest *was* nicht?«, fragte Hermes, nahm sich das Buch mit den roten Flecken – die Oskar jetzt eindeutig als getrocknetes Blut erkannte – und stellte es sorgfältig zurück an seinen Platz. »Ts. Das die für die Dinger aber auch keinen extra Raum haben«, murmelte er noch immer merklich verärgert.

Oskars Angst schlug fast übergangslos in Wut um. Wie kam dieser verrückte Kerl eigentlich dazu, ihn hier an diesen seltsamen Ort zu bringen, ihn völlig im Unklaren darüber zu lassen, wo er sich befand oder was er hier überhaupt sollte, und ihn dann auch noch als *wahnsinnig* zu bezeichnen, nur weil er nichts weiter getan hatte, als irgendein verdammtes Buch aufzuschlagen?

»Herrgott!«, rief er »Ich weiß ja weder *wo* ich bin, noch *warum* ich überhaupt hier bin!« Er sprang auf, trat näher an Hermes heran und bohrte ihm seinen Zeigefinder tief in die hagere Brust. »Und vor allem, wie soll ich denn ahnen, dass so etwas passieren könnte? Also, du Witzfigur, erkläre mir verdammt nochmal, was es mit all dem hier auf sich hat, bevor du mich noch einmal als *bescheuert* bezeichnest! *Hast du mich verstanden*?«

Hermes jedoch zeigte sich von Oskars Wutausbruch sichtlich unbeeindruckt. Stattdessen ergriff er seinen Zeigefinger und entfernte ihn mit einem geradezu angeekelten Gesichtsausdruck von seiner Brust, als handele es sich um ein widerliches Insekt. »Pff! Von wegen. Ich hatte doch gesagt, dass ich dir zeigen werde, warum du hier bist. Du hättest mir einfach nur folgen müssen.« Er zuckte mit seinen spitzen Schultern. »Oder hältst du mich etwa für deinen persönlichen Reiseführer? Ha!« Er winkte belehrend mit seinem Zeigefinger. »Da hast du aber eine Sache völlig falsch verstanden, mein bester Oskar. Ich bin hier, weil ich eine überaus wichtige Aufgabe zu erfüllen habe. Entweder kommst du also ganz von alleine mit mir mit, oder aber du lässt es bleiben. Das soll mir vorerst auch Recht sein.«

Hermes trat noch einen Schritt auf Oskar zu und blickte ihm aus nächster Nähe so direkt in die Augen, dass Oskar eine Gänsehaut bekam. Irgendetwas an den starren schwarzen Pupillen seines neuen Bekannten war sicherlich nicht menschlich! Um Hermes' Mundwinkel spielte ein hämisches Grinsen, als er fortfuhr. »Nur, Freundchen, eines lass dir gesagt sein. Ich würde dir wirklich ganz und gar nicht raten, hier an diesem Ort ohne mich herumzuspazieren.« Er richtete sich kerzengerade auf, schlug die Arme übereinander und erhob trotzig sein Kinn. »Aber los! Bitte, nur zu! Versuch es ruhig einmal. Ich halte dich ganz bestimmt nicht davon ab. Aber glaube mir, du wirst dir sehr bald wünschen, ich wäre bei dir, um deine Hand zu halten.«

Oskar knirschte vor Wut mit den Zähnen. Alles in ihm rebellierte gegen die hochnäsige Art und Weise, mit der dieser lächerliche Kerl mit seinem verfluchten Zylinder meinte, ihn behandeln zu können. Für gewöhnlich war *er* es, der die Leute über ihre Fehler aufklärte, und niemand anders! Und er verspürte wirklich nicht die geringste Lust, die Rollen zu wechseln! Andererseits musste er sich leider eingestehen, dass ihm das vergangene Ereignis nur allzu eindrücklich vor Augen geführt hatte, was ihm an diesem seltsamen Ort alles zustoßen konnte. Von ganzem Herzen wünschte er sich daher zurück in die Kanzlei und in sein Büro und damit in seine vertraute Welt, in der *er* derjenige war, der die Fäden in der Hand hielt.

»Ach, da fällt mir was ein«, sagte Hermes. »Dieses Ding hat dich doch nicht etwa gesehen, oder?«

»Welches *Ding*?«, fragte Oskar – obwohl er befürchtete, nur zu gut zu wissen, was Hermes meinte.

»Ach, nun komm schon! Stell dich gefälligst nicht noch dümmer an, als du bist. Der Schnitter natürlich. Dieses modrige Vieh, das dich armen Kerl so zu Tode erschreckt hat.«

Alleine bei dem Gedanken an diesen *Schnitter*, wie Hermes ihn nannte, bekam Oskar erneut eine Gänsehaut. »Ähm. Nein. Das Ding hat mich nicht gesehen«, log er, da er an Hermes' Tonfall klar und deutlich zu erkennen meinte, dass alles andere einem Schuldgeständnis gleich gekommen wäre. Diese Genugtuung wollte er ihm nicht auch noch gönnen.

»Super! Na, dann ist ja alles in Ordnung.« Hermes setzte seinen Zylinder ab und rückte dessen schwarzweiße Feder etwas zurecht. »Aber wo wir gerade dabei sind. Auf eine Kleinigkeit sollte ich dich vielleicht noch schnell hinweisen, ehe du wieder irgendwelche dummen Sachen anstellst. Du und ich, wir zwei werden uns demnächst zusammen eines, vielleicht auch mehrere dieser Bücher etwas genauer anschauen. Wie viele genau, das hängt ganz allein von dir ab. Doch wenn wir das tun, dann gibt es für dich genau eine einzige und ganz simple Regel. Nicht mehr und nicht weniger. Und die lautet: Nimm dich in Acht, dass man dich nicht sieht! Verstanden?«

Tatsächlich hatte Oskar absolut gar nichts verstanden. »Was redest du da jetzt schon wieder?«, fragte er und warf die Arme auseinander. »Was zur Hölle willst du mit mir in der Vergangenheit? Und außerdem, man konnte mich doch gar nicht sehen!« Die Erinnerung ließ Oskar frösteln. »Ich war wie ein Geist! Selbst der verdammte *Regen* ist einfach so durch mich hindurchgeflogen, als gäbe es mich überhaupt nicht!«

Hermes' Grinsen war zurück. »Nicht so schnell, nicht so schnell! Immer eins nach dem anderen, ja? Du wirst sehr bald selbst sehen, was das Ganze soll. Keine Angst. Das verspreche ich dir.« Er schüttelte erneut den Kopf »Und in Acht nehmen sollst du dich selbstverständlich nicht vor den Menschen, du kleiner Dummkopf. Pah!« Er winkte ab. »Die könnten dich nicht einmal sehen, wenn ihr Leben davon abhinge. Nein, ich meine natürlich vor allem *anderen*, was uns da sonst noch so über den Weg läuft. Denn wie ich dir schon sagte, diese fleißigen kleinen Schreiber lassen wirklich absolut *nichts* aus.« Er setzte seinen Zylinder wieder auf. »Aber jetzt los! Komm! Es wird wirklich Zeit, dass wir die Sache angehen.« Ohne Oskars

Reaktion abzuwarten, drehte er sich um und folgte weiter jenem schrecklich langen Gang, in dem sie sich noch immer befanden.

Oskar spürte, wie ihm die Angst den Magen zuschnürte. Dieser *Schnitter* hatte ihn ja bereits gesehen! »Hey! Warte!«, rief er und holte Hermes so schnell ein, wie er nur konnte. »Ähm, aber nur mal so angenommen. Was würde denn passieren, falls man mich sähe?«

»Nicht fragen, mitkommen!«, sagte Hermes, ohne sich auch nur zu Oskar herumdrehen. »Halte dich immer schön an das, was ich dir sage, dann wird alles gut. Keine Angst.«

Oskar schluckte. Während er und sein hagerer Begleiter immer tiefer in die Bibliothek vordrangen, fiel es ihm äußerst schwer, die Gedanken an die leeren Augen des *Schnitters* zu verdrängen.

Mit jedem einzelnen Meter, den Hermes und er zurücklegten, entfernten sie sich weiter und weiter von der Realität. Zumindest war das Oskars lebhaftes Gefühl, während sie immer tiefer und tiefer in die Bibliothek vordrangen. Dabei verlief der Gang keinesfalls schnurgerade in eine einzige Richtung, sondern folgte allerlei für Oskar absolut unerklärlichen Biegungen und Windungen. Mal fiel er ohne erkennbaren Grund steil ab, nur um sofort darauf steil anzusteigen. Ebenso besaß er zahlreiche gleichermaßen abrupte wie sinnlose Ecken und lang gestreckte Links- oder Rechtskurven. Hier und dort trafen die zwei außerdem auf Treppen, die scheinbar willkürlich hinab in die Tiefe führten, oder aber erklommen werden wollten. Nur eine einzige Sache schien der Gang tatsächlich nicht zu besitzen: ein Ende.

Während alledem kamen sie nicht an einem einzigen Abschnitt Wand vorbei, der nicht vom Boden bis hinauf zur Decke mit vollkommen überfüllten Bücherregalen bedeckt gewesen wäre. Bereits jetzt – obwohl er noch gar nicht so lange in der Bibliothek weilte – glaubte Oskar daher, dass es an diesem Ort weitaus mehr Bücher geben musste als Sterne am Firmament.

Es dauerte nicht lange und ihm drängte sich unweigerlich die Frage auf, wie wohl der Grundriss dieses chaotischen Gebäudes aussehen mochte. Doch auch wenn er sich noch so sehr anstrengte, er konnte ihn sich nicht einmal annähernd vorstellen. Am ehesten passte vielleicht noch die Beschreibung eines Ameisenhaufens. Und obwohl er sich eigentlich nichts mehr wünschte, als in die normale Welt zurückzukehren, um mit seinem gewohnten Leben fortzufahren, existierte doch auch eine kleine Stimme in seinem Inneren, die gerne mehr über diesen ebenso phantastischen wie grotesken Ort in Erfahrung gebracht hätte.

Was das anging schien er bei Hermes jedoch an der falschen Adresse zu sein. Zumindest machte der schräge Typ mit seinem lächerlichen Zylinder wirklich keinerlei Anstalten, sich auch nur einen kurzen Augenblick lang näher mit ihm zu beschäftigen. Alles, was der tat, war, in einem konstant strammen Schritt voraus zu marschieren und sich dabei gelegentlich einmal umzublicken – vermutlich um sich zu versichern, dass Oskar ihm auch weiterhin schön brav und artig folgte. Immer mehr fühlte Oskar sich daher wie ein kleines bevormundetes Kind, das nicht in der Lage war, sein eigenes Schicksal zu bestimmen.

Gerade als er beinahe nicht mehr daran geglaubt hatte, fand der Gang dann allerdings doch noch ein Ende und mündete in einen großen Saal, dessen Inneres vollständig mit sichtlich uralten Regalen vollgestellt war. Zahlreiche der Regalböden waren – offenbar aufgrund ihres hohen Alters – unter ihrer Last zerbrochen. Die Bücher, die einst auf ihnen gestanden hatten, waren zu Boden gefallen und bildeten hier und dort kleine vollkommen von Sägemehl bedeckte Häufchen.

Hermes machte auch hier nicht die leisesten Anstalten, sein Tempo zu verlangsamen. Doch nachdem sie einige der Regalreihen durchquert hatten, bemerkte Oskar, dass sich die Bücher dieses Saales sehr von allen anderen unterschieden, die er bisher in der Bibliothek gesehen hatte. Im Unterschied zu jenen nämlich zeigten ihre Buchrücken keineswegs diese merkwürdig gewundenen Schriftzeichen, welche die Schreiber verwendeten. Nein, sie besaßen vollkommen normale Titel. Flüchtig erkannte Oskar Namen wie *Cicero*, *Vergil* oder *Ovid*. Namen also, die ihm nicht nur von seiner eigenen Zeit auf dem Gymnasium, sondern vor allem auch von gelegentlichen Gesprächen, die er dann und wann mit Corinna über ihre Arbeit geführt hatte, zumindest ein Begriff waren. Doch auch wenn er Latein in der Schule selbst abgewählt hatte, die Tatsache, dass in der Bibliothek durchaus auch ein paar normale Bücher aufbewahrt wurden, erleichterte ihn etwas.

Wenige flüchtige Augenblicke später verließen sie diesen Saal und betraten zu Oskars Ernüchterung einen weiteren Gang, der dem vorigen in fast jeglicher Hinsicht glich. Der einzige bedeutende Unterschied bestand darin, dass dieser Gang nicht einmal halb so lang war wie sein Vorgänger, sondern nach nur wenigen Hundert Metern bereits in den nächsten mit Regalen vollgestopften Saal führte, welcher diesmal jedoch dieselbe Art von Büchern beherbergte, wie sie sich auch sonst überall fanden.

Je tiefer die beiden in diesen Saal vordrangen, desto deutlicher drang ein merkwürdiges Geräusch an Oskar Ohren, das er im Inneren der Bibliothek zuvor noch nicht gehört hatte. Es dauerte etwas, bis er erkannte, dass es sich um eine Art zischendes Gemurmel handelte. Dann hörten die Regalreihen plötzlich auf und gaben den Blick frei auf einen großen offenen Platz – und gleichzeitig auf etwas, das selbst die allerschlimmsten Albträume aus Oskars Kindheit noch bei weitem übertraf.

Dort auf dem Platz hatten sich Hunderte Kobolde derselben Art versammelt, wie jener, dem Oskar kurz nach seiner Ankunft in der Bibliothek begegnet war. Doch keineswegs standen sie nur so herum und unterhielten sich miteinander, vielmehr waren sie wie eine regelrechte Armee in Reih und Glied aufgestellt – auch wenn ihre missmutigen Gesichtsausdrücke keineswegs sehr soldatisch wirkten. Sie alle waren gekleidet in ausgeblichene schwarze Uniformen, die aus einfachen Jacken und Hosen bestanden und von zahlreichen Löchern und Rissen nur so übersät waren. Zu diesen Uniformen gehörten allerdings weder Helme noch Schuhe, sodass – wie Oskar angewidert bemerkte – Hunderte haarige Koboldohren senkrecht in die Höhe standen und der Boden nur so wimmelte von krummen und noch haarigeren Koboldfüßen. Außerdem besaß jeder einzelne von ihnen ein altertümliches Gewehr, welches der eine an seine Hüfte, der andere an seine Schulter gelehnt hatte, während wieder andere – scheinbar aus purer Langeweile – auf lebensgefährliche Art und Weise damit herumhantierten.

Während Hermes nun einfach durch diese unüberschaubare Masse an grünen Ohren und Füßen hindurchrannte, als handele es sich für ihn um einen völlig alltäglichen Anblick, blieb Oskar sofort stehen. Er dachte ja nicht im Traum daran, auch nur einen einzigen Schritt weiter zu gehen! Während er ängstlich über die Köpfe der Kobolde hinweg blickte, bemerkte er, dass die Versammlung offensichtlich noch keineswegs vollständig war. Denn weit hinten in der Ferne konnte er deutlich erkennen, wie aus einigen an den Saal grenzenden Gängen immer mehr und mehr der uniformierten Kreaturen hinzukamen und sich zu ihren Kameraden gesellten. Er schluckte. Wie viele dieser furchtbaren Ungeheuer mochte es in der Bibliothek nur geben?

98

Hermes kehrte sichtlich verärgert zu Oskar zurück. »Tststs! Bist du schon wieder einfach so stehen geblieben.« Empört stemmte er die Hände in die Hüften. »Was ist denn bitte nun los?«

»Ich gehe da nicht durch!«, sagte Oskar und fühlte sich plötzlich seltsam kindisch. Dennoch fügte er hinzu: »Nie im Leben kriegst du mich durch so viele von diesen verdammten Ungeheuern! Und überhaupt, was ist hier eigentlich los?«

Einer der Kobolde in ihrer nächsten Nähe, bei dem es sich um ein besonders hässliches Exemplar handelte, schien Oskar gehört zu haben. Die Spitze seines linken Ohres fehlte und über seinem rechten Auge trug er eine schwarze Klappe, hinter der eine lange wulstige Narbe hervorschaute. Er kommentierte Oskars Worte mit einem kurzen Rollen seines verbliebenen Auges, bevor er sich erneut voll und ganz darauf konzentrierte, sein Gewehr auf einer Fingerspitze zu balancieren.

»Na, das sieht man doch wohl«, schnaufte Hermes. »Das ist ein Heer von Kobolden, das sich zur Schlacht sammelt«, sagte er – und klang, als handelte es sich dabei um die vollkommen natürlichste, ja absolut selbstverständlichste Sache auf der Welt. »Aber beruhige dich. Vor denen brauchst du wirklich keine Angst zu haben. Die interessieren sich überhaupt nicht für uns. Also stell dich bitte gefälligst nicht so an und komm mit, ja?«

Oskar starrte Hermes weiterhin fragend an. »Aber was …«

Hermes seufzte. »Pass auf, die Sache ist ganz

leicht erklärt. Die Kobolde kümmern sich hier um alles, was in der Bibliothek so anfällt. Empfang, Reinigung, Pflege und Organisation der Bücher und so weiter und so fort. Irgendwer muss das ja schließlich machen und die Schreiber sind dafür viel zu sehr mit ihrer Arbeit beschäftigt.«

Wieder einmal war Oskar aufs Tiefste verwirrt. So verrückt es auch klang, die Kobolde zu derartigen Arbeiten heranzuziehen, mochte ja noch irgendwie angehen. Eine Sache aber wollte und wollte ihm partout nicht in den Kopf: »Aber wofür zur Hölle braucht man in einer *Bibliothek* eine ganze verfluchte *Armee*?«

»Zur Schädlingsbekämpfung«, sagte Hermes.

Es dauerte einen Moment, bis Oskar seine Sprache wiedergefunden hatte. »Natürlich!«, sagte er dann mit hängenden Schultern. »Wozu schließlich auch sonst?«

»Eben«, bestätigte Hermes, an dem die Ironie von Oskars Worten offensichtlich völlig verloren war. »Und nun beeil dich! Nicht, dass die hier bald noch loslegen. Glaube mir, *dann* möchtest du nämlich wirklich nicht mehr in ihrer Nähe sein.« Und sofort setzte er sich mit großen Schritten aufs Neue in Bewegung.

Oskar hingegen trat nervös von einem Fuß auf den anderen. Seit Jahren hatte er sich nicht mehr derart hilflos und unsicher gefühlt. Und trotz Hermes' beruhigender Worte graute ihm noch immer sehr davor, sich mitten in diese Masse von Kobolden zu begeben. Andererseits verspürte er auch wirklich nicht die geringste Lust, zu erfahren, womit sie bald *loslegen* würden. Daher schloss er die Augen, zwang sich zur Ruhe und atmete einmal tief durch. Dann folgte er seinem dürren Begleiter durch die Reihen der kleinen haarigen Wesen – immer dicht gefolgt von der Angst, er könne mit einem von ihnen in Berührung kommen.

Nachdem sie die Versammlung der kleinen grünen Horrorgestalten hinter sich gelassen hatten, durchquerten Hermes und Oskar einen schmalen Korridor, an den sich ein Raum anschloss, welcher wieder nur mit zahlreichen Bücherregalen ausgestattet war. Dennoch bemerkte Oskar, bereits als er den ersten Fuß über die Schwelle setzte, dass dieser Raum vollkommen anders war, als alle Architektur, die er in seinem Leben je gesehen hatte. Denn tatsächlich betraten sie in diesem Moment das gewaltige Innere des gelblich grauen Skelettes eines riesigen Urtieres! Weit über ihren Köpfen und exakt in der Mitte der Decke verlief dessen lange Wirbelsäule, deren einzelne Elemente kunstvoll in die weißen Stuckarbeiten eingearbeitet worden waren. Die spitzen Rippen des Tieres hingegen, welche durch die ausgefeilten Gravierungen prachtvoller Blumenmuster verschönert wurden, verzierten die Wände.

Während Hermes und er sich durch diesen schier überwältigenden Raum hindurchbewegten, wunderte Oskar sich, um was für ein gigantisches Wesen es sich hierbei nur gehandelt haben konnte, neben dem einst selbst der größte Blauwal erschienen sein musste wie ein ordinärer Goldfisch. Doch seine Phantasie ließ ihn im Stich. Nach und nach jedoch steuerten sie auf jene Stelle zu, an der sich einst wohl der Rachen dieser rätselhaften Kreatur befunden hatte, und als die beiden schließlich durch den großen Ausgang des Saales schritten, traten sie damit gleichzeitig hinein in den ungeheuren Schädel der toten Bestie. Unmittelbar über sich sah Oskar zwei riesige Augenhöhlen und eine geradezu monströse Nasenöffnung. Zu seiner Linken und seiner Rechten wiederum blitzen noch immer spitze Zähne.

»Wie weit ist es denn noch?«, fragte Oskar, als sie das Maul des Tieres seit geraumer Zeit hinter sich gelassen hatten und sich ein weiteres Mal in einem ebenso endlosen wie monotonen Gang wiederfanden. Ein immer stärker werdendes Brennen in seinen Füßen signalisierte ihm mittlerweile nur allzu deutlich, dass seine gepflegten Schuhe definitiv nicht für derartige Wanderungen gedacht waren.

»*Papa*! *Sind wir bald da*?«, lachte Hermes ohne stehenzubleiben – oder sich auch nur zu Oskar umzuwenden. »Keine Angst, mein Kleiner. Im nächsten Saal müsste das Buch stehen, das wir suchen.«

»*Müsste?*« Oskar traute seinen Ohren nicht. »Warte! Moment mal.« Er blieb stehen. »Weißt du überhaupt, wo du hinrennst?«

Hermes hielt ebenfalls an, drehte sich zu Oskar herum und lachte erneut. »Ha! Hast du dich vielleicht schon einmal umgesehen?« Er ruderte willkürlich mit den Armen, als wolle er auf die ganze Bibliothek gleichzeitig zeigen. »Findest *du* das alles hier etwa besonders übersichtlich?«

Oskar wusste nicht, was er sagen sollte.

»Es ist ja nun leider wirklich nicht so, als wäre diese Bibliothek sonderlich gut sortiert«, bemerkte Hermes. »Selbst dir müsste doch aufgefallen sein, dass die Motivation der Kobolde echt zu wünschen übrig lässt.« Er strich Oskar mit einer Hand sanft über die Glatze. »Aber zerbrich dir bitte nicht dein kleines kahles Köpfchen darüber, ja? Natürlich habe ich eine Ahnung, wo das Buch ungefähr zu finden sein müsste.«

Oskar duckte sich unter Hermes' Hand hinweg. »Aber …«

»Ach, lass mich nur machen.« Hermes erhob einen dürren weißen Zeigefinger. »Noch habe ich hier jedes Buch gefunden. Das eine früher, das andere später.«

Der nächste Raum, in den die zwei gelangten, war dann der mit Abstand kleinste, den sie bis jetzt betreten hatten. Ja, kaum ein paar Meter lang oder breit, wirkte er alleine schon aufgrund seiner Größe recht unbedeutend. Hinzu kam jedoch, dass sie sich hier konfrontiert sahen mit einem schrecklichen Chaos umgestürzter und oder sogar vollkommen zerbrochener Regale sowie riesiger Haufen wild durcheinanderliegender und teils leicht, teils schwer beschädigter Bücher. Waren bei einigen lediglich die Seiten etwas zerknüllt und zerfleddert, so sahen andere danach aus, als wären sie absichtlich zerrissen oder sogar angenagt worden!

»Na klasse!«, rief Hermes. »Immer diese Mistviecher.«

»Mistviecher?«, fragte Oskar.

»Stell bitte keine Fragen, deren Antworten du wirklich nicht hören willst«, sagte Hermes und begann sofort – und keinesfalls zimperlich – in dem ersten Haufen zu wühlen. »Außerdem sind jetzt erst einmal ganz andere Dinge wichtig. Irgendwo hier müsste das Buch sein, nach dem wir suchen.« Er schob ganze Stapel einfach zur Seite und schmiss große Folianten lieblos hinter sich. Immer wieder betrachtete er das ein oder andere Exemplar mit zusammengekniffenen Augen etwas genauer, nur um es dann einen Augenblick später wegzuschmeißen. Bereits nach kurzer Zeit wechselte er vom ersten zum zweiten und schließlich zum dritten Haufen.

Gerade als Oskar sich zu fragen begann, wie lange das Ganze wohl dauern sollte, rief Hermes triumphierend: »Ha! Ich hab's gefunden!«, und hielt ein kleines – und außerdem recht dünnes – Büchlein in die Höhe. Schnell sprang er zu Oskar und streckte ihm seinen Fund entgegen. »Hier! Aber warte noch kurz, ja? Bevor du gleich wieder hineinhüpfst. Ich muss dir noch etwas sagen.«

Oskar nahm das Buch widerwillig an. Da er nur allzu gut wusste, was passieren würde, wenn er es aufschlug, hielt sich seine Lust dazu sowieso in sehr engen Grenzen. Allerdings hatte er sich bereits seit langem angewöhnt, geradezu auf Knopfdruck ungeduldig zu klingen, sobald es um seine Zeit ging. »Na gut. Was ist los?«

»Denk bitte immer und unter allen Umständen an das, was ich dir vorhin gesagt habe.« Hermes holte tief Luft und legte eine überdeutliche Betonung auf jede einzelne Silbe der folgenden Worte: »*Lass dich nicht entdecken*.«

Oskar schluckte. Missmutig betrachtete er den etwas staubigen Einband des Buches in seinen Händen.

»Aber jetzt los!«, trieb Hermes ihn an. Er lachte. »Ich habe wirklich nicht den ganzen Tag Zeit.«

Schweren Herzens fügte Oskar sich in sein Schicksal.

7. *Kapitel*

Aufgrund seiner bisherigen Erfahrungen und verängstigt durch Hermes' eindringliche Warnung hatte Oskar versucht, sich innerlich so gut wie möglich auf den düsteren Ort vorzubereiten, an den ihn das Buch verschlagen würde, das sein hagerer Begleiter ihm in die Hand gedrückt hatte. Genau aus diesem Grund erlebte er, als er seine Augen wieder öffnete, keine geringe Überraschung. Denn tatsächlich gab es nur überaus wenige Orte auf der Welt, die ihm noch unbedrohlicher erschienen wären, als der, an dem er sich nun wiederfand.

Oskar saß auf einer kleinen hölzernen Bank inmitten der belebten Fußgängerzone der Heidelberger Altstadt. Die Sonne schien aus einem wolkenfreien Himmel, auch wenn an ihrem bereits leicht gedämpften Licht deutlich zu erkennen war, dass sich der Tag langsam seinem Ende entgegenneigte. Die Blätter der Bäume erstrahlten in einem saftigen Grün, Vögel zwitscherten und überall um sich herum sah er zahlreiche Menschen, die den Rest des wunderschönen Tages genossen. Und obwohl er die vorherrschenden Temperaturen ebenso wenig wahrnahm, wie ihn zuvor der tosende Regen belästigt hatte, sah er, dass es nicht allzu kalt sein konnte. Denn während sich zwar viele der älteren Menschen in etwas dickere Jacken hüllten, spazierten gleichzeitig einige junge Studentinnen an ihm vorüber, die sich sichtlich darüber freuten, in luftig-leichten Sommerkleidern unterwegs sein zu können.

Oskar musste unweigerlich schmunzeln. Auch er hatte sein Studium hier in der ältesten Universitätsstadt Deutschlands absolviert und kannte sich daher bestens aus. Neben den vielen Jahren des Lernens und des Stresses, die sein Jurastudium mit sich gebracht hatte, stand die Stadt für ihn allerdings dennoch vor allem für lange gesellige Abende am Ufer des Neckars, rauschende Partys und überhaupt die besten Jahre seines bisherigen Lebens.

»Da wären wir«, krächzte Hermes, von dem Oskar erst jetzt bemerkte, dass er gleich neben ihm auf der Bank saß. Er hatte seine langen Beine weit von sich gestreckt, die dünnen Arme entspannt über die Lehne der Bank drapiert und den schwarzen Zylinder ein wenig in sein bleiches Gesicht geschoben.

»Schön. Und was machen wir jetzt?«, fragte Oskar.

»Immer mit der Ruhe, du kleiner Heißsporn!«, lachte Hermes. »Wir machen vorerst überhaupt gar nichts. Manchmal ist es besser, abzuwarten und die Dinge von ganz alleine zu sich kommen zu lassen.«

Oskar war verwirrt. »Aber ich denke, wir müssen aufpassen, unentdeckt zu bleiben.«

»Natürlich!«, rief Hermes und erhob wieder einmal ermahnend seinen käseweißen Zeigefinger. »Und du darfst nie vergessen, wie wichtig das ist!« Er seufzte. »Aber erst, wenn es richtig losgeht. Und keine Angst, ich passe schon ein bisschen auf dich auf. Schließlich ist es mir ja auch nicht vollkommen unwichtig, dass du wieder heil aus dieser Nummer herauskommst.«

Widerwillig musste Oskar sich eingestehen, dass ihn diese Bemerkung durchaus ein wenig erleichterte. Und da sie nun offensichtlich nichts Wichtigeres zu tun hatten, startete er den Versuch eine Frage zu klären, die ihm wirklich auf der Seele brannte: »Sag mal, was genau könnte uns hier eigentlich …«

Doch Hermes ließ ihm keine Chance, seinen Satz zu vollenden. »*Showtime*!«, unterbrach er ihn und deutete auf zwei junge Frauen, welche in diesem Augenblick die Fußgängerzone entlanggeschlendert kamen.

Oskar erkannte Corinna sofort – auch wenn seine Exfrau einige Jahre jünger war als bei ihrem letzten Aufeinandertreffen am vergangenen Abend. Und aufgrund der Tatsache, dass es sich bei der anderen Person um ihre langjährige beste Freundin Julia handelte, konnten wirklich keinerlei Zweifel bestehen: Auch dieses Buch hatte ihn in die Vergangenheit geführt. Und zwar etwa zwanzig Jahre, wie er schätzte. Mit ein wenig mehr Aufmerksamkeit hätte er das – wie ihm erst jetzt auffiel – allerdings auch schon früher bemerken können. Die Kleidung der Menschen um ihn herum war vollkommen unverwechselbar. Es hatte ihn in die neunziger Jahre verschlagen! Auch die Aufmachung von Corinna und Julia spiegelte dieses Jahrzehnt sehr deutlich wider.

Corinna trug eine sehr weit geschnittene blaue Latzhose sowie ein kurzes, eng anliegendes weißes T-Shirt. Um ihren Hals baumelte an einer dünnen silbernen Kette ein kleiner pinkfarbener Plastikschnuller und ihre blonden Haare hatte sie zu einem einfachen Pferdeschwanz gebunden. Besonders an die Latzhose erinnerte sich Oskar nur zu gut. Oder besser daran, wie unglaublich aufregend er es damals stets gefunden hatte, dass er aufgrund der Weite der Hose an deren Seiten manchmal einen flüchtigen Blick nicht nur auf Corinnas flachen Bauch, sondern vor allem auch auf ihre Unterwäsche hatte werfen können.

Julias Aufmachung hingegen hatte ihn bereits in der Vergangenheit oft in die Verzweiflung getrieben. Sie gehörte zu den für die damalige Zeit sehr ausgeflippten Technofans und kleidete sich entsprechend. Zu schwarzen Plateauschuhen trug sie eine knallbunte Leggings und ein schwarzes Netzoberteil, unter dem ein kaum vorhandenes blaues Top nichts weiter als das absolut Nötigste verbarg. Ihre eigentlich recht normalen braunen Haare hatte sie mithilfe vieler bunter Gummis zu kleinen Zöpfchen gedreht und ihre Lippen schmückte ein knallroter Lippenstift. »Weißt du, auf wen ich gleich besonders gespannt bin?«, sagte sie zu ihrer Freundin, gerade als sie für Oskar in Hörreichweite gekommen waren.

»Nein. Auf wen denn?«, hakte Corinna nach und zog an dem völlig abgebrannten Stummel einer Zigarette, der Oskar zuvor noch gar nicht aufgefallen war und den sie kurz darauf in einem weiten Bogen von sich weg schnipste.

»Auf diesen Freund von Martin. Ich habe gerade seinen Namen vergessen, aber du weißt doch, wen ich meine. Diesen anderen Jurastudenten, der immer so ein bisschen mürrisch aussieht. Man sieht die beiden ja ständig zusammen.«

»Ah, natürlich«, sagte Corinna und zertrat den Stummel ihrer Zigarette. »Der ist mir auch schon

110

aufgefallen. War sein Name nicht irgendetwas mit O? Otto? Olaf?«

»*Oskar*!«, rief Julia und kicherte. »Ist schon irgendwie ein witziger Name, findest du nicht?« Sie lachte. »Wie dieses grüne Monster aus der Sesamstraße! Oskar aus der Mülltonne!« Die Mädchen prusteten vor Lachen. »Aber mal abgesehen von seinem Namen«, fügte Julia schließlich hinzu, als sie sich wieder etwas eingekriegt hatten. »Ich finde den eigentlich ganz schön süß.«

Oskar war sich nicht einig, ob er sich über Julias Worte aufregen oder vielleicht doch freuen sollte. Inzwischen jedoch hatten die beiden sich so weit von ihm und Hermes entfernt, dass er seinem schlaksigen Begleiter einen fragenden Blick zuwarf.

»Na, hinterher!«, rief der ohne zu zögern. »Solange du dich nicht gerade direkt zwischen sie drängelst, ist das schon in Ordnung. Und keine Angst, ich bin immer in deiner Nähe.« Er grinste. »Auch wenn du mich nicht siehst.«

Oskar fühlte sich ein wenig wie ein kleiner Hund, den man energisch dazu aufforderte, sein Spielzeug zu apportieren. Doch sein Ärger hierüber hielt sich in Grenzen. Zwar hatte er nicht die geringste Ahnung, was er hier eigentlich sollte oder was Hermes sich von der ganzen Sache erhoffte, dennoch konnte er sich der Faszination, derart unmittelbar mit seiner eigenen Vergangenheit konfrontiert zu werden, auch nicht so leicht entziehen. Bereits die wenigen Worte der Freundinnen gaben ihm außerdem eine gewisse Ahnung davon, an welchen Tag ihn dieses Buch zurück gebracht hatte. Seine Neugierde war mehr als geweckt. Er beschloss, Hermes später zur Rede zu stellen. Jetzt wollte er erst einmal die Gelegenheit zu dieser einmaligen Erfahrung nutzen. Daher stand er auf, ohne ein weiteres Wort zu verlieren und folgte den jungen Frauen.

Vorerst waren die zwei für Oskar zwar außer Hörweite gelangt, allzu viel konnte er von ihrer Unterhaltung allerdings nicht verpasst haben, als er schließlich wieder zu ihnen aufschloss.

»Nein, ich rechne mit niemand speziellem heute Abend«, sagte Corinna gerade. »Ich will einfach nur ein wenig Dampf ablassen, das ist alles. Du weißt ja, wie sehr mich das letzte Semester gestresst hat. Gerade Latein war eine echt harte Nummer.«

»Ja, ich weiß«, sagte Julia und legte ihrer Freundin die Hand auf den Arm. »Und genau deswegen hast du dir ein wenig Spaß ja auch wirklich mehr als verdient.« Sie zwinkerte ihr zu.

»Du nun wieder!«, rief Corinna und errötete leicht – nicht jedoch, ohne dass ein gewisses Lächeln ihre Mundwinkel umspielt hätte, das Oskar nur zu gut von ihr kannte. Besonders in ihrer Jugend war Corinna stets das sprichwörtliche stille – aber sehr tiefe – Wasser gewesen. »Abwarten, ok? Wir werden ja sehen, was der Abend so bringt.«

»Oh, ich weiß ziemlich sicher, was er für *mich* bringt«, sagte Julia, als die beiden gerade aus der Fußgängerzone in eine kleine Nebenstraße abbogen. »Ich schnappe mir heute diesen Oskar!«

Jetzt war Oskar sich zu einhundert Prozent sicher, um welchen Tag es sich handelte.

Wenige Minuten später standen Corinna und Julia vor der Eingangstür eines typischen Heidelberger Fachwerkhauses und Oskar beobachtete sie aus, wie er meinte, sicherer Entfernung. Zwar konnte er Hermes nirgendwo entdecken, dennoch zweifelte er keine Sekunde daran, dass der hagere Kerl sich tatsächlich irgendwo in der Nähe aufhielt und ihn genau im Auge hatte.

Julia drückte auf den obersten und besonders abgewetzten einer ganzen Reihe von Klingelknöpfen und nur wenige Sekunden später quäkte eine weibliche Stimme aus dem Apparat der Gegensprechanlage. »Ja?!«

»Corinna und Julia!«

Die Tür summte, Julia öffnete sie und trat als erste in das Treppenhaus.

Oskar wusste ganz genau, wo sie waren. Im obersten Stock dieses Hauses befand sich eine große Wohnung, die bereits seit vielen Generationen von den ständig wechselnden Mitgliedern einer studentischen WG bevölkert wurde. Oskar selbst hatte nie hier gelebt. Für ihn hatten seine Eltern gleich bei Studienbeginn eine langweilige kleine Einzimmerwohnung in der Nähe des Bahnhofes gemietet, in der er dann auch bis zu seinem Abschluss geblieben war. Martin hingegen hatte ein Zimmer in dieser

Wohngemeinschaft bezogen und da hier nicht nur viele rauschende Partys stattgefunden hatten, sondern die Wohnung zudem auch noch wesentlich näher an der juristischen Fakultät lag als seine eigene, hatte Oskar so manche Nacht hier verbracht.

Er wartete ein wenig, um den jungen Frauen einen gewissen Vorsprung einzuräumen. Vorsicht war besser als Nachsicht – soviel war sicher – und die einen kurzen Moment später wieder geschlossene Tür stellte für ihn sowieso kein Hindernis dar. Während er dann die Stufen des Treppenhauses emporstieg, dachte er an seinen Freund Martin.

Martin und er hatten sich damals bereits im ersten Semester ihres Studiums kennengelernt, genau genommen sogar an einem der allerersten Tage überhaupt. Tatsächlich war ihre Freundschaft, wie Oskar schon oft gedacht hatte, ein eindeutiger Beweis dafür, dass ein vollkommen zufällig gewählter Sitzplatz eine größere Bedeutung für das weitere Leben besitzen konnte als viele noch so durchdachte Entscheidungen. Zumindest hatte er damals gleich bei einem seiner ersten und völlig überfüllten Kurse den Platz neben Martin gewählt – schlicht und ergreifend, da dieser beinahe als einziger noch frei gewesen war. Nach dem Seminar hatte Martin ihn dann in seiner gewohnt offenen Art angesprochen, sie hatten sich kennengelernt und waren nach und nach die besten Freunde geworden. Hätte sich an jenem Tag jemand anderes auch nur wenige Sekunden vor ihm auf diesen schicksalshaften Platz gesetzt, dann wäre er vielleicht nicht nur nie bei Hausmann

Meier gelandet, sondern auch all die Ereignisse eben dieses Tages, an den er nun zurück gekehrt war, hätten nie stattgefunden. Ja, manchmal schienen im Leben tatsächlich so etwas wie unsichtbare Kräfte am Werk zu sein.

»Kommt rein, kommt rein! Schön, dass ihr da seid«, hörte Oskar wenige Meter über seinem Kopf dieselbe Stimme, die er durch die Gegensprechanlage gehört hatte. Zwar hätte er schwören können, ihre Besitzerin nicht zu kennen, doch er erinnerte sich doch dunkel daran, dass eine andere gute Freundin von Julia ebenfalls in dieser WG gewohnt hatte.

Als er dann nur wenige Augenblicke später selbst die Wohnung betrat, fühlte er sich endgültig in die Vergangenheit zurückversetzt. Wie unheimlich vertraut ihm diese Räume einmal gewesen waren! Unzählige Stunden hatte er hier verbracht und doch war dieser Ort damals am Ende seines Studiums einfach so von einem auf den anderen Tag aus seinem Leben verschwunden, als wäre er in Wirklichkeit nie von Bedeutung gewesen.

In dem großen Wohnzimmer stand eine Collage bunt zusammengewürfelter Sofas und Sessel, bei welchen es sich größtenteils – wie Oskar sich erinnerte – um die bereits recht löchrigen Erbstücke längst vergessener Ex-Mitbewohner handelte. Zwischen diesen ächzten hier und dort kleine Tische unter der Last zahlreicher leerer Bierflaschen, halb voller Weingläser und übervoller Aschenbecher. Die in grauer Vorzeit einmal weißen Wände des Raumes wurden fast lückenlos in Beschlag genommen von uralten Musikpostern, Postkarten aus aller Herren Länder, Flyern jeglicher Art und auch noch manch anderem nur schwer zu identifizierenden Krimskrams. Hier und dort saßen Studenten, die sich unterhielten, tranken und rauchten. Manche der Gesichter kamen Oskar sofort bekannt vor, andere hingegen meinte er noch nie in seinem Leben gesehen zu haben – weshalb er sich über sein offensichtlich lückenhaftes Gedächtnis ärgerte.

Auch Corinna und Julia hatten zusammen mit ihrer Freundin – einem Mädchen mit lockigen roten Haaren, das es irgendwie geschafft hatte, Oskars Erinnerung tatsächlich voll und ganz zu entschlüpften – auf einer der Couchgarnituren im Kreise einer kleineren Gruppe Platz genommen und waren bereits lebhaft in ein Gespräch vertieft. Corinna rauchte schon wieder und diesmal fühlte Oskar deswegen sogar eine vollkommen irrationale Wut in sich aufsteigen. Er musste sich regelrecht zwingen, an etwas anderes zu denken.

Was sollte er jetzt als nächstes tun? Einerseits wollte er diesen besonderen Ort seiner Jugend näher erkunden, andererseits hatte er Angst, von irgendetwas entdeckt zu werden. Langsam und vorsichtig ging er daher völlig planlos in der Wohnung hin und her und lauschte erst der einen, dann der anderen schrecklich nichtssagenden Unterhaltung. Ohne es wirklich zu beabsichtigen, näherte er sich dabei nach und nach der offen stehenden Tür des gar nicht so kleinen Balkons. Als er von diesem plötzlich eine

116

ihm nur zu bekannte Stimme hörte, warf er jedoch von einem Moment auf den anderen alle Vorsicht über Bord und trat hinaus ins Freie.

»Ich sag's dir, ich *hasse* diesen Petzel! Seine verfluchte herablassende Art macht mich noch ganz krank! Der tut ja gerade so, als ob alle Studenten von Grund auf dumm wären.« Oskar hielt den Atem an. Diese Worte stammten von ihm selbst – oder besser: von seinem jüngeren Ich, das dort draußen auf dem Balkon mit einer halb vollen Flasche Bier in der Hand auf einem Gartenstuhl aus vollkommen verwittertem weiß-gräulichen Plastik saß. »Ich meine, immerhin sind wir hier zum Lernen, oder etwa nicht?«

»Na ja, die einen mehr, die anderen weniger!«, lachte Martin, der unmittelbar neben dem jüngeren Oskar saß. »Aber ist dir schon einmal aufgefallen, dass er aussieht, wie ein fetter Hamster? Ha Ha! Ein fetter Hamster mit Größenwahn!«

Trotz des schönen Wetters saßen die beiden jungen Männer ganz alleine in der abendlichen Sonne. Sein Alter Ego trug eine einfache, vielleicht etwas zu breite graue Jeans, ebenfalls recht breite weiße Turnschuhe und ein schlichtes grünes Polohemd. Nur der Schatten eines Bartes kroch über seine Wangen, dafür hingen ihm ein paar dichte Strähnen seiner vollen dunkelblonden Haare ins Gesicht. Automatisch fuhr Oskar sich bei diesem Anblick mit einer Hand über die Glatze.

Martin wiederum hatte sich – wie Oskar jetzt überhaupt das erste Mal richtig auffiel – seit damals eigentlich kaum verändert. Die Brille seines jüngeren

Ichs hatte zwar einen etwas dünneren Rahmen, aber ansonsten sah er nicht wirklich anders aus als sein zwanzig Jahre älteres Gegenstück. Ja, selbst seine Kleidung, die für einen Studenten schon immer etwas übertrieben vornehm gewesen war, unterschied sich nicht wesentlich. Oskars bester Freund trug ein einfaches weißes Hemd und eine schwarze Hose. Auf eine Krawatte hatte er an diesem Tag offensichtlich verzichtet, doch Oskar erinnerte sich noch gut daran, dass Martin damals oft mit einer solchen um den Hals in den Hörsaal spaziert war – und deswegen die skeptischen Blicke vieler seiner Kommilitonen geerntet hatte.

»Du regst dich wohl überhaupt nicht über Petzel auf, was?«, fragte der junge Oskar.

Martin zuckte mit den Schultern. »Nö. Wozu denn auch? Ich kann doch eh nichts an der Flachpfeife ändern.« Er kicherte. »Das ist es! Ein fetter Flachpfeifenhamster!« Martin prustete los und es dauerte eine ganze Weile, bis er sich wieder eingekriegt hatte. »Aber mal im Ernst«, sagte er schließlich noch immer schwer atmend. »Entspann dich! Genieß den Abend. Du weißt schon, Carpe dius. Wie die Lateiner sagen.«

»Ts! *Carpe diem* heißt das!«, hörte Oskar plötzlich Julias Stimme direkt hinter seinem Rücken – und dann machte er die unangenehmste Erfahrung seines gesamten bisherigen Lebens. Denn Julia trat direkt durch ihn hindurch!

Sein ganzer Körper brannte, als würde er von Tausenden winzig kleiner Nadeln zerstochen werden.

118

Gleichzeitig entsetzte ihn der Anblick, wie Julia für einen Moment förmlich in ihm steckte und seine Augen nicht in der Lage waren, eindeutig zu unterscheiden, was nun eigentlich zu ihm und was zu ihr gehörte. So schnell er nur konnte trat er daher einen Schritt beiseite und sowie der unmittelbare Kontakt vorüber war, hörten auch die Schmerzen auf. Dennoch drängte er sich so weit er nur konnte in die äußerste Ecke des Balkons, damit ihm eine Wiederholung dieser Erfahrung erspart bliebe.

»Ah, die zwei Lehramtsstudentinnen. Herzlich willkommen!«, begrüßte Martin Julia und auch Corinna, die nun direkt hinter ihrer Freundin den Balkon betrat und der Oskar somit gerade noch rechtzeitig ausgewichen war. »Mein Latein mag ja miserabel sein, meine Gehaltsaussichten sind es nicht.«

»Pah! Du nennst es Gehalt, ich nenne es Blutgeld!«, lachte Julia, nahm sich einen Stuhl und setzte sich direkt vor Oskar. Corinna tat dasselbe, nahm ihrerseits jedoch vor Martin Platz.

»Hi! Ich glaube, wir haben uns noch nicht vorgestellt«, sagte Julia zu dem jungen Oskar. »Ich heiße Julia. Ich studiere Geschichte und Deutsch auf Lehramt.«

Oskar sah seinem jüngeren Ich klar und deutlich an, wie sehr ihm Julias Aufdringlichkeit bereits jetzt missfiel. »Oskar. Jura«, murmelte er vor sich hin, ohne Julia überhaupt richtig anzusehen.

»Du bist wohl nicht gerade sehr gesprächig, was?«, fragte Julia. »Und dabei sollt doch gerade ihr Juristen solche Wortverdreher sein.«

»Na, wenn du das meinst«, antwortete der junge Oskar. »Aber es ist ja nun auch nicht so, dass sich unser gesamter Berufsstand ausschließlich durch Lug und Trug über Wasser hält.«

»Ach! Wirklich nicht?«, rief Corinna und lächelte den jüngeren Oskar schelmisch an. »Das ist ja interessant! Und ach ja! Warte.« Sie setzte sich kerzengerade hin. »Corinna. Latein. Deutsch«, äffte sie mit einem beinahe militärischen Unterton seine abrupte Vorstellung nach.

Oskar sah, wie sein Alter Ego, zuerst noch vollkommen desinteressiert, von Julia zu Corinna hinüber blickte, sie kurz taxierte – und dann ebenfalls lächelte. Die Erkenntnis traf ihn wie ein Schlag. Dies war das erste Mal, dass er der Frau, die später einmal seine Ehefrau und die Mutter seines Kindes werden sollte, in die Augen geschaut hatte!

Doch bevor er diesem Gedanken auch nur eine Sekunde weiter nachgehen konnte, spürte er, wie ihn eine knochige Hand an seiner Schulter erfasste und beinahe gewaltsam wieder zurück in das Wohnzimmer und damit außer Sichtweite des Balkons riss.

»Mann, Mann, Mann! Da lässt man dir nur mal ganz kurz ein wenig die Zügel schießen«, tadelte ihn Hermes und wedelte Oskar mit einem seiner langen Finger vor der Nase herum.

»Aber …«

»*Pscht*! Warte kurz!« Hermes trat einen Schritt zur Seite und warf vorsichtig einen Blick auf den Balkon. »Puh! Da hast du wirklich noch einmal Glück gehabt.«

»Was? Wieso?«

»Na ja, die berühmt berüchtigte Liebe auf den ersten Blick scheint das bei euch beiden ja nicht wirklich gewesen zu sein.«

Wie immer verstand Oskar kein Wort von dem, was Hermes da von sich gab. »Ich fand sie halt gleich sympathisch, das ist alles. Aber wieso …«

»Papperlapapp!« Hermes winkte ab. »Ich habe dir doch klar und deutlich gesagt, dass du aufpassen sollst, nicht gesehen zu werden. Und was machst du? Du stellst dich natürlich mitten auf die Bühne!«

»Bühne? Was zur Hölle redest du da? Und gesehen *von wem denn*, bitte? Da ist doch überhaupt niemand!«

Hermes stemmte die Arme in die Hüften. »Weißt du, du bist so ein richtig starrsinniger kleiner Quälgeist, hat dir das eigentlich schon mal wer gesagt? Und ein Besserwisser noch dazu. Warte ab und halte dich an das, was ich dir sage. Versteck dich hier irgendwo hinter einem Blumentopf oder so und du wirst schon sehen, was passiert.«

»Aber …«

Hermes Hand schoss nach vorne und verschloss Oskar mit einem Finger den Mund. »Pscht! Nichts da *aber*. Ich will jetzt keine Widerworte mehr hören, verstanden?«

Auch wenn Oskar der Sinn nach einer ganz anderen Handlung gestanden hätte, nickte er widerwillig. Schließlich wollte er so schnell wie möglich wieder mitbekommen, was auf dem Balkon vor sich ging.

»Wunderbar! Es geht doch!«, rief Hermes und fasste grüßend genau unterhalb der schwarz-weißen Feder an die Krempe seines ramponierten Zylinders. »Dann also bis später!« Und dann verschwand er – so abrupt und vollkommen, als wäre er einfach aus der Realität herausgeschnitten worden. Nur sein Zylinder hing für einen Augenblick noch vollkommen alleine in der Luft, dann war auch von diesem nicht mehr die geringste Spur zu sehen.

Zwar wusste Oskar bereits, dass für Hermes keine normalen Regel galten, diese offene Präsentation seiner Fähigkeiten beeindruckte und verängstigte ihn aber dennoch. Es dauerte daher ein wenig, bis er sich wieder etwas gesammelt hatte. Dann jedoch hielt er sich – wenn auch noch so mürrisch – an Hermes' Ratschlag, obwohl er sich dabei ziemlich dumm vorkam.

Zu seinem Glück stand hinter ihm im Wohnzimmer ein unbesetzter Sessel, dessen Lehne in einem idealen Winkel zu der offenen Balkontür zeigte. Oskar kauerte sich auf dessen Sitzfläche und steckte seinen Kopf gerade noch weit genug über die Lehne hinweg, dass er genau sehen und hören konnte, was auf dem Balkon so vor sich ging. Gleichzeitig hatte er auch die Möglichkeit, seinen Kopf jederzeit einzuziehen und sich somit so schnell wie nur möglich vor dem, was auch immer dort passieren mochte, zu verstecken.

Vorerst allerdings passierte erst einmal überhaupt gar nichts. Sein jüngeres Alter Ego, Martin und die zwei Freundinnen unterhielten sich ebenso angeregt

122

wie eintönig über den Sinn und Unsinn ihrer jeweiligen Studienfächer. Während die jungen Frauen hierbei geradezu einen Sport daraus machten, ein schlechtes Vorurteil über Juristen nach dem anderen abzufeuern, beharrte Martin seelenruhig darauf, dass auf Oskar und ihn dafür eine anständige Karriere warte. »Alles, was man braucht, ist ein bisschen Vitamin B«, stellte er an einem Punkt der Unterhaltung fest. »Dann kommt der Rest von ganz alleine.« Wobei Martin mit *Rest* hier eigentlich *Geld* meinte, wie Oskar genau wusste.

Gleichzeitig ließ Julia wirklich absolut keine Zweifel an ihren Intentionen und umgarnte den jüngeren Oskar trotz seines sichtlichen Widerwillens – welchen sie offenbar geradezu als besondere Herausforderung anzusehen schien – mit allen ihr zur Verfügung stehenden Mitteln.

Zu seiner Überraschung meinte Oskar nach einer Weile außerdem zu bemerken, dass Martin seinerseits ein Auge auf Corinna geworfen hätte. Hierbei handelte es sich um ein Detail, an das er sich nicht nur überhaupt nicht erinnern konnte, sondern das ihm seltsamerweise auch sehr missfiel – obwohl es ihm doch besonders jetzt auch völlig egal sein konnte. Gerade als er jedoch noch hierüber nachdachte, ereignete sich jener Moment, auf den er die ganze Zeit gewartet hatte.

»Ich muss mal für kleine Mädchen«, sagte Julia und blickte dem jüngeren Oskar so tief in die Augen, als wolle sie sagen, dass sie gleich wieder für ihn da wäre.

Kaum hatte ihre Freundin den Balkon verlassen, da griff Corinna auf den Tisch zu ihrer Zigarettenschachtel und stellte mit einem missmutigen Gesichtsausdruck fest, dass diese bereits leer war. »Mist«, sagte sie leise und wohl mehr zu sich selbst, sodass Oskar es auf seinem Sessel im Wohnzimmer kaum noch hören konnte. Dann stand sie auf. »Sagt mal, wisst ihr zufällig, wo hier in der Nähe der nächste Automat ist?«

»Nur ein paar Meter die Straße runter«, sagte Martin.

»Und in welche Richtung?«

Bis zu diesem Punkt war Oskar der festen Überzeugung gewesen, sich noch sehr genau daran erinnern zu können, was geschehen war. Daher wurde er von dem, was er als nächstes tatsächlich sah, vollkommen überrascht. Denn ähnlich wie jener furchtbare Schnitter manifestierte sich nun hinter dem Rücken seines jüngeren Ichs eine Gestalt. Schnell zog er den Kopf so weit er nur konnte hinter die Lehne des Sessels zurück, während er gleichzeitig gerade noch so in der Lage war, das Geschehen auf dem Balkon im Blick zu behalten.

Zuerst erkannte er nur sehr grobe und völlig verschwommene Umrisse, die sich ziemlich schnell füllten, bis einen Wimpernschlag später ein Kaugummi kauendes und überaus keck – sowie irgendwie sehr motiviert – dreinblickendes junges Mädchen direkt hinter seinem Alter Ego stand, das nicht einmal halb so schrecklich war, wie Oskar befürchtet hatte. Das zierliche Wesen steckte in einer zerrissenen Jeans und einer schwarzen Lederjacke, aus deren Rücken deutlich zwei kleine weiße Flügelchen hervorguckten. Zu Oskars Verwunderung jedoch hatte es außerdem eine vollkommene Glatze – mit Ausnahme eines ihm lang in die Stirn herabhängenden regenbogenfarbenen Ponys.

Wirklich lange hatte er nicht Zeit, das Mädchen genauer in Augenschein zu nehmen. Denn kaum war es erschienen, da guckte es sich die Situation auf dem Balkon einen Moment lang etwas genauer an, machte nachdenklich eine kleine Kaugummiblase – und gab seinem Alter Ego einen beherzten Klaps auf die Schulter. Dann war es auch schon wieder verschwunden und offensichtlich hatte weder Oskars jüngeres Selbst, noch irgendjemand anderes auf dem Balkon mitbekommen, was gerade passiert war. Die Wirkung jenes Klapses hingegen wurde sogleich überdeutlich.

»Warte!«, sagte der jüngere Oskar und sprang auf. »Ich komme schnell mit und zeig dir, wo der Automat ist.«

»Danke.« Corinna lächelte. »Das ist lieb von dir!«

Daraufhin verließen die zwei zusammen zuerst den Balkon und dann die Wohnung. Und auch Oskar verließ, noch immer vollkommen verblüfft, seinen Sessel und folgte ihnen.

Als sowohl Corinna und Oskars jüngeres Alter Ego als auch er selbst einige Augenblicke später die

Straße erreicht hatten, wusste Oskar mal wieder nicht, was er tun sollte. Wie nur sollte er ihnen folgen und mitbekommen, wie sie sich unterhielten, gleichzeitig aber ausreichend Abstand zu ihnen halten, um von etwaigen weiteren dieser merkwürdigen Wesen unentdeckt zu bleiben? Das Problem schien unlösbar – und Hermes beobachtete ihn sicher ganz genau.

Überaus widerwillig entschied er sich daher dazu, besser auf Nummer sicher zu gehen und auf die nachdrücklichen Warnungen seines neuen Bekannten zu hören. Er wollte zumindest so lange einen möglichst großen Abstand zu den beiden halten, bis sich ihm wieder eine Gelegenheit bot, sie aus einem halbwegs sicheren Versteck heraus zu belauschen. An die wesentlichen Details dessen, was in den nächsten paar Minuten geschehen würde, konnte er sich sowieso noch recht gut erinnern.

Zuerst waren Corinna und er natürlich geradewegs zu jenem Zigarettenautomaten gegangen. Dort angekommen hatte Corinna allerdings enttäuscht feststellen müssen, dass nicht nur ihre Lieblingsmarke bereits ausverkauft war, sondern sie außerdem auch keine der anderen Marken wirklich mochte. Daher beschloss sie, zu dem nicht sonderlich weit entfernten Bismarckplatz zu gehen, um an einem der dortigen Kioske eine Schachtel zu kaufen. Und da Oskar wirklich keine Lust dazu hatte, allzu schnell wieder zu der Party – und damit zu Julias unverhohlenen Avancen – zurückzukehren, hatte er sie auch hierhin begleitet.

Tatsächlich spielte sich auch jetzt alles genauso ab wie in Oskars Erinnerung. Er sah, wie sein Alter Ego und Corinna begannen, sich während des Weges zu unterhalten, wie sie miteinander lachten und sich immer wieder scheu anlächelten. Er erinnerte sich noch sehr gut an Corinnas fröhliche und offene, ja ihm gegenüber kecke Art und wie sehr es ihm sofort gefallen hatte, mit dieser hübschen Frau einfach nur zusammen zu sein und sich mit ihr über die Uni, die Macken der Dozenten, ja eigentlich über Gott und die Welt zu unterhalten. Ebenso erinnerte er sich an das leichte Gefühl von Traurigkeit, das ihn überkommen hatte, als sie den Bismarckplatz schließlich erreicht hatten, und er sich bewusst geworden war, sie bald nicht mehr für sich alleine zu haben. Kurzentschlossen hatte er daher an demselben Kiosk, an dem Corinna sich ihre Zigaretten holte, zwei kleine Flaschen Bier gekauft und sie mit trockenem Mund – und überraschend schwitzigen Händen – gefragt, ob sie nicht vielleicht noch ein bisschen mit ihm hier draußen bleiben wollte. Am allerbesten erinnerte Oskar sich daran, wie sehr er sich darüber gefreut hatte, dass Corinna ohne lange zu zögern zugestimmt hatte.

Wie in seiner Erinnerung saßen Corinna und sein jüngeres Selbst schließlich auf einer kleinen Bank im Schatten der Bäume und ganz in der Nähe der Straßen und des Neckars. Dieser Ort war endlich auch für Oskar wieder ideal, denn neben den Bäumen gab es hier auch viele kleine Büsche, von denen sich einer sogar direkt hinter jener Bank befand. Von diesem sicheren Versteck aus hatte er erneut die Möglichkeit, aufmerksam der Unterhaltung der beiden zu lauschen und sie gleichzeitig zwischen den schmalen Ästchen und kleinen Blättern des Busches hindurch zu beobachten – auch wenn er sich dabei noch so merkwürdig vorkam.

»Sag mal«, sagte sein jüngeres Ich, nur wenige Sekunden nachdem Oskar Stellung bezogen hatte. »Was ist das eigentlich mit Julia?«

Corinna hatte ihre Beine übereinander geschlagen und spielte mit dem Fingernagel an einer Ecke des Etikettes der Bierflasche in ihren Händen. »Was meinst du?«

»Na, du weißt schon«, sagte der jüngere Oskar und überlegte scheinbar, wie er sich ausdrücken sollte. »Diese nervige Art halt, wie sie mich vorhin die ganze Zeit angegraben hat.«

Corinna lachte. »Ha! Aber das war doch noch harmlos.« Mit einem Ruck löste sie das Etikett vollständig von der Bierflasche und drehte es zwischen ihren Fingern zu einem kleinen runden Bällchen. »Du musst wissen, Julia hat da so ihre ganz eigene Art, zu dem zu kommen, was sie will.« Sie lachte erneut. »Und heute bist das anscheinend du.«

»Hmm.« Oskars jüngeres Ich sah nicht sonderlich begeistert aus. »Wie meinst du das?«

»Nun«, Corinna schien etwas in Verlegenheit zu geraten. Auf ihre Wangen trat erneut jene Röte, die Oskar nur zu gut von ihr kannte. »Nun ja, einmal weißt du, da hat sie sich einem Kerl zum Beispiel einfach so auf den Schoß gesetzt und, na ja, und ihn ohne Vorwarnung geküsst.«

»Na und?«, fragte der junge Oskar mit nur sehr schlecht vorgetäuschter Lässigkeit.

»Na und?«, äffte Corinna ihn nach und warf ihm das kleine Papierbällchen gegen die Stirn. Sie lachte. »Mister Möchtegern Top-Anwalt hier passiert so was wohl jeden Tag, was? Und am Wochenende sogar dreimal!«

Oskars Alter Ego errötete. Er schwieg einen Augenblick. »Und du würdest so etwas nie tun?«, fragte er dann – und lächelte.

»Ich?« Corinna druckste ein wenig herum. »Nein, ich, ich glaube nicht«, sagte sie, schaute dem jüngeren Oskar leicht verschüchtert in die Augen – und lächelte ebenfalls.

»*Tada*!«, krächzte Hermes, der ohne irgendeine Vorwarnung unmittelbar neben Oskar aufgetaucht war und ihn beinahe zu Tode erschreckte. »Und nun Kopf einziehen und aufgepasst! Wenn ich richtig liege, wirst du gleich Zeuge eines der *ganz Großen*.«

»Was?«, fragte Oskar.

»Pscht! Nicht reden« Hermes zeigte nachdrücklich auf die Bank. »Gucken!«

Oskars abgehalfterter Begleiter behielt Recht. Denn bereits wenige Sekunden später saß zwischen seinem Alter Ego und Corinna ein kleiner alter Mann in einem schneeweißen Anzug und mit dichten grauen Haaren. Ein gutmütiges Lächeln umspielte seinen Mund sowie seine vom hohen Alter vollkommen zerfurchten Wangen. Er betrachtete zuerst Oskars jüngeres Selbst, dann Corinna, nickte verständig und legte seine Arme um die beiden. Dann beugte er sich etwas vor, gab ihnen nacheinander – ohne dass sie hiervon auch nur das Geringste mitzubekommen schienen – einen schmatzenden Kuss auf die Stirn – und war augenblicklich wieder verschwunden.

Oskar drehte sich aufgeregt zu Hermes. »Wer war das?«

Hermes schaute ihn mit offenem Mund an. »Sag mal, du kapierst aber auch rein gar nichts, oder?« Er seufzte laut. »Wie auch immer, das soll reichen«, sagte er, fasste Oskar am Arm und kurz danach waren sie wieder zurück in dem kleinen unordentlichen Raum der Bibliothek.

8. Kapitel

Oskar saß auf dem Boden, hielt das nun wieder geschlossene Buch in seinen Händen und schaute geistesabwesend dabei zu, wie das intensive Leuchten jener schnörkeligen Schriftzeichen auf seinem Einband langsam schwächer wurde. Dann blickte er von den Zeichen hinauf zu Hermes, der unmittelbar vor ihm stand und ihn von oben bis unten taxierte. Oskar brauchte noch einen kurzen Augenblick, um seine Gedanken zu sammeln – dann jedoch platzte jene Frage aus ihm heraus, die er zuvor nicht hatte stellen können: »Was sollte das Ganze? Warum hast du mir das alles gezeigt?«

Hermes ging nicht sofort auf Oskar ein. Stattdessen rückte er seinen schäbigen Zylinder zurecht und zwirbelte seinen roten Spitzbart, während er sein verdutztes Gegenüber weiterhin in Augenschein nahm, als handele es sich bei ihm um ein besonders seltenes Insekt. Ja, es schien ganz so, als würde er sich jedes einzelne seiner Worte peinlich genau zurechtlegen. »Wie fühlst du dich?«, fragte er schließlich. »Ich meine, wie ging es dir dabei zuzuschauen, wie deine Frau und du euch damals kennengelernt habt?«

»Exfrau!«, korrigierte ihn Oskar. Er traute seinen Ohren nicht. Er kam sich vor, als läge er auf der durchgesessenen Couch irgendeines drittklassigen Seelenklempners. »Und wie zum Teufel soll ich mich dabei denn schon gefühlt haben?«

Hermes drehte ihm den Rücken zu und begann nachdenklich auf und ab zu gehen. »Nun. Ich meine ... Hat dich das nicht an manche Dinge erinnert, die du vielleicht vergessen hattest? Zum Beispiel – na ja, du weißt schon ...« Er atmete einmal tief durch, dann raspelte er die folgenden Worte so schnell herunter, als würden sie auf seinen Lippen brennen. »Zum Beispiel daran, warum das mit dir und Corinna damals überhaupt alles angefangen hat.«

»Quatsch! Das sind doch alles alte Kamellen.« Oskar stand auf und klopfte sich den Staub von der Hose. »Und überhaupt, was interessieren dich solche Privatangelegenheiten? Ist *das* etwa deine *überaus wichtige Aufgabe*? Bin ich *deswegen* hier?«

Hermes beugte sich etwas nach vorne, kniff ein Auge zusammen und schaute Oskar sogar noch durchdringender an als zuvor. Ganz so, als könnte er auf diese Art und Weise irgendwelche verborgenen Dinge zu Tage befördern. »Hmm. Ich verstehe«, murmelte er. »Du meinst also, das alles hat dich vollkommen kalt gelassen?«

Oskar wurde zornig. »Nein! Herrgott! Das habe ich doch gar nicht gesagt. Natürlich hat es mich nicht *völlig kalt* gelassen.« Er warf wild gestikulierend die Arme auseinander. »Verdammt nochmal, ich war gerade *20 Jahre* in meiner eigenen Vergangenheit! Wie ...«

»19«, korrigierte ihn Hermes.

»*Wie auch immer*! Ich habe mich selbst als jungen Mann gesehen. Natürlich lässt einen so etwas nicht *völlig kalt*. Wie sollte es auch?«

»*Aber* ...«

132

Oskar zwang sich zur Ruhe. Das Blut pulsierte in seinen Schläfen. »*Aber* das hat mich an nichts *erinnert* – wie du das ausdrückst. Das Ganze war in etwa das Gleiche, als wenn ich mir ein altes Foto oder ein altes Video von uns angeschaut hätte. Zwar um einiges intensiver, doch vom Prinzip her nicht wirklich anders. Corinna und ich, wir hatten unsere Zeit und die ist jetzt vorbei. So ist es das Beste für alle Beteiligten.«

»So so.« Hermes spielte erneut mit seinem Bart. »Interessant. Die Sache wird also doch um einiges kniffeliger, als ich vermutet hatte.«

»*Die Sache*, was auch immer du damit genau meinst, wird nicht klappen«, rief Oskar. »Egal was du vermutet hattest.« Dann kam ihm plötzlich ein Einfall. »Aber wenn du mir schon unbedingt irgendwelche Ereignisse aus meiner Vergangenheit zeigen willst, warum denn dann keine, die mir meine Erfolge vor Augen führen? Dann würde dieser ganze Blödsinn hier wenigstens einen Sinn machen.«

Hermes' Mund öffnete sich – schloss sich jedoch nicht wieder. Einen Moment lang starrte er Oskar vollkommen ausdruckslos an, dann trat ein völlig neuer, überaus interessierter Ausdruck in seine Augen. »Hmm, sprich weiter, sprich weiter!«, sagte er in einem auffordernden Tonfall, der Oskar ganz und gar nicht gefiel, auch wenn er ihn nicht so recht einzuordnen wusste. »An was genau hättest du denn dabei gedacht? Oder nein warte! Welchen *Tag* würdest du als besonders bedeutend für deinen *Erfolg*, wie du es nennst, verstehen?«

Oskar antwortete, ohne auch nur eine Sekunde nachzudenken: »Meinen ersten Tag bei Hausmann Meier.«

Hermes stutzte und für einen winzigen Augenblick meinte Oskar eine gewisse Sorge auf seinen hageren Gesichtszügen aufflackern zu sehen – die sofort darauf von einem fast schon diabolischen Grinsen vertrieben wurde. »*Perfekt*! Danke. Das ist eine wirklich sehr gute Idee.« Hermes machte einen Schritt auf Oskar zu und legte ihm seine kalkweiße Hand auf die Schulter. »Und nur damit du es weißt, mein Kleiner: Eigentlich wollte ich dir das wirklich ersparen.«

»Ersparen?« Oskar verstand nicht. »Was gibt es da zu ersparen? Das war einer der wichtigsten Tage in meinem ganzen Leben. Damals hat *alles* angefangen.«

Doch Hermes schien ihm überhaupt nicht mehr zuzuhören. Er war offensichtlich bereits mit ganz anderen Dingen beschäftigt. »Hmm. Warte. Lass mich nachdenken.« Er stemmte eine Hand in die Hüfte und tippte sich mit der anderen rhythmisch gegen sein spitzes Kinn. »Wo könnte nur, wo müsste denn? Ach ja! Genau. Ich glaube, ich weiß auch schon, wo sich das entsprechende Buch herumtreiben sollte. Komm mit!«, rief er mit gebieterisch erhobenen Zeigefinger und setzte sich sogleich – selbstverständlich unter Aufwendung der gesamten Kraft seiner langen Beine – in Bewegung.

Oskar jedoch war vollkommen verunsichert. Aufgrund von Hermes' seltsamen Verhalten hatte er mit einem Mal doch tatsächlich das dumpfe Gefühl, einen sehr schweren Fehler begangen zu haben – auch wenn er sich absolut nicht zu erklären wusste, worin genau dieser bestanden haben sollte. Was konnte an seinem ersten Tag in der Kanzlei denn nur so schlimm gewesen sein? Schließlich war es jener Tag, der ihn zu dem gemacht hatte, was er heute war.

Schnell hatten die beiden den kleinen Raum verlassen und befanden sich in einem jener Gänge, deren seltsame Drehungen und Windungen Oskar in keinen Grundriss eines auch nur halbwegs realistischen Gebäudes einzuordnen gewusst hätte. Nach einigen Metern gelangten sie an eine erste Kreuzung und bogen rechts ab. Wenige Minuten später erreichten sie eine weitere Kreuzung und Hermes schlug abermals den rechten Weg ein. Dies wiederholte sich noch ein drittes und schließlich sogar noch ein viertes und fünftes Mal – was Oskar nicht nur gewaltig an seinem eigenen Verstand, sondern vor allem auch an Hermes' Kompetenz als Fremdenführer zweifeln ließ. Bald darauf verlor er endgültig den Überblick. Sie passierten einen Gang, dann einen Saal, einen Korridor, einen Saal und schließlich erneut einen – diesmal vielleicht etwas schmaleren – Gang. Nichts, aber auch wirklich überhaupt gar nichts an den inneren Organen dieser vollkommen absurden Bibliothek ergab für ihn einen erkennbaren Sinn.

Während Oskar so hinter Hermes herlief und ausschließlich damit beschäftigt war, mit dem komischen Kauz Schritt zu halten, verfiel er bald ins Grübeln. Falls es – aus welchem Grund auch immer – tatsächlich Hermes' Intention sein sollte, sein Interesse an Corinna wieder zu erwecken, hatte er sich mit dem vorigen Buch dafür einen sehr merkwürdigen Zeitpunkt ausgewählt. Zwar konnte Oskar kaum behaupten, dass er sich an jenem Tag nicht in Corinna verliebt hätte, andererseits war es dennoch keineswegs so, dass sie im weiteren Verlauf jenes Abends bereits zusammen gekommen wären.

Vielmehr erinnerte er sich nur noch allzu gut daran, wie Corinna, nachdem sie einige Zeit zusammen auf jener Bank gesessen hatten, erklärt hatte, Julia würde sich bestimmt schon ein wenig um sie sorgen und sie müsse deswegen langsam zurück zu der Party. Auf dem Rückweg hatte Oskar dann schwer mit sich gerungen, Corinna auf eine echte Verabredung anzusprechen – sich schließlich aber einfach nicht getraut und sich deshalb gefühlt wie der allerletzte Versager. Wieder auf der Party angekommen hatte er sich zu allem Überfluss auch noch aufs Neue mit Julia auseinandersetzen müssen, die offenbar überhaupt nicht daran gedacht hatte, ihre Annäherungsversuche einzustellen oder wenigstens etwas zurückzuschrauben, nur weil Oskar so lange mit ihrer besten Freundin verschwunden gewesen war. Ja, tatsächlich war das genaue Gegenteil der Fall gewesen. Nach ein paar weiteren Stunden – und entsprechend fortgeschrittenem Alkoholkonsum –

war Julia dann schließlich sogar so weit gegangen, wie Corinna es ihm bei ihrer Unterhaltung in gewisser Weise bereits prophezeit hatte. Sie hatte sich einfach auf Oskars Schoß gesetzt – und ihn ohne weitere Vorwarnung geküsst.

Das war der Moment gewesen, in dem Oskar endgültig der Kragen geplatzt war. Vor der versammelten Partygesellschaft hatte er Corinnas beste Freundin angebrüllt und ihr klar und deutlich zu verstehen gegeben, dass er ganz sicher nichts von ihr wollte und sie ihn gefälligst in Ruhe lassen solle. Hierauf war Julia beleidigt aus der Wohnung gestürmt und hatte – zu Oskars großem Leidwesen – Corinna kurzerhand mitgenommen, ohne dass es ihm zuvor gelungen war, sie zumindest auf ihre Telefonnummer anzusprechen.

Die folgende Woche war dann eine der wohl härtesten in Oskars gesamten Leben gewesen. Unablässig hatte er sich eingebildet, Corinna würde ihn dafür hassen, wie er mit Julia umgesprungen war, sie wäre sowieso nur mehr gezwungenermaßen wegen des Bieres, das er für sie gekauft hatte, mit ihm auf der Bank sitzen geblieben und mittlerweile hätte sie sich eh schon längst jemand anderen gesucht. Dann jedoch hatte er sie eines Nachmittags vollkommen unvermittelt in der Fußgängerzone getroffen, wo sogar *sie* es gewesen war, die *ihn* gefragt hatte, ob sie sich nicht einmal auf einen Kaffee treffen wollten. Der Rest war Geschichte. Eine Geschichte allerdings, an die Oskar eigentlich überhaupt nicht hatte erinnert werden wollen.

»*Mist*!«, riss Hermes Oskar aus seinen Gedanken und blieb abrupt stehen. »Wir hätten besser woanders langgehen sollen.«

Oskar war so sehr in seine Erinnerungen an Corinna versunken gewesen, dass er um ein Haar mit seinem dürren Begleiter kollidiert wäre. Nur mit Mühe gelang es ihm, gerade noch rechtzeitig hinter Hermes zum Stehen zu kommen. »Wieso?«, fragte er und brachte schnell wieder ausreichend Abstand zwischen seine Augen und die gefährlich spitzen Schultern seines knochigen Begleiters. »Was ist los?«

Sollte Hermes überhaupt etwas von diesem Beinahezusammenstoß mitbekommen haben, so ließ er es sich zumindest nicht anmerken. »Hörst du das etwa nicht?«, fragte er und legte lauschend eine Hand hinter sein Ohr.

Bis jetzt hatte Oskar in der Tat noch absolut gar nichts gehört. Nun wiederum, da Hermes ihn darauf aufmerksam machte, meinte auch er das schwache Grollen eines entfernten Gewitters wahrzunehmen, das sich zwar langsam, aber doch deutlich heranwälzte. Er stutzte. »Was ist das?«

»Nichts Gutes«, antwortete Hermes und machte einige Schritte rückwärts. »Los! Wir müssen aus diesem Gang raus!« Er drehte sich herum und begann immer schneller zu werden. »Glaub mir. Du möchtest dich wirklich beeilen«, rief er über seine Schulter hinweg und verfiel kurz darauf in einen zackigen Sprint.

Jetzt setzte auch Oskar sich in Bewegung, während das Grollen immer lauter wurde. Eine unbestimmte Angst kroch seine Kehle empor – dann jedoch erkannte er, um was es sich bei dem Geräusch eigentlich nur handeln konnte: Gewehrschüsse! Er begann ebenfalls zu rennen.

Doch kaum hatte er einige wenige Meter hinter sich gebracht, da bemerkte er, dass etwas sein rechtes Bein in der Höhe seines Knöchels berührte. Er blickte hinab – und schrie!

Das Wesen, das gerade dabei war, sich an ihm vorbeizuwinden, gehörte nicht nur zu den widerlichsten Geschöpfen, die er in seinem ganzen Leben je gesehen hatte – sondern auch zu den ekligsten Kreaturen, die er sich überhaupt nur vorstellen konnte. Ja, das Untier sah aus wie die von einem wahnsinnigen Professor erdachte Kreuzung aus Wurm, Made und irgendetwas drittem, das Oskar ganz bestimmt nicht genauer kennenlernen wollte. Es war ebenso nackt und schleimig wie lang und wendig. Seine Haut war von geradezu gläserner Durchsichtigkeit und gab den Blick frei auf das von dicken blauen Adern durchwucherte Fleisch darunter. Am monströsesten jedoch war sein Kopf. Denn dieser bestand ausschließlich aus einem großen dreiteiligen Kiefer, der sich unaufhörlich öffnete und schloss als sei er beständig auf der Suche nach etwas Essbaren. Im Maul des Tieres erkannte Oskar flüchtig Tausende winzig kleiner Zähnchen, zwischen denen große, vom zähen Speichel des Ungetüms vollkommen durchnässte Papierfetzen festhingen.

Dieses Ungeheuer hatte Oskar im Bruchteil einer Sekunde überholt. Doch es war keinesfalls alleine unterwegs. Denn während das erste Exemplar vor ihm zu Hermes aufschloss, erreichte Oskar auch schon das zweite, das dritte, fünfte, achte Wesen derselben Art und nach nur wenigen Augenblicken befand er sich, ohne dass er wusste, wie ihm geschah, bereits knietief in einer quirligen schleimigen Welle dieser wurmartigen Monster.

Oskar geriet in Panik. Doch zu allem Überfluss wurden auch die Gewehrschüsse, die nun lautstark von der Decke und den Wänden des Ganges widerhallten, immer lauter.

Zu ihrem Glück erreichten Hermes und er nach nur wenigen – doch unendlich langen – Sekunden wieder den Saal, den sie als letztes durchquert hatten. Verblüfft sah Oskar, wie sein knochiger Begleiter gleich einer Spinne vor ihm an eines der Bücherregale sprang, dort geschwind ein kurzes Stück nach oben kletterte und sich schließlich zu ihm herunter beugte. »Hier! Nimm meine Hand!«, rief er und streckte seinen dürren Arm nach Oskar aus.

Das ließ Oskar sich natürlich nicht zweimal sagen! Sowie er den Zeitpunkt für gekommen hielt, sprang er so kräftig er konnte in die Höhe, ergriff Hermes' Hand und kam mit Müh und Not auf der schmalen Kante eines der unteren Regalbretter zum Stehen. Sofort begann er mit Hermes' Hilfe das Regal Brett für Brett zu erklimmen, bis sie schließlich zusammen dessen Oberseite erreichten, dort nebeneinander Platz nahmen und hinab in die Tiefe blickten. Oskar atmete schwer. Sein Herz schlug ihm bis hinauf in den Hals. Seine Angst wiederum legte sich ein wenig.

Nicht jedoch sein Entsetzen! Denn jetzt musste er dabei zusehen, wie mehr und immer mehr der wurmartigen Untiere in den Saal hineinglitten. Bald handelte es sich nicht mehr nur um eine Welle, sondern um eine regelrechte Würmerflut, die sich an den Regalen brach wie das Meer an aus dem Wasser ragenden Klippen. Gleichzeitig sah er, dass hier und dort in diesem widerwärtigen Meer aus wendigen nackten Leibern dunkelrotes Blut aufspritzte – und noch immer wurden die Gewehrschüsse lauter und scheinbar auch zahlreicher.

Urplötzlich brach die Würmerflut ab und nur noch einige wenige Nachzügler wanden sich über den Boden der Bibliothek. Dafür aber stürzte augenblicklich eine riesige Horde jener uniformierten Kobolde in den Saal, die Oskar bereits bei ihrer Versammlung gesehen hatte.

Im Gegensatz zu zuvor wirkten sie jetzt alles andere als unmotiviert. Tatsächlich befanden sie sich in einer völlig ungehemmten, ja geradezu blutrünstigen Raserei. Ihre zornigen Augen waren starr auf ihr Ziel gerichtet und weiß schäumender Geifer rann aus ihren weit aufgerissenen Mäulern. Zudem stießen sie, während sie immer weiter in den Saal vordrangen, zischende Schreie aus. Ganz so, als wollten sie sich auf diese Weise gegenseitig zu immer noch größerer Raserei anstacheln.

Nur kurze Zeit später waren allerdings auch die Kobolde vorüber und in dem Saal herrschte von einem Moment auf den anderen wieder eine geradezu unwirkliche Grabesstille, während die Schüsse und

Schreie der Kobolde langsam in der Ferne verhallten. Das einzige, das als Zeugnis dieses schrecklichen Chaos zurückblieb, waren die vereinzelt auf dem Boden des Saales liegenden Kadaver einiger tödlich getroffener Würmer.

»Scheint ganz gut für sie zu laufen«, krächzte Hermes und prüfte vorsichtig mit einer Hand, ob seine Feder noch sicher an seinem Zylinder steckte. Dann begann er sich langsam an dem Regal hinab zu hangeln.

Oskar war noch immer wie vom Donner gerührt. Er zitterte am ganzen Leib. »Was zur Hölle waren das für Viecher?«

»Das? Kobolde«, sagte Hermes, dessen Kopf gerade noch über die Oberkante des Regals hinweg schaute. »Aber die kennst du doch schon, du kleines Dummchen. Und nun los! Wir müssen weiter.«

»Nein, verdammt!«, empörte sich Oskar. »Ich meine natürlich diese anderen Dinger!« Langsam und vorsichtig begann auch er an dem Regal herabzuklettern, auch wenn er zur Sicherheit eigentlich lieber noch ein paar Minuten hier oben geblieben wäre. »Diese Würmer, oder Maden oder was auch immer das war.«

»Ach so die«, sagte Hermes. »Das waren Bücherwürmer.«

Hätte Oskar nicht gerade seine beiden Hände zum Klettern benötigt, er hätte sich wohl mit aller Kraft vor die Stirn geschlagen, so banal erschien ihm diese Erklärung, auf die er eigentlich auch von alleine hätte kommen können.

Kaum hatte er kurz darauf den Boden erreicht, da schlug Hermes erneut jene Richtung ein, aus der sie zuvor geflüchtet waren.

»Nein! Mensch! Doch nicht da lang«, protestierte Oskar.

»Was? Warum denn nicht? Jetzt sind die Dinger doch weg. Oder möchtest du ihnen vielleicht hinterherlaufen?« Hermes lachte. »Das wäre wirklich dumm, weißt du?« Dann fügte er mit etwas ernsterer Miene hinzu: »Aber wir sollten uns schon etwas beeilen.«

Oskar folgte ihm widerstrebend. Dabei kostete es ihn sehr große Überwindung, über die teilweise noch zuckenden Leiber einiger Bücherwürmer hinwegzusteigen und schließlich jenen Gang zu betreten, in dem sie den Ungeheuern zuerst begegnet waren.

Einige Zeit später gelangten Hermes und Oskar in einen Saal, der derart außergewöhnlich war, dass er sofort Oskars volle Aufmerksamkeit in Beschlag nahm. Zwar handelte es sich auch hier im Wesentlichen nur um einen weiteren großen Saal mit sehr vielen und überaus hohen Bücherregalen, diese allerdings bestanden keinesfalls lediglich aus einfachem Holz und waren schon gar nicht löchrig und wurmzerfressen. Nein, sämtliche Regale in diesem Raum bestanden vielmehr aus nichts anderem als aus purem Gold, welches zusätzlich mit Unmengen glänzenden Silbers beschlagen und mit Tausenden glitzernden Edelsteinen besetzt war. Diamanten, Rubine, Smaragde, wohin Oskars Blick auch wanderte, der gesamte Saal blitzte und blinkte nur so an allen seinen Ecken und Enden.

»So. Da wären wir«, stellte Hermes zufrieden fest.

»Was?!«, fragte Oskar ungläubig. »Das Buch steht hier, in einem *dieser* Regale?«

»Ja. Und zwar, hmm, wenn ich mich nicht täusche – dort oben«, sagte Hermes und zeigte auf ein besonders funkelndes Regal in ihrer unmittelbaren Nähe. »Warte du hier. Ich hole nur schnell eine Leiter. Man möchte hier ja nichts zerkratzen.«

Während Hermes die Leiter herbeischaffte, löste sich Oskars frühere Sorge in Luft auf. Stattdessen stieg seine Vorfreude darauf, was er durch das nächste Buch zu Gesicht bekommen würde. Und umso mehr er darüber nachdachte, umso mehr empfand er diese prachtvoll geschmückten Regale als einen durchaus passenden Aufbewahrungsort für ein solches Buch. In diesen Regalen mussten die Bücher mit den allergrößten Erfolgen der Menschen gesammelt werden. Da war er sich ganz sicher.

Einen Augenblick später war Hermes zurück. Ächzend und stöhnend zog er eine goldene Leiter hinter sich her, die offenbar viel zu schwer war, um sie zu tragen. Nachdem er es schließlich dennoch geschafft hatte, sie nach einigem Hantieren an dem Regal zu positionieren, dauerte es nur noch wenige Sekunden und er stand wieder vor Oskar. In seinen Händen hielt er einen großen edlen Folianten. »Hier!

Bitteschön«, sagte er und drückte ihm das Buch in die Hand. »Dann wollen wir doch mal sehen, ob du das alles noch richtig in Erinnerung hast.«

9. Kapitel

Eine Sekunde nachdem Oskar den prachtvollen Folianten aufgeschlagen hatte, lag er lang ausgestreckt in seinem Bett und glaubte für einen kurzen, aber wundervollen Moment, er habe all die merkwürdigen Vorkommnisse der vergangenen Stunden einfach nur geträumt und wäre jetzt endlich wieder aufgewacht. Ja, er genoss diesen beruhigenden Gedanken so sehr, dass er merkte, wie seine verkrampften Glieder begannen sich zu lockern und er sich entspannt auf der weichen Matratze rekelte.

Als er kurz darauf die Augen aufschlug, musste er jedoch sehr zu seinem Leidwesen feststellen, dass er sich schwer getäuscht hatte. Bei dem weichen Bett, in dem er lag, handelte es sich nämlich keineswegs um das Bett seiner luxuriösen Apartmentwohnung, in welchem er noch an diesem Morgen aufgewacht war, sondern um das Bett der kleinen Mietwohnung, in der er noch bis vor einigen wenigen Jahren zusammen mit Corinna gelebt hatte.

»Hey! Nicht einschlafen!«, knarzte Hermes unmittelbar neben ihm. »Wir haben doch etwas zu tun, du kleines Murmeltier.«

Oskar drehte sich herum – und schaute direkt in Hermes' starre schwarze Pupillen. Er erschrak dermaßen, dass er völlig überstürzt aus dem Bett sprang, prompt über seine eigenen Füße stolperte und der Länge nach hinfiel. Sein knochiger Begleiter lag – die dürren Beine angewinkelt und den Kopf auf einen Arm gestützt – auf Corinnas Seite des Bettes. Als Oskar sich herum gedreht hatte, hatten ihre Nasen sich daher beinahe berührt. Hermes grinste.

»Was, was zur …«, stammelte Oskar, als er sich wieder einigermaßen gesammelt hatte und gerade dabei war, vom Boden aufzustehen. »Was machen wir denn *hier*? Ich, ich hatte gedacht, es ginge um meinen ersten Tag in der *Kanzlei*.«

»Abwarten«, sagte Hermes. »Weißt du, oft gehört mehr zu einem Ereignis, als man sich später noch bewusst ist.« Er erhob sich ebenfalls von der Matratze und streckte seinen unnatürlich langen Rücken durch, woraufhin dieser ein so widerlich knirschendes Knacken von sich gab, dass Oskar beinahe übel wurde. »Ahh«, stöhnte Hermes, »diese weichen Matratzen sind einfach nichts für mich.«

Oskars Blick wanderte durch den Raum. Er befand sich tatsächlich in seiner alten Wohnung, da konnte überhaupt gar kein Zweifel bestehen. Und etwa ein Jahrzehnt in der Vergangenheit. Unmittelbar neben dem Bett hing eine Collage aus Bildern von Corinna und ihm, welche einen wilden Querschnitt durch ihre bisherige Beziehung zeigten. Ein paar größere Fotos ihrer Hochzeit wurden umrahmt von ausgesuchten Aufnahmen aus Urlaubstagen sowie lustigen Schnappschüssen aus ihrer Studienzeit. Auch die Möbel in dem Zimmer passten bereits einigermaßen zueinander und waren nicht mehr – wie noch kurz nachdem sie zusammengezogen waren – ein wild zusammengewürfeltes Gemenge der Einrichtungen ihrer zwei Studentenwohnungen. »Wir sind also wirklich zehn Jahre in der Vergangenheit?«, fragte Oskar.

»Was ist das bloß mit dir und Zahlen?« Hermes verdrehte die Augen. »*Neun*. Das hier ist *neun* Jahre her, nicht *zehn*.«

»Ja ja, ist ja gut.« Hermes' penetrante Genauigkeit nervte Oskar. »Aber was …«

Doch er kam nicht dazu, seinen Satz zu vollenden. Denn in genau diesem Augenblick trat Corinna durch die Schlafzimmertür, welche sich nur wenige Zentimeter neben ihm befand, und um ein Haar wäre die jüngere Version seiner Exfrau damit – wie zuvor Julia auf dem Balkon in Heidelberg – direkt durch ihn hindurchgetreten. Mit knapper Not gelang es ihm diesmal gerade noch rechtzeitig, sich durch einen schnellen Satz in Sicherheit zu bringen, sodass ihm ein zweites derartiges Erlebnis erspart blieb.

Bei Corinnas Anblick erkannte Oskar sofort, dass es noch relativ früh am Morgen sein musste, denn offensichtlich hatte sie sich noch nicht für den kommenden Tag zurecht gemacht. Sie trug lediglich ein weites schwarzes T-Shirt, unter dem, als sie sich bewegte, ein einfacher weißer Slip hervorblitzte. Ihre nackten Füße steckten in plüschigen pinkfarbenen Hausschuhen und ihre von der Nacht noch etwas zerwühlten blonden Haare fielen ihr offen herab auf die Schultern. Ihr Altersunterschied zu der um etwa zehn Jahre jüngeren Corinna, die Oskar erst vor kurzer Zeit auf den Straßen Heidelbergs gesehen hatte, war deutlich erkennbar. Ebenso jedoch auch jener zu der fast genauso viele Jahre älteren Corinna, mit welcher er sich am Abend zuvor in ihrem Haus gestritten hatte. Diese Corinna hier war genau dreißig Jahre alt – und sie hatte es offensichtlich ziemlich eilig. Schnell trat sie an den großen Kleiderschrank, öffnete eine seiner Türen, griff hinein, zog eine dunkelblaue Krawatte daraus hervor und verließ mit dieser wieder den Raum.

Oskar schaute fragend zu Hermes.

»Das ist auch immer dasselbe mit dir.« Hermes wedelte mit seiner dürren Hand. »Na los! Hinterher! Und pass ein bisschen auf, ja?«

Wieder einmal fühlte Oskar sich wie ein kleiner Hund – doch auch diesmal hatte er keine Zeit, sich zu sehr darüber aufzuregen.

»Du musst dir wirklich nicht solche Sorgen machen, mein Schatz«, sagte Corinna und legte Oskars jüngerem Alter Ego liebevoll die blaue Krawatte um den Hals, die sie soeben aus dem Schlafzimmer geholt hatte. Jenen Raum und die Küche, in der die zwei nun standen, trennte in der kleinen Wohnung nur ein kurzer Flur. Innerhalb weniger Sekunden hatte Oskar daher die Küchentür erreicht, vor der er allerdings vorsichtshalber im Flur stehen blieb und sich gerade so weit nach vorne beugte, dass er knapp um den Türrahmen herum schauen konnte. Zwar fühlte er sich hierbei wieder einmal unglaublich albern, doch auf diese Weise hatte er wenigstens jederzeit die Möglichkeit, sich schnell genug zurückzuziehen. Von dem Gespräch zwischen seinem Alter Ego und seiner Exfrau meinte er nichts verpasst zu haben.

»Ich weiß«, erwiderte der jüngere Oskar. Er stand in der Mitte des kleinen Raumes mit seinem Rücken zu dem winzigen runden Esstisch, auf dem noch die krümeligen Reste des Frühstücks zu sehen waren. Nicht weit davon entfernt sah Oskar neben der Spüle jene Kaffeemaschine, die er noch am gestrigen Abend in der Küche des Hauses in der Vorstadt gesehen hatte. Im Gegensatz zu Corinna war sein Alter Ego schon fertig für die Arbeit. Auf seinem Kopf befanden sich zwar noch einige dünne Haare, allerdings war bereits deutlich mehr als bloß eine Tendenz zur Glatze zu erkennen. Außerdem fiel Oskar auf, dass sein jüngeres Selbst einen jener billigen Anzüge trug, die er nach nur wenigen Monaten, in denen er in den Genuss des großzügigen Gehaltes der Kanzlei Hausmann Meier gekommen war, rigoros aus seinem Kleiderschrank aussortiert hatte. »Aber du kennst mich ja«, fuhr sein Alter Ego fort. »Ich möchte gleich von Anfang an einen guten Eindruck machen. Gerade in den ersten Tagen schauen sie einem doch besonders auf die Finger.«

»Das mag ja sein«, sagte Corinna, während sie ihrem Mann die Krawatte band. Schließlich zog sie verständig das letzte Mal das Ende durch den Knoten und strich mit der flachen Hand das gelungene Ergebnis glatt. »Aber weißt du was? Zeige dich einfach als der Mann, den ich geheiratet habe, und alles Weitere wird ein Kinderspiel. Das verspreche ich dir.« Sie zupfte die Krawatte noch einmal etwas zurecht. »Fertig!« Sie lächelte. »Du hattest Recht. Die passt viel besser zu dem neuen Anzug.« Sie beugte sich vor und gab dem jüngeren Oskar einen Kuss auf den Mund. »Und denk immer daran: Ich liebe dich.«

»Ich dich auch.« Oskars Alter Ego zog seine Frau an sich heran und legte seinen Kopf auf ihre Schulter. Eine Weile hielt er sie einfach nur still im Arm. »Du weißt, dass ich das für uns beide tue«, sagte er dann. »Damit wir ein besseres Leben haben.«

Corinna nickte. »Ja. Und ich weiß auch, dass du dir das alles eigentlich etwas anders vorgestellt hattest.« Sie lehnte sich in seinen Armen zurück und tippte ihn auf die Brust. »Aber *du* weißt vor allem auch, dass ich nie versucht hätte, dich zu diesem Schritt zu überreden.« Sie nahm seine Hände, entfernte sich dann ein wenig von ihm und sah ihm in die Augen. »Außerdem ist es ja nun wirklich nicht so, dass wir sonderlich arm wären. Wenn das alles nichts für dich ist, dann lässt du es eben wieder sein.«

Der jüngere Oskar sah sie einen Moment lang stumm an. Dann nahm er seine rechte Hand und legte sie auf Corinnas Bauch. »Natürlich. Aber ich will doch auch, dass unser Kind es einmal gut hat.«

»Du alberner Kerl!«, lachte Corinna. »Du tust ja gerade so, als wäre ich schon schwanger. Dabei haben wir es noch nicht einmal ernsthaft versucht.«

Oskars Alter Ego zog sie erneut an sich heran. »Nun, wenn das so ist.« Er legte seine Hände auf ihren Po und ließ sie von dort langsam nach oben unter ihr T-Shirt wandern.

Doch Corinna entwand sich ihm. »Pfui! Aus!«, rief sie – doch ihr Gesicht zeigte ein breites Grinsen, das eine gänzlich andere Sprache sprach. »Du musst zur Arbeit, Mister Möchtegern Top-Anwalt! Und ich muss mich wirklich auch langsam fertig machen.«

»Ja, ich weiß.« Der jüngere Oskar ließ in übertriebener Enttäuschung den Kopf hängen und schob seine Unterlippe etwas nach vorne. »Na gut. Also tschüss dann. Bis heute Abend.« Er gab seiner Frau einen schnellen Abschiedskuss und trat dann hinaus in den Flur. Oskar hatte hiermit gerechnet und sich mit Bedacht so postiert, dass sein Alter Ego nicht durch ihn hindurchgehen musste.

»Tschüss«, rief Corinna ihrem Mann aus der Küche hinterher. »Du packst das! Ich glaube ganz fest an dich!«

Begleitet von diesen liebevollen Worten seiner Frau öffnete der jüngere Oskar die Wohnungstür und trat hinaus in das Treppenhaus. Oskar selbst hingegen wusste einmal aufs Neue nicht so recht, was er als nächstes tun sollte. Sollte er seinem jüngeren Ich hinterhergehen? Wie käme er dann zur Kanzlei? Sollte er sich etwa auf den Rücksitz setzen? Das wäre definitiv kein sonderlich gutes Versteck. Er trat nervös im Flur auf der Stelle, dann entschied er sich widerwillig dazu, zuerst mit Hermes zu sprechen.

Als er sich deswegen in Richtung Schlafzimmer umdrehte, sah er bereits eines von Hermes' langen Beinen auf den Flur hinaustreten und kurz darauf erschien auch der Rest seines hageren Begleiters. »Schnell! Was soll ich tun?«, bestürzte ihn Oskar. »Ich glaube, ich muss mich beeilen. Der andere …

Also ich, also … Ach, du weißt schon! Der Mistkerl ist gerade eben aus der Wohnung raus.«

Hermes hingegen war die Entspannung in Person. »Immer mit der Ruhe, du kleiner Hitzkopf«, sagte er, halb sprechend, halb gähnend und hielt eine dürre Hand vor seinen Mund. Dann streckte er seinen Arm aus und schob Oskar gerade noch rechtzeitig etwas zur Seite, damit Corinna nicht mit ihm kollidierte, die auf ihrem Weg ins Badezimmer gerade den Flur durchquerte und sich dabei ihr T-Shirt über den Kopf zog.

Als der nackte Rücken seiner Exfrau eine halbe Sekunde später im Schlafzimmer verschwunden war, sagte Oskar: »Ruhe? Sonst treibst *du* mich doch immer an.«

»Ja«, gestand Hermes. »Das ist richtig. Aber das liegt daran, dass es sonst auch durchaus Dinge gibt, die du verpassen könntest. Und dann müssten wir nochmal *ganz von vorne* anfangen.«

Oskar verstand nicht. »Und jetzt ist das nicht so?«

»Nein. Komm mit.« Hermes ging in Richtung Wohnungstür und Oskar folgte ihm. »Weißt du, wir sind zwar in der Vergangenheit, aber gleichzeitig sind wir auch in einem Buch. Und da muss man manchmal einfach nur umblättern.«

»Was?«

Hermes seufzte. Dann zeigte er auf die Tür. »Geh da durch.«

Zwar verstand Oskar noch immer kein Wort, doch er tat, was Hermes von ihm wollte. Zögerlich ging er einen letzten Schritt auf die geschlossene Tür zu und trat schließlich durch sie hindurch, als handele es sich bei ihr um nichts weiter als um ein bisschen trübe Luft. Und obwohl er dies bereits mehrmals getan hatte, war er sich vollkommen sicher, dass er sich nie daran würde gewöhnen können.

Im nächsten Augenblick war Oskar zurück im großen Foyer jenes gläsernen Bürogebäudes in Frankfurt, das seine Kanzlei beherbergte. Er warf einen Blick hinter sich – und schaute in den leicht dümmlich fragenden Ausdruck, welcher sich auf seinem eigenen Gesicht abzeichnete, das sich in der geschlossenen Edelstahltür des Fahrstuhls widerspiegelte. So hatte Hermes das mit dem *Umblättern* also gemeint!

Einen Moment später stand sein neuer Bekannter wieder neben ihm und grinste ihn breit an. Gleichzeitig sah Oskar – wenn auch mehr aus dem Augenwinkel – wie sein jüngeres Alter Ego durch die großen Drehtüren des Gebäudes trat. An seiner Seite ging Martin und redete offenbar mehr auf ihn ein, als dass er sich mit ihm unterhielt.

Mit einem schnellen Satz versteckte Oskar sich hinter dem nur ein paar Schritte entfernten Tresen der Rezeption. Hermes folgte ihm.

Martin sprach so laut, dass Oskar keinerlei Probleme hatte, ihn zu verstehen. »Mensch! Das ist ja so genial, dass du jetzt auch hier anfängst.« Er lachte. »Ha! Das wird wieder ganz wie in alten Zeiten.«

»Na ja, wohl eher nicht«, hörte Oskar sein jüngeres Ich, das zwar wesentlich leiser sprach, das er dennoch halbwegs verstand. »*Hier* wirst du wohl kaum von mir abschreiben.«

»Und warum nicht?«, lachte Martin. »Was meinst du denn, warum ich dir überhaupt dabei unter die Arme gegriffen habe, diesen Job zu bekommen? Etwa wegen deiner schönen Frisur oder deiner schlanken Taille? Ha Ha!«

Oskar hörte, wie die beiden in seiner unmittelbaren Nähe stehen blieben. »Das erinnert mich an etwas«, sagte sein Alter Ego. »Ich möchte mich noch einmal bei dir bedanken, Martin. Ich bin mir durchaus darüber im Klaren, dass ich diese Stelle hier ohne dich nie bekommen hätte.«

»Ach, Schwamm drüber! Das ist doch gar nicht der Rede wert. Aber gib es zu, ich habe dir schon immer gesagt, dass Vitamin B um einiges wichtiger ist als alle krakeligen Zahlen auf irgendwelchen knittrigen Blättern.«

Oskars Alter Ego schwieg kurz, bevor er antwortete. »Gut. Das mag sein«, stimmte er zögerlich zu. »Ganz ohne geht es aber auch nicht.«

»Na ja, gerade deswegen sind wir ja so ein gutes Team«, rief Martin. »Immerhin habe ich meine wenigstens halbwegs vernünftigen Zahlen nicht zuletzt dank dir. Eine Hand wäscht die andere. So muss das laufen.«

Der jüngere Oskar gab nach. »Ja. Ich schätze, du hast wohl Recht. Wie auch immer. Ich hoffe nur, ich versaue es nicht.«

Martin lachte erneut. »Ach was! Du doch nicht! Alleine der Gedanke ist vollkommen absurd.« Einen paar Sekunden lang herrschte Stille, dann hörte Oskar plötzlich das laute klatschende Geräusch einer Handfläche, die auf eine Stirn traf. »Mensch, das hätte ich doch beinahe vergessen!«, rief Martin. »Eine Sache sollte ich dir ja noch sagen. Herr Krause möchte gerne, dass du heute morgen zu allererst zu ihm ins Büro kommst.«

Oskar vernahm, wie sein jüngeres Ich nervös schluckte. »In Ordnung. Hat er vielleicht auch gesagt warum?«

»Nö. Aber das kann ich dir trotzdem sagen. Du musst wissen, Herr Krause hat da so seine ganz eigene Art von Pep-Talk. Du brauchst dir auf jeden Fall keine Sorgen zu machen. Oder warte! Vielleicht besser doch. Vielleicht irre ich mich auch. Möglicherweise möchte er ja mit dir tanzen gehen.« Das kurze und rhythmische Stapfen seiner Füße erinnerte Oskar daran, dass Martin bei dieser Gelegenheit eine ebenso kurze wie lächerliche Interpretation eines Walzers zum besten gegeben hatte. »Ha Ha!«

Beide Oskars ignorierten Martins schrägen Humor. »Wie du meinst«, sagte der jüngere von ihnen schließlich. »Dann lass mich das auch gleich hinter mich bringen.«

Oskar hörte, wie die beiden sich wieder in Bewegung setzten. Er blickte über den Tresen und sah einen Augenblick später, wie sich die Türen des Fahrstuhls hinter Martin und seinem jüngeren Ich schlossen.

»Und jetzt?«, fragte er Hermes.

»Na was wohl? Umblättern!«

Oskar verstand. Er stand auf und ging wieder zurück zu dem Fahrstuhl. Dort angekommen, machte er erneut einen Schritt durch dieselbe Tür, kehrte daraufhin jedoch keinesfalls wieder zurück in Corinnas und seine alte Wohnung, sondern betrat stattdessen zusammen mit Hermes seine Abteilung der Kanzlei.

»Guten Morgen«, grüßte Silvia, die wie gewöhnlich hinter ihrem Empfangstresen stand, und für einen winzigen Moment fühlte Oskar sich angesprochen. Dann fiel ihm auf, dass natürlich nicht er selbst, sondern vielmehr sein jüngeres Ich und Martin gemeint waren, die sich nur ein kurzes Stück vor ihm befanden.

»Hallo, Silvia«, sagte Martin. »Dir auch einen wunderschönen guten Morgen. Darf ich vorstellen, das hier ist mein guter Freund Oskar Kaufmann. Den wirst du hier jetzt öfter sehen.«

»Hallo! Schön Sie kennenzulernen, Herr Kaufmann«, sagte Silvia und lächelte den jüngeren Oskar freundlich an. »Ich gehöre hier sozusagen zum Inventar.« Oskar erinnerte sich, dass dies selbstverständlich nicht sein allererster Besuch in den Räumen der Kanzlei gewesen war und er dementsprechend natürlich auch Silvia bereits getroffen hatte. Nur offiziell vorgestellt hatten sie sich bis zu diesem ersten Arbeitstag noch nicht wirklich – und gewisse Rituale mussten nun einmal gewahrt bleiben.

Oskars Alter Ego lächelte höflich und reichte Silvia die Hand. »Schön *Sie* kennen zu lernen«, sagte er und wandte sich dann wieder an Martin. »Wir sehen uns später. Ich gehe jetzt gleich zu Herrn Krause.«

»Supi«, sagte Martin und reckte seinen Daumen in die Höhe. »Bis dann dann. Und viel Erfolg!« Als er den jüngeren Oskar daraufhin alleine ließ und sich auf den Weg in sein Büro machte, ging er so nahe an Oskar vorüber, dass der schwere Geruch des teuren Aftershaves seines alten Freundes regelrecht in seiner Nase brannte.

Herr Krauses Büro war das mit Abstand größte auf der gesamten Etage. Vom Fahrstuhl aus gesehen befand es sich genau auf der gegenüberliegenden Seite des Gebäudes. Oskar folgte seinem Alter Ego und achtete dabei sorgfältig darauf, einige Meter Sicherheitsabstand einzuhalten.

Hermes begleitete ihn. Doch nach wenigen Augenblicken bemerkte Oskar, dass irgendetwas mit seinem dürren Begleiter nicht zu stimmen schien. Der für gewöhnlich so schrecklich gut gelaunte Mann mit Zylinder wirkte auf einmal seltsam besorgt. Als würde er nach etwas Ausschau halten, wanderten seine Augen unruhig in dem Flur hin und her und ja, er schien tatsächlich sogar noch ein wenig bleicher geworden zu sein. »Was ist denn los?«, fragte Oskar, dem durch dieses Verhalten selbst wieder ganz mulmig zumute wurde.

»Ach nichts«, entgegnete Hermes, sichtlich darum bemüht, sich seine Nervosität nicht anmerken zu lassen. »Was soll denn schon los sein? Mir geht's blendend!« Er schaute Oskar an und zeigte das verkrampfteste Grinsen, das er jemals gesehen hatte. »Pass jetzt nur bitte wirklich ganz besonders doll auf.« Er schluckte. »In Ordnung?«

Nun bekam Oskar eine richtige Gänsehaut. »Herrgott! Wieso denn?«

»*Tu einfach, was ich dir sage*!«, blaffte Hermes, der sich offensichtlich kaum noch unter Kontrolle hatte. »Und such dir ein *wirklich gutes* Versteck! Ich bin bald wieder bei dir. Versprochen.« Mit diesen Worten verschwand er, ohne dass Oskar die Zeit gehabt hätte, noch irgendetwas zu erwidern.

Spätestens jetzt war Oskars Freude an dem gesamten Erlebnis endgültig wie weggeblasen. Hermes hatte in der Bibliothek – wie er sich widerwillig eingestehen musste – tatsächlich ganz zu Recht angezweifelt, ob er sich wirklich noch korrekt an alle Details dieses für ihn so bedeutenden Ereignisses erinnerte. Tatsächlich war er bis vor wenigen Minuten der Meinung gewesen, dass er den ganzen Tag von morgens bis abends vollkommen souverän über die Bühne gebracht hatte. Die Unsicherheit, die sein jüngeres Ich nur allzu deutlich erkennen ließ, war ihm ebenso wenig im Gedächtnis geblieben wie Corinnas liebevolle und verständnisvolle Unterstützung. Vor allem aber beunruhigte ihn Hermes' schrecklich angespanntes Verhalten so sehr, dass eine unbestimmte Angst seinem Magen mittlerweile fest im Griff hatte.

Daher begann er schon jetzt zu überlegen, wo er sich während des gleich stattfindenden Gespräches

160

am besten würde verstecken können. Leider fiel ihm jedoch absolut nichts ein. Das im Inneren der Kanzlei schier allgegenwärtige Glas eliminierte wirklich sämtliche Möglichkeiten, die sich in anderen ähnlich großen Gebäuden wahrscheinlich ergeben hätten. Weder existierten hier geeignete Türrahmen, noch irgendwelche Tische oder Bänke, hinter oder unter denen er sich wirklich gänzlich hätte verbergen können. Nur wenige Meter vor sich sah er zu allem Überfluss, wie sein Alter Ego Herr Krauses Büro betrat. Seine Zeit wurde knapp!

Die rettende Idee traf ihn schließlich wie ein Blitzschlag und er fragte sich, warum er nicht viel früher darauf gekommen war. Herr Krause liebte moderne Kunst, die er gleichzeitig als gewinnbringende Geldanlage und standesgemäßes Dekorationsmaterial verstand – sowie als das perfekte Thema, um seine Untergebenen auf Weihnachtsfeiern zu langweilen. Doch nicht nur in seinen privaten vier Wänden, sondern auch in seinem Büro hatte sein Chef über die Jahre eine recht stattliche und vor allem recht wertvolle Sammlung von Bildern, Statuen und allen möglichen anderen Objekten zusammengetragen – nicht zuletzt um die Crème de la Crème der Klienten zu beeindrucken.

Zu diesen Stücken gehörte auch eine große abstrakte Skulptur, bei der es sich um ein Objekt handelte, das – zumindest Oskars Meinung nach, dem jedwedes tiefere Verständnis für Kunst fehlte – am ehesten einer Mischung aus einem türkisfarbenen Schneckenhaus und einem halb zermatschten Donut ähnelte. Zum seinem Glück war dieses hässliche Gebilde nicht nur groß genug, um sich dahinter zu verstecken, es war außerdem genau richtig platziert, dass er sowohl sein Alter Ego als auch Herrn Krause von dieser Position aus gut würde im Blick behalten können.

Oskar hatte seinen Plan gerade noch rechtzeitig geschmiedet, denn sein Alter Ego wurde bereits von Herrn Krause in Empfang genommen. Der Abteilungsleiter war von eher kleiner und gedrungener Statur, hatte kurze graue Haare, die – wie Oskar schon oft mit einem Anflug nicht geringen Neides festgestellt hatte – trotz seines fortgeschrittenen Alters noch keinerlei Anzeichen von Haarausfall erkennen ließen. Außerdem trug er einen gepflegten Schnauzbart – ein Attribut, das bei Oskar stets Erinnerungen an seinen Vater wachrief.

»Guten Morgen, Herr Kaufmann«, sagte Herr Krause und reichte dem jüngeren Oskar die Hand. »Schön Sie zu sehen. Bitte, kommen Sie doch herein.«

Während die beiden an Herr Krauses Schreibtisch Platz nahmen, durchquerte Oskar so schnell er konnte den Raum, begab sich zu der Skulptur und ging hinter ihr in Deckung.

»Ich freue mich sehr, Sie von heute an bei uns zu haben«, begann der Abteilungsleiter. »Ich bin fest davon überzeugt, dass Sie unsere Kanzlei sehr gut ergänzen werden.«

»Vielen Dank«, entgegnete der jüngere Oskar. »Ich freue mich natürlich ebenso sehr, hier zu sein.«

162

Herr Krause nickte. »Sie wissen sicher bereits, dass es sich bei Hausmann Meier um eine der ältesten Kanzleien Deutschlands handelt, habe ich Recht?«

»Ja«, bestätigte Oskars jüngeres Ich, obwohl er selbst sich sehr gut daran erinnerte, vor diesem Gespräch in Wirklichkeit noch kaum eine Ahnung von der Geschichte der Kanzlei gehabt zu haben. Dies gehörte seiner Meinung nach allerdings nicht zu den Dingen, die man seinem neuen Chef an seinem allerersten Arbeitstag unter die Nase oder – in Herr Krauses Fall – unter den Schnäuzer rieb.

»Gut. Dann will ich Ihnen die Geschichtsstunde ersparen«, fuhr Herr Krause fort. »Viel wichtiger ist sowieso, wie immer, die Gegenwart.«

Oskars Alter Ego nickte.

»Obwohl es sich nämlich bei Hausmann Meier um eine derart alte Kanzlei handelt«, fuhr Herr Krause in einem bedeutungsschwangeren Tonfall fort, »befinden wir uns gerade jetzt in der für unser Unternehmen vermutlich geschichtsträchtigsten Phase überhaupt.« Er machte eine dramatische Pause. »Denn da unsere Leitung den Geist der Zeit schon sehr früh vollkommen richtig erkannt hat, haben wir bereits vor Jahren unseren Schwerpunkt vom Wirtschaftsrecht auf den des IT-Rechtes ausgebaut. Eine umsichtige Entscheidung, die nun beginnt, reiche Früchte zu tragen.« Er räusperte sich. »Wissen Sie, was das bedeutet?«

»Ja«, entgegnete der jüngere Oskar selbstbewusst. »Das heißt, dass Sie im Begriff sind, auch eine der bedeutendsten Kanzleien Deutschlands zu werden.«

»Wenn – *wir*«, Herr Krause legte ein ganz besondere Betonung auf dieses zweite Wort, »unsere Position nicht nur behaupten, sondern vor allem noch weiter ausbauen können.« Er räusperte sich erneut. »Das kann uns natürlich nur dann gelingen, wenn wirklich *jeder einzelne* unserer Mitarbeiter dazu bereit ist, alles zu geben, und«, er erhob theatralisch seinen rechten Zeigefinger, »die entsprechenden Opfer zu bringen.« Er ließ seine Hand bestimmt auf die Tischplatte heruntersausen. »Wir, Herr Kaufmann, brauchen Mitarbeiter, die den Willen besitzen, den Weg eine ganze Meile weiter zu gehen als unbedingt nötig. Wir brauchen Mitarbeiter, die ohne nachzudenken ihre persönlichen Interessen hintanstellen und immer und zu jeder Zeit zuerst an das übergeordnete Wohl der Kanzlei denken.« Herr Krause genoss seinen Monolog sichtlich. »Ich frage Sie jetzt und hier: Herr Kaufmann, sind *Sie* ein solcher Mitarbeiter?«

»Ja«, antwortete der jüngere Oskar ohne zu zögern. »Selbstverständlich.«

»Gut«, sagte Herr Krause. »Dann möchte ich Ihnen jetzt auch von den positiven Seiten des Ganzen berichten, damit Sie einen Ansporn haben, sich stets an Ihre Worte zu erinnern und Ihr Versprechen zu halten.« Er tippte kurz auf seine Tastatur und bewegte flüchtig seine Computermaus, bevor er fortfuhr. »Sie müssen wissen, ich übertreibe ganz und gar nicht, wenn ich Ihnen sage, dass es in unserer

164

gesamten Kanzleigeschichte keinen anderen Punkt gab, an dem die Gehälter unserer Mitarbeiter derart schnell in die Höhe geklettert wären. Gleichzeitig waren die Aufstiegschancen innerhalb der Kanzlei noch nie so gut wie heute.«

In diesem Augenblick begann sich hinter Herrn Krause eine Gestalt zu manifestieren. Schnell zog Oskar sich so weit hinter die Skulptur zurück, dass er nur noch mit einem einzigen Auge geradeso über deren äußerste Kante hinwegschaute. Da er bereits fest mit dem erneuten Erscheinen eines dieser Wesen gerechnet hatte, erschrak er zunächst nicht über die Sache an sich – bei dem Anblick der Kreatur allerdings ergriff ihn die nackte Angst!

Bei dem Wesen handelte sich um eine gertenschlanke Frau in einem kurzen schwarzen Abendkleid, welches sich eng an ihren Körper schmiegte. Ihre langen, glatten und ebenfalls schwarzen Haare trug sie zu einem Zopf zurückgebunden und um ihren Hals glitzerte eine Kette, welche aus nichts anderem als aus zahllosen Diamanten zu bestehen schien und von der ein großer blutroter Rubin schwer herabhing. Aus dem hochmütigen Lächeln des Wesens jedoch wuchsen – gerade so wie bei einem Vampir – zwei lange spitze Zähne hervor und in ihren gelben Augen funkelten die schlitzartigen Pupillen einer monströsen Schlange. Und eben diese Pupillen waren jetzt überaus interessiert auf Oskars Alter Ego gerichtet!

Herr Krauses Redefluss war ungebrochen. Zwischen seinen Lippen zog sich ein dünner weißer Faden geronnenen Speichels: »Was ich sagen möchte ist Folgendes: Bei entsprechenden Leistungen könnten Sie in ein paar Jahren ein regelmäßiges Gehalt bekommen, von dem Sie heute nicht einmal zu träumen wagen. Ich hoffe, Sie verstehen mich hier richtig. Ich kann mir nämlich gut vorstellen, dass Sie bereits Ihr Einstiegsgehalt als durchaus großzügig empfinden. Aber glauben Sie mir! Wenn es so weiter geht wie bisher und Sie Ihren Teil zum weiteren Erfolg der Firma beisteuern, dann ist dort, wo Sie sich jetzt befinden, noch eine ganze Menge Luft nach oben.«

Die dämonengleiche Frau blickte hinab zu Herrn Krause, lächelte ihn an und fuhr ihm dann – geradezu liebevoll – mit ihrem Zeigefinger über das Ende seines Schnauzbartes, ohne dass Oskars Chef auch nur das Geringste davon mitzubekommen schien. Danach begann sie langsam aber sicher um den Tisch herumzuschreiten – während Oskar gleichzeitig drauf und dran war, in Panik auszubrechen. Seine feuchten Hände zitterten unkontrollierbar und kleine Tropfen reinsten Angstschweißes liefen seine Stirn hinab. Doch so sehr er sich auch fürchtete, er schaffte es nicht, seinen Blick auch nur für eine Sekunde von dem schrecklichen Geschehen abzuwenden!

»Ha!«, lachte Herr Krause. »Und dabei habe ich bisher noch nicht einmal die reichen Boni erwähnt, welche Ihnen bei erfolgreich abgeschlossenen Projekten, die sich für die Kanzlei ganz besonders auszahlen, selbstverständlich ebenfalls winken.«

Die Frauengestalt war nun bei Oskars Alter Ego angekommen. Einen Augenblick lang taxierte sie ihn, dann lächelte sie auch ihn – nicht ohne eine gewisse List – an und präsentierte dabei umso deutlicher ihre spitzen Fangzähne. Schließlich ließ sie sich beinahe genüsslich auf seinem Schoß nieder, schlug ihre nackten Beine übereinander, schlang einen Arm um seinen Hals und strich ihm mit den Fingern verspielt durch seine verbliebenen dünnen Haare – ganz so, als handele es sich um das Fell eines jungen Hündchens.

Herr Krause gab ein verträumtes Seufzen von sich. »Hach! Ich sage Ihnen, in gewisser Weise beneide ich Sie. Sie leben in wahrhaft golden Zeiten.« Er lachte freudig. »Wenn die Lukrativität unserer Fälle weiter so rapide ansteigt wie in den vergangenen Monaten, dann verdienen Sie schon in nur ein paar Jahren mehr an einem einzelnen solchen Bonus, als ich in Ihrem Alter in einem ganzen Jahr verdient habe.«

In diesem Moment drückte die grauenhafte Frauengestalt ihre vollen roten Lippen leidenschaftlich auf die von Oskars jüngerem Alter Ego – wobei es gleichzeitig so aussah, als bohrte sie ihre langen Zähne tief in seine Wangen.

Oskar vergaß völlig, dass er sich bemühen musste, unentdeckt zu bleiben. Ja, sein gesamtes Ich rebellierte gegen das, was er sah, und schon zog sich sein Inneres in Vorbereitung eines gellenden Schreies zusammen, welcher gleich aus ihm hervorzubrechen drohte!

Dann jedoch legte sich eine knochige Hand über seinen Mund.

»Auf keinen Fall schreien«, flüsterte Hermes.

10. Kapitel

Was zur Hölle war das?!«, schrie Oskar, dessen Glieder vor Angst noch immer vollkommen unkontrolliert zitterten. Der kalte Angstschweiß stand ihm nach wie vor auf der Stirn und auch sein Herz schlug ihm unverändert bis hinauf zum Hals. In seinen feuchten Händen hielt er den großen prachtvollen Folianten, auf dem jene rätselhaften Schriftzeichen magisch – oder doch eher *diabolisch* – glühten. Als er dies bemerkte, warf er das Buch so weit er nur konnte von sich fort, als übertrage es eine ansteckende Krankheit.

»Du immer mit deiner Hölle!« Hermes stand nur wenige Schritte vor Oskar und schaute verächtlich zu ihm herab. »Na, ganz so hattest du diesen Tag wohl nicht in Erinnerung, was?« Sein zuvor in der Kanzlei noch so besorgter Gesichtsausdruck war wieder voll und ganz einem breiten selbstsicheren Grinsen gewichen.

Oskar allerdings war viel zu verängstigt, um verärgert zu sein. Das Ding, dieses furchtbare dämonenhafte Ding, das er gesehen hatte, das sein Alter Ego mit seinem bestialischen Maul *geküsst* hatte, dieses Ding – es war einfach zu viel für ihn! Er stand auf, schubste Hermes beiseite – ohne überhaupt genau zu wissen, was er eigentlich tat – und begann zu rennen.

»Hey!«, rief Hermes. »Wo willst du denn jetzt hin?«

Oskar reagierte nicht. Er wollte nur noch raus. Raus, nicht nur aus diesem Saal mit seinen trügerisch goldenen und mit Diamanten besetzten Regalen, er wollte raus aus der Bibliothek, weg von all diesen furchtbaren Dingen, die sie beherbergte. Er hatte genug von grünen Kobolden, schleimigen Bücherwürmern, fauligen Schnittern, muffigen Schreibern und vor allem von diesem abartigen, furchtbaren, grauenhaften, widerwärtigen *Ding*! Er rannte ohne Ziel, ohne Verstand und ohne Orientierung. Er rannte so schnell wie er in seinem ganzen Leben noch nicht gerannt war. Er rannte durch riesige Säle, flog steile Treppen hinunter und durchquerte enge Korridore. Sein gesamter Geist war alleine von dem einen einzigen Gedanken erfüllt, diesen unwirklichen Ort für immer zu verlassen.

Tatsächlich jedoch hatte er nicht die Spur einer Ahnung, wie er das anstellen könnte.

Trotzdem war er sich sicher, dass es irgendeine Möglichkeit für ihn geben musste, den Wirren dieser Bibliothek zu entrinnen. Wenn er nur diesen ersten großen Saal mit seinem riesigen Baum wiederfinden würde, in dem diese gnomartigen Schreiber arbeiteten, dann hätte er – das versuchte er sich zumindest einzureden – auch eine Chance, jenen Raum zu finden, in dem alles angefangen hatte. Dort würde er dann weitersehen. Irgendwie würde er schon wieder zurück in sein Büro, zurück in die Kanzlei kommen und diesen ganzen verfluchten Albtraum endlich hinter sich lassen!

Dabei gab es nur ein Problem: Er besaß keinen auch noch so vagen Orientierungspunkt. Die meisten der Gänge und Säle, die er durchquerte, sahen für ihn fast identisch aus und selbst diejenigen, die sich auf die eine oder andere Art besonders auszeichneten, halfen ihm keineswegs dabei, sich irgendwie zurechtzufinden. Ja, diese ganze verdammte Bibliothek war für ihn nichts anderes als ein riesiges verfluchtes Labyrinth. Und wie bei einem solchen schien er sich, umso weiter er rannte, immer weiter zu verirren.

Nachdem er bereits einige Zeit vollkommen willkürlich durch das wirre Innere der Bibliothek gestürzt war und noch immer verzweifelt auf eine Eingebung hoffte, hörte Oskar plötzlich irgendwo in der Ferne erneut das ihm leider nur allzu gut bekannte Gewehrfeuer der Kobolde, welche ihren Feldzug gegen die Bücherwürmer offensichtlich noch immer nicht beendet hatten. Schlagartig kam er wieder zur Besinnung und blieb wie angewurzelt stehen. Das wirklich Allerletzte, das er in seiner jetzigen Situation gebrauchen konnte, war es, diesen verfluchten Ungeheuern über den Weg zu laufen – womit er sowohl an die Würmer, als auch an die Kobolde dachte. Einen Moment lang trat er unentschlossen auf der Stelle, dann drehte er sich herum und rannte zurück in die Richtung, aus der er soeben erst gekommen war.

Wie er kurz darauf herausfinden sollte, spielte seine Entscheidung an diesem Punkt jedoch absolut keine Rolle mehr. Denn schon als er nur einige wenige Meter zurückgelegt hatte, musste er hilflos dabei zuschauen, wie sich der Gang direkt vor seinen Augen explosionsartig mit Bücherwürmern füllte, als wäre er auf ein Nest gestoßen. Hunderte, ja Tausende der aalglatten Biester überschwemmten den Boden zuerst knie- dann sogar hüfthoch und wälzten sich wie eine Lawine aus einer Myriade winziger Zähne mit rasender Geschwindigkeit auf Oskar zu!

Schnell machte er erneut kehrt und rannte zurück in die andere Richtung. Unter der Mobilisierung seiner letzten Kraftreserven gelang es ihm dabei sogar, den Abstand zu den Bücherwürmern aufrechtzuerhalten. Nur ein paar einzelne besonders schnelle und wendige Exemplare drangen wie bei seiner letzten Begegnung bis an seine Füße vor und überholten ihn zum Teil sogar. Seine allerletzte Hoffnung bestand darin, noch vor den Kobolden – deren Gewehrfeuer nun ebenfalls immer deutlicher an sein Ohr drang – die nächste Abzweigung zu erreichen. Dann könnte es ihm vielleicht gelingen, einen Weg einzuschlagen, der ihn in Sicherheit brachte.

Doch auch hiermit lag Oskar vollkommen falsch. Zwar erreichte er tatsächlich bald eine Abzweigung – diese allerdings hatte sich in den Schauplatz einer kompromisslosen Schlacht verwandelt. Aus allen Richtungen ergossen sich Massen über Massen an Bücherwürmern, während gleichzeitig die Armee der Kobolde unter wildem Geschrei aus einem der Gänge heranrückte und sich den Würmern entschlossen entgegenstellte. Und einige dieser haarigen grünen Biester legten in

172

genau diesem Augenblick auf die hinter Oskar anstürmenden Bücherwürmer an.

»Nicht schießen!«, schrie Oskar so laut er nur konnte, unmittelbar bevor er die Kreuzung und somit auch die erste Schlachtreihe der Kobolde erreichte – jedoch vergebens.

In den nächsten Sekunden war Oskar umgeben von nichts anderem als dem puren Chaos. Die Kobolde feuerten aus allen ihnen zur Verfügung stehenden Rohren und um sich herum sah er die Folgen der verheerenden Einschläge ihrer Projektile. Dunkelrotes Blut und zäher Schleim spritzten auf seinen edlen grauen Anzug und er musste voller Schrecken mit ansehen, wie nun auch die Bücherwürmer zum Gegenangriff übergingen. Es entstand ein unbarmherziges Handgemenge, das von beiden Seiten mit einer geradezu erschreckenden Brutalität ausgetragen wurde.

Zu Oskars großem Glück schienen sich dabei weder die Kobolde noch die Bücherwürmer besonders für ihn zu interessieren. Ja, unter dem derben Einsatz seiner Ellenbogen gelang es ihm, sich nach und nach einen Weg mitten durch die Schlacht zu bahnen. Die Kobolde kommentierten sein Verhalten zwar mit zischenden Flüchen und wüsten Beschimpfungen, ließen ihn aber grundsätzlich gewähren. Viel zu sehr waren sie mit der verbissenen Schlacht gegen ihre Todfeinde beschäftigt.

Eine schiere Ewigkeit voller Stoßen und Drängeln sowie einiger beherzter Tritte und Bisse später erreichte Oskar endlich den Rand der Auseinandersetzung und stand wieder alleine auf dem Gang. Hinter seinem Rücken tobte die Schlacht unverändert weiter. Die Anstrengung hatte ihn seine letzten Kräfte gekostet. An Laufen oder gar Rennen war im Traum nicht mehr zu denken und nur mit größter Mühe setzte er langsam und schwerfällig einen Fuß vor den anderen – angetrieben ausschließlich von dem Ziel, möglichst viel Distanz zwischen sich und diese verfluchten Ungeheuer zu bringen.

Oskar war zu Tode erschöpft. Er hatte nicht die geringste Ahnung, wie viel Zeit seit dem Beginn seiner ziellosen Flucht oder auch nur seit jenem Aufeinandertreffen mit den Kobolden und den Bücherwürmern vergangen war. Es fühlte sich für ihn jedenfalls so an, als wandere er bereits seit Stunden durch die verschlungenen Gänge und immer gleichen Säle der Bibliothek. Entgegen seines Plans schien er sich dabei allerdings weiter von dem großen Hauptsaal entfernt zu haben als jemals zuvor. Das hieß: zumindest redete er sich das ein. Was seine Orientierung anging, hätte sich der Saal ebenso gut auch direkt hinter der nächsten oder übernächsten Ecke befinden können.

Andererseits hatte seine Umgebung begonnen, sich deutlich zu verändern. Zwar befand er sich zweifelsfrei noch immer in derselben Bibliothek – doch wirkte alles um ihn herum jetzt nicht nur älter, sondern irgendwie auch *schäbiger*. Die ledernen

Rücken der unzähligen Bücher in den allgegenwärtigen Regalen waren jetzt oft spröde und rissig und in manchen Fällen fehlten sie sogar ganz, sodass der Blick frei lag auf die knittrigen losen Seiten dahinter. Der Boden, die Regalbretter und überhaupt alles war von einer so dicken grauen Staubschicht überzogen, dass er – wenn er einmal die Kraft dazu aufbrachte, sich umzublicken – seine eigenen Fußspuren sehen konnte, als ginge er durch frisch herab gerieselten Schnee. Manche der Regale verschwanden zudem unter dichten weißen Spinnennetzen und viele der an den Wänden befestigten Lampen waren entweder gänzlich funktionslos, oder gaben nichts weiter als ein altersschwaches Flackern von sich, sodass das Licht beinahe mit jedem Schritt immer dämmriger wurde.

Oskars erste Panik war endgültig verflogen. Der Gedanke an die grauenhafte Dämonin, die er in Herrn Krauses Büro gesehen hatte, trieb ihm noch immer den kalten Schweiß in den Nacken, doch er besaß einfach nicht mehr die Kraft, sich zu sehr in diese Angst hineinzusteigern. Hatte ihn bereits die Begegnung mit der Schlacht der Kobolde und Bücherwürmer körperlich ausgezehrt, so tat das endlose Durchwandern der Bibliothek sein Übriges, um ihn endgültig zu zermürben. In diesem Moment wünschte er sich nichts sehnlicher als einen einfachen Orientierungspunkt, eine Hilfe, irgendetwas, das ihn aus seiner im wahrsten Sinne des Wortes vollkommen ausweglosen Situation zu befreien vermochte! Ja, widerwillig musste er sich eingestehen, dass er sich sogar über Hermes' Anblick maßlos gefreut hätte.

Auf seiner zurückliegenden Odyssee durch die weiten Gestade dieses schier unendlichen Büchermeeres hatte er die seltsamsten Dinge gesehen. Vor einiger Zeit etwa hatte er sich in einem Saal wiedergefunden, dessen riesige Regale mit schweren eisernen Gittern verschlossen waren. Zuerst hatte er sich natürlich gefragt, was diese Vorsichtsmaßnahme nur zu bedeuten hatte und vor welcher Art von Dieben es wohl gerade diese Bücher vor allen anderen besonders zu beschützen galt. Wenige Augenblicke später jedoch hatte er herausgefunden, dass die Gitter keineswegs dazu gedacht waren, irgendwelche Diebe von den Büchern fernzuhalten – sondern tatsächlich dazu, die Bücher selbst davon abzuhalten, die Regale zu verlassen! Ein Vorhaben, das offensichtlich nicht immer ganz so gut funktionierte wie beabsichtigt. Denn bald war er unfreiwillig Zeuge geworden, wie drei eifrige Kobolde ein großes, wild um sich schnappendes Buch mit Hilfe langer Stangen durch den Saal bugsiert und es schließlich unter Einsatz ihrer Leben zurück in das Regal gedrängt und gequetscht hatten. Es hatte nicht viel gefehlt und Oskar hätte miterleben müssen, wie einer der Kobolde mit Haut und Haar von dem Buch verschlungen worden wäre. Zu seinem Glück war der Kobold geistesgegenwärtig genug gewesen, seinen Leib und sein Leben mit einem beherzten Satz gerade noch rechtzeitig in Sicherheit zu retten.

Noch während er sich an diese Vorkommnisse zurückerinnerte, machte Oskar eine seltsame Entdeckung.

176

Der Saal, in welchem er sich nun befand, besaß keinen Ausgang. So sehr er sich auch umsah und nach einer weiteren Tür, als jener, durch die gerade erst eingetreten war, Ausschau hielt, er konnte einfach keine finden. Eine finstere Vermutung ergriff von ihm Besitz: Hatte er etwa tatsächlich das *Ende* der Bibliothek erreicht?

Doch er war viel zu erschöpft, um hierüber auch nur eine Sekunde länger nachzugrübeln. Ja, der Gedanke daran, die ganze Strecke vermutlich wieder zurücklaufen zu müssen, gab ihm endgültig den Rest. Vollkommen zerschlagen sank er mit seinem Rücken an einem Regal zu Boden und kauerte sich zusammen. Verzweifelt vergrub er sein Gesicht in seinen Händen. Sollte das etwa sein Ende sein? Sollte er wirklich nie wieder aus dieser verfluchten Bibliothek herausfinden?

Nein! Noch war nicht aller Tage Abend! Noch lebte er und folglich konnte er noch immer einen Ausweg aus diesem Albtraum finden. Er musste sich nur etwas zusammenreißen. Das war alles. Er würde nicht hier und schon gar nicht jetzt sterben. Irgendwie würde er einen Weg zurück in jenen großen Saal finden und von dort einen Ausgang. Fest entschlossen nahm er die Hände von seinem Gesicht – und blickte in die kalten leeren Augen des Schnitters.

Oskar bebte vor Angst. Er hatte nicht den geringsten Zweifel: Bei dem Wesen, das jetzt unmittelbar vor ihm in der Luft schwebte, handelte es sich um dieselbe Gestalt, die er in jener Gasse gesehen hatte, als er Zeuge des Mordes an Mary Ann geworden war. Die Kreatur trug dieselbe fadenscheinige Kapuze und dieselbe halb verfaulte Haut hing ihr ledrig von den Wangen herab.

Der Schnitter rührte sich nicht. Vollkommen bewegungslos schien er nichts weiter zu tun, als sein Gegenüber aufmerksam zu taxieren – und abzuwarten.

Oskar spürte das Regal hinter seinem Rücken. Er wusste, dass er keine Fluchtmöglichkeit besaß. Lange bevor er aufgestanden wäre, hätte ihn das Wesen – so es nur wollte – längst erreicht. Daher schien es ihm vorerst am klügsten, es nicht zu provozieren, sondern es auf einem anderen Wege zu versuchen. »Warum bist du hier?«, fragte er so ruhig es ihm seine Angst erlaubte. »Was willst du von mir?«

Der Schnitter zeigte nicht die Spur einer Reaktion. Weiterhin hing er vollkommen still an ein und derselben Stelle in der Luft und beobachtete Oskar aus seinen kalten, leeren Augen.

Oskar fühlte sich wie eine in die Ecke gedrängte Maus. »*Was willst du von mir?!*«, wiederholte er seine Frage mit etwas mehr Nachdruck. Dann begann er zu schluchzen. »Was habe ich dir denn getan?«

Dieses Mal reagierte der Schnitter. Langsam doch merklich kam er auf Oskar zu. Stück für Stück näherte er sich ihm. Bald würde er ihn erreicht haben. Dennoch traute Oskar sich weiterhin nicht, die Flucht zu ergreifen.

Dann, als der Schnitter nur noch einige wenige Zentimeter von ihm entfernt war, hob das Monster langsam und wie in Zeitlupe seinen rechten Arm und Oskar erinnerte sich, dass es dasselbe auch bei Mary Ann getan hatte. Er versteinerte.

Die Rettung kam im wirklich allerletzten Augenblick. Wenige Sekundenbruchteile bevor die Hand des Schnitters Oskar erreichte, wurde sie von der Seite erfasst und von ihrem Ziel weggerissen. »Nicht so vorschnell!«, rief Hermes, als er den Schnitter mit einem kraftvollen Ruck von Oskar hinfort zog. »Den kriegt ihr noch früh genug.«

Noch immer blieb der Schnitter stumm. Doch nun versuchte er, anstatt Oskar Hermes mit seinen halb verfaulten Fingern zu fassen zu bekommen.

»Oh nein, Freundchen! Du wirst doch wohl nicht!« Hermes versuchte, sich so weit wie möglich von dem Schnitter zu entfernen. Der jedoch folgte ihm scheinbar mühelos. »Verdammt! Ihr seid echt ganz schön hartnäckige Biester.«

Kurz bevor der Schnitter ihn zu fassen bekam, gelang es Hermes allerdings, mit einer Hand in seine abgewetzte Ledertasche zu greifen und ein kleines Buch aus ihr hervorzuziehen, das jenem, welches Oskar in die Bibliothek gebracht hatte, an Größe und Gestalt gar nicht unähnlich war. Hermes öffnete es so schnell er konnte, streckte es dem Schnitter entgegen und krächzte: »*Capteris!*«

Kaum hatte er dieses Wort ausgesprochen, da fuhr ein großer, sich mit rasender Geschwindigkeit drehender Wirbel aus den Buchseiten hervor, welcher in den grellsten Regenbogenfarben erstrahlte. Dieser Wirbel erfasste den Schnitter, hüllte ihn vollständig ein und zog ihn dann, ohne dass er etwas hätte dagegen unternehmen können, mit sich zurück in das Buch.

Nachdem schließlich auch der letzte kleine Rest des Wesens in ihm verschwunden war, klappte Hermes das Buch eilig zu und verstaute es wieder in seiner Tasche. Dann wischte er sich etwas Schweiß aus der Stirn und ging zu Oskar. »Tada!«, rief er und verbeugte sich tief.

»Da-Danke«, stotterte Oskar.

»Nichts zu danken.« Hermes rückte seinen schäbigen Zylinder zurecht und überprüfte flüchtig den Sitz seiner Feder. Dann kniete er sich neben Oskar, der noch immer an dem Regal kauerte. »Aber wie ich sehe, hast du mich angelogen. Das Ding hatte dich *doch* gesehen.«

Oskar schaute betreten zu Boden. Dann platzten auf einmal all die Angst und die Verzweiflung der vergangenen Zeit gleichzeitig aus ihm hervor. »*Ja, verdammt*! Aber ich verstehe das einfach nicht! Wie zur Hölle ist das Ding denn überhaupt hierher gekommen?« Er wischte sich die Tränen aus seinem Gesicht. »Und was zum Geier sind das alles für verfluchte Gestalten?«

»Oh Mann«, stöhnte Hermes. »Du nervst vielleicht! Weißt du, eigentlich könntest du mir wie ein lieber kleiner Junge schön brav und artig folgen, tun was ich dir sage und du hättest keinerlei, ich wiederhole *keinerlei*, Sorgen.« Er erhob sich, baute sich vor Oskar auf und wedelte mit dem Zeigefinger. »Ich meine, ist dir eigentlich schon einmal aufgefallen, dass *ausnahmslos alle* deine Probleme alleine dadurch entstehen, dass du nicht auf mich hörst? Du greifst dir einfach so ein Buch, schlüpfst mir nichts dir nichts in die Vergangenheit und rennst prompt in einen Schnitter. Du siehst etwas, das dir nicht sonderlich gefällt und fliehst panisch in den hinterletzten Winkel der Bibliothek und das, obwohl ich dich wirklich eindringlich davor gewarnt hatte, dass das keine sonderlich gute Idee ist. Halbtot dort angekommen wirst du natürlich von eben jenem Schnitter, den niemand anders als du ganz alleine überhaupt erst auf dich aufmerksam gemacht hat, beinahe erwischt. Und wer kommt dir jedes einzelne Mal wie ein Ritter in strahlender Rüstung zur Hilfe geeilt?« Hermes führte theatralisch eine Hand an die eigene Brust. »Moi!«

Wäre Oskar bei klarem und wachen Verstand gewesen, hätte er vermutlich eingewandt, dass er ohne Hermes überhaupt nie diese verdammte Bibliothek betreten hätte. Für derart logische Schlüsse war er aber nicht nur viel zu erschlagen, nein, Hermes ließ ihn gar nicht erst zu Wort kommen. »Ich …«

»Genau das ist es! Du, du, *du*!«, rief Hermes. »Es geht immer nur um dich, nicht wahr? Ist dir vielleicht schon irgendwann einmal, wenn auch nur für den Bruchteil eines klitzekleinen Sekündchens, in den Sinn gekommen, dass du in Wirklichkeit nicht das Zentrum des Universums sein könntest? Dass es hierbei vielleicht überhaupt nicht um *dich* geht?«

Oskar wusste nicht, was er sagen sollte. Er war völlig am Ende. Alles, was er sich wünschte, war doch nur, dass dieser Albtraum ein Ende nahm! Erneut schlug er die Hände vor sein Gesicht und begann zu schluchzen.

»Ach, und jetzt weinst du auch noch! Du armes kleines Ding.« Hermes verschränkte die Arme vor seiner dürren Brust und blickte tadelnd zu Oskar herab.

Einige Momente vergingen. Schließlich schien Hermes Mitleid zu bekommen. Er kniete sich neben Oskar und legte ihm eine Hand auf die Schulter. »Hey, hey! Ist ja gut. Krieg dich wieder ein, ja?« Er überlegte kurz. »Na gut, in Ordnung«, seufzte er dann. Wenn dich das wieder aufmuntert, habe ich einen Vorschlag für dich. Ich beantworte dir deine Frage und dafür folgst du mir danach ohne irgendwelche weiteren Sperenzien zum nächsten Buch, das ich dir zeigen möchte. Einverstanden?«

Oskar nickte.

»Super. Also gut, dann lass mal sehen. Allerdings ist es leider echt schwer, in Worte zu fassen, *was* genau diese *Gestalten* – wie du sie lustigerweise nennst – sind. Götter, Engel, Dämonen, Feen, Elfen, Zwerge, Terrier – mein Gott, ihr Menschen haltet euch für so unglaublich clever, dabei habt ihr das alles noch nie wirklich verstanden. Und genau deshalb habt ihr auch keine passenden Wörter für sie. Doch ohne im Besitz der richtigen Wörter zu sein, kannst du eine Sache auch nicht richtig erklären. Das ist die Natur der Dinge. Unterm Strich liegt es also wie immer an euch. Versteht endlich, was um euch herum vor sich geht!«

Hermes holte einmal tief Luft bevor er fortfuhr. »Was *du* trotz allem vielleicht dennoch verstehen kannst, ist, wenn ich dir sage, dass alle diese *Gestalten*«, er deutete mit den Händen Gänsefüßchen an, »ebenso zu eurem Leben dazu gehören wie die Luft um euch herum, der Himmel über euren Köpfen, der Boden unter euren Füßen oder überhaupt alles andere. Auch wenn ihr sie normalerweise nicht seht, so sind sie trotzdem da. Gleichzeitig jedoch haben sie alle eine Sache gemeinsam: Sie fühlen sich von unerwünschten Beobachtern wie uns wirklich unglaublich schnell gestört, weshalb es meistens besser ist, sie überhaupt nicht auf sich aufmerksam zu machen. Selbst bei den scheinbar netteren von ihnen weiß man nämlich nie so wirklich, was am Ende dabei herauskommt. Daher ist es auch so wichtig, dass sie uns gar nicht erst bemerken. Verstanden?«

Oskar ließ verzweifelt die Schultern hängen. »Nicht ein Wort.«

»Mein Gott, wie hast du das eigentlich mit der Uni gedeichselt bekommen?«, stöhnte Hermes. »Besser kann ich es dir nun wirklich nicht erklären. Also los jetzt! Keine Müdigkeit vorschützen! Wir haben noch sehr viel zu sehen und du hast versprochen, jetzt schön brav zu sein.« Kaum hatte er diese Worte ausgesprochen, da zog er sich bestimmt seinen Zylinder etwas tiefer ins Gesicht und setzte sich auch schon in Bewegung.

»Aber ich will nicht mehr«, wimmerte Oskar. »Ich bin vollkommen am Ende. Ich kann ja kaum aufstehen, geschweige denn weiter quer durch diese verfluchte Bibliothek laufen.«

Hermes blieb stehen. »Mensch! Entschuldigung. Mein Fehler«, seufzte er. »Das habe ich doch glatt vergessen.« Dann nahm er seinen Zylinder ab, griff in sein Inneres, zog ein kleines, bereits reichlich benagt aussehendes Stückchen Brot daraus hervor und hielt es Oskar unter die Nase. »Hier, bitte.«

Oskar nahm das Brot entgegen und betrachtete es angeekelt. Sollte er das etwa essen? Er zögerte einen Moment. Dann aber schloss er die Augen und steckte es sich als Ganzes in seinen Mund. Nach all der Rennerei war er derart erschöpft und ausgehungert, dass er wahrscheinlich wirklich *alles* gegessen hätte.

Kaum hatte er den Brocken gekaut und heruntergeschluckt, da geschah etwas ganz Wunderbares: Augenblicklich fühlte er sich wie neugeboren. Ja, innerhalb eines Wimpernschlages kehrten seine Kräfte zu ihm zurück und er verspürte nicht einmal mehr einen Anflug von Durst und das, obwohl er überhaupt nichts getrunken hatte. Eine Nacht ausgiebigen Schlafes sowie ein gutes sättigendes Essen hätten unmöglich mehr bewirken können. »Was, was war das?«, fragte er begeistert.

»Das war Brot«, antwortete Hermes. »Und jetzt lass uns wirklich los!«

Oskar beschloss, die Sache einfach nicht weiter zu hinterfragen. Noch immer widerstrebend, doch wenigstens wieder vollkommen bei Kräften, stand er auf und die beiden machten sich wieder einmal auf den Weg durch die Bibliothek.

Diese erneute Wanderung führte Oskar sehr deutlich vor Augen, dass er sich – ohne tatsächlich genau zu wissen, wie er es angestellt hatte – wirklich sehr weit von dem entfernt hatte, was er für das Zentrum der Bibliothek hielt. Bereits nach relativ kurzer Zeit begann sich seine Umgebung wieder deutlich zu verbessern. Die zuerst noch dicke, alles bedeckende Staubschicht wurde zusehends dünner und verschwand schließlich ganz. Die Bücher, an denen Hermes und er vorbeikamen, waren wieder heil, standen friedlich an ihrem Platz und versuchten keineswegs auszubrechen und sogar die Beleuchtung funktionierte wieder tadellos.

So sehr er sich jedoch auch über diese Details freute, eine Sache stand für Oskar fest: Hätte er nicht Hermes' seltsames Wunderbrot gegessen, wäre er auf dem Weg zu dem nächsten Buch sicherlich vor Erschöpfung gestorben. Denn erst eine gefühlte Ewigkeit nachdem sie aufgebrochen waren, erreichten die beiden jenen Saal, in dem Hermes ihm schließlich lauthals verkündete: »Wir sind da!«

»Endlich!«, stöhnte Oskar.

Hermes schaute tadelnd zu ihm herab. »Weißt du, du kleines Dickerchen solltest wirklich etwas mehr Sport treiben, wenn dich so ein kleiner Spaziergang schon außer Atem bringt. Jetzt bleib hier, ich bin gleich wieder da.« Und sofort machte er sich daran, in den sie umgebenden Regalen nach dem nächsten Buch zu suchen.

Interessanterweise schien der Saal, in dem sie sich befanden, keineswegs irgendetwas besonderes an sich zu haben. Weder waren seine Regale aus Gold oder Silber, noch herrschte in ihm ein ausgeprägtes Chaos oder auch nur eine besondere Unordnung. Was also mochte das nur für ein Buch sein, das Hermes gerade hier zu finden meinte?

Nach einiger Zeit fiel Oskar auf, dass die Suche Hermes offensichtlich große Mühe bereitete. Zwar war er zuerst schnurstracks auf eines der Regale zumarschiert, als wüsste er exakt, wo das Buch sich befand, nachdem er dort allerdings jeden einzelnen Buchrücken begutachtet und nach und nach auch das eine oder andere Exemplar hinausgezogen und wieder hineingesteckt hatte, entfernte er sich wieder und suchte nun in einem völlig anderen Regal. Doch auch dieses verließ er bald ebenso und wechselte zu einem dritten, dann zu einem vierten und fünften. Ja, es dauerte nicht lange und er schien wirklich jegliche Strategie über Bord zu werfen und ging offenbar vollkommen willkürlich alle Regale des Raumes ab.

»Gibt's Probleme?«, rief Oskar nach einer Weile – wobei er seine Schadenfreude nur schwer unterdrücken konnte.

»Ich finde dieses verdammte Buch nicht!«, rief Hermes, während er damit beschäftigt war, unter dem waghalsigen Verzicht auf eine Leiter an einem besonders dünnen und durchaus wackligen Regal emporzuklettern. »Dabei muss es hier doch irgendwo sein. Ich verstehe das nicht.«

»Warum gehen wir dann nicht einfach zu einem anderen?«, fragte Oskar, der inzwischen seinen Platz am Eingang des Saales verlassen hatte und zu Hermes herüber geschlendert war.

»Ha! Das hättest du wohl gerne, was?«, antwortete Hermes. »Nein, nein, nein. Es gibt Dinge, die *musst* du unbedingt gesehen haben.« Er blickte kurz zu Oskar herab und zeigte erneut sein diabolisches Grinsen. »Erst recht nach deinem kleinen Fluchtversuch.«

Oskar schluckte. Hermes' Tonfall gefiel ihm ganz und gar nicht. Allerdings hatte er es trotzdem satt, sich so unnütz vorzukommen. »Kann ich dir vielleicht irgendwie zur Hand gehen?«

»Pah! Wie solltest du mir denn schon helfen können?« Hermes hatte das Regal bereits so weit erklommen, dass Oskar alleine vom Zuschauen angst und bange wurde. »Du kannst das hier ja nicht mal lesen.«

Oskar bis die Zähne zusammen und ballte seine Hände zu Fäusten. »Nun ja, wenn du mir vielleicht sagen würdest, wie das Buch genau aussieht.«

»Es sieht aus wie ein Buch.«

Oskars Fingernägel begannen, sich in seine Handballen zu bohren. »Geht es vielleicht etwas …«

»Ha! Da ist es!«, rief Hermes. Er griff auf die Oberseite des Regals, an dem er gerade hing, und hielt kurz darauf ein tatsächlich recht durchschnittliches Buch in der Hand. Nur wenige Augenblicke später stand er wieder neben Oskar und überreichte ihm seinen Fund.

»Was?«, fragte Oskar. »Wie kommt das denn dort oben hin?«

Hermes zuckte mit den Schultern. »Tja, weißt du. Manchmal sind die Dinge halt einfach nicht am richtigen Ort.« Er grinste. »Aber jetzt mach schon! Ich bin ja *so* gespannt auf deine Reaktion.«

11. Kapitel

Als Oskar wieder die Augen aufschlug, konnte er sich nicht richtig bewegen. Er lag lang ausgestreckt in einem schmalen metallenen Schacht, umgeben von fast vollkommener Dunkelheit. Ein Stück vor sich erkannte er ein aus breiten Lamellen bestehendes Gitter, durch das dämmriges Licht fiel. Von dort vernahm er außerdem ein seltsam ungleichmäßiges Klackern, das ihm zwar sehr vertraut vorkam, das er aber dennoch nicht sofort einzuordnen vermochte. Es dauerte etwas, bis er verstand, dass er sich in einer Art Belüftungsschacht befinden musste. Hermes hingegen sah er nirgends – eine Tatsache, die er in Anbetracht des engen Raumes durchaus begrüßte. Ihn überkam erneut ein leichtes Schaudern, als er daran zurückdachte, wie er unmittelbar neben dem hageren Kerl in seinem Ehebett zu sich gekommen war.

Nachdem Oskar sich wieder etwas gesammelt hatte, tat er das Einzige, was er in seiner unbequemen Situation tun konnte: Er kroch langsam, aber stetig auf jenes Gitter zu. Wobei er allerdings schnell feststellen musste, dass dieses Unterfangen wesentlich anstrengender war, als er es sich vorgestellt hatte. Die überaus ungewohnte Art der Fortbewegung ließ ihn nicht nur in Schweiß ausbrechen, auch seine Ellenbogen begannen sich bereits nach nur wenigen Zentimetern ebenso zu beschweren wie seine Kniescheiben. Schließlich erreichte er dennoch sein Ziel und warf einen Blick durch das Gitter.

Oskar schaute hinab in sein eigenes Büro in der Kanzlei. Es war später Abend oder sogar schon Nacht. Die Sonne jedenfalls war untergegangen. Stattdessen zeigte sich hinter den großen Fenstern der beeindruckende Ausblick auf das riesige Lichtermeer des nächtlichen Frankfurt – ein Anblick, der Oskar jedoch seit Jahren so vertraut war, dass er ihn mehr oder weniger ignorierte. Zusätzlich zu dem Licht unzähliger kleiner Lampen und Scheinwerfer sandte ein praller runder Vollmond seine Strahlen aus einem wolkenlosen Himmel herab durch die großen Glasscheiben des Hochhauses. Das dämmrige Licht in dem Raum selbst hingegen stammte ausschließlich von der kleinen, dafür aber umso kräftigeren Lampe auf Oskars Schreibtisch. An diesem saß sein Alter Ego und arbeitete. Das Klackern, das er gehört hatte, stammte von dessen Fingern, die trotz der offensichtlich späten Stunde noch immer eifrig über die Computertastatur flogen.

Oskar erkannte schnell, dass dieses jüngere Ich gar nicht allzu viel jünger sein konnte als er selbst, weshalb er sich dieses Mal keineswegs allzu weit in der Vergangenheit befinden konnte. Das Licht des Mondes schimmerte auf der Glatze seines Alter Ego, das außerdem bereits einen Vollbart trug. Und auch einige auf seinem Schreibtisch aufgestellte Fotos bestätigten seinen Verdacht. Unter anderem sah er dort ein Bild in einem herzförmigen Rahmen, das Amelie scheu lächelnd an ihrem allerersten Tag im Kindergarten zeigte – einen Tag, den Oskar allerdings eben nur von Fotos und aus den lebhaften

Erzählungen seiner Tochter kannte, da er damals von morgens bis abends gearbeitet hatte. Dieses Foto stand gleich neben einer kleinen, etwas verunglückten gelben Papierente, die sie an eben jenem Tag dort gebastelt hatte. Oskar musste unweigerlich lächeln. Nach all den zurückliegenden Strapazen genoss er den Anblick seiner kleinen Tochter sehr – auch wenn es sich nur um ein Foto handelte. Gleichzeitig musste er sich jedoch eingestehen, dass er dieses Bild – das noch immer unverändert an demselben Ort stand – schon lange nicht mehr so genau betrachtet hatte.

Das Telefon auf dem Schreibtisch klingelte. Oskars jüngeres Selbst reagierte nicht sofort. Eine Zeit lang ignorierte er das Geklingel und tippte unbeirrt weiter. Als der Apparat einfach keine Ruhe geben wollte, gab er ein genervtes Stöhnen von sich und nahm endlich ab. »Ja? Ja, ich bin noch im Büro. Tut mir leid, das dauert hier wohl auch noch eine Weile. Ich muss noch ein paar Sachen durchsehen und mir Notizen für das morgige Gespräch machen.«

Leider konnte Oskar nicht hören, was die Person an dem anderen Ende der Leitung sagte. Trotzdem war er sich vollkommen sicher, dass es sich nur um Corinna handeln konnte, die sich wieder einmal darüber aufregte, dass er so spät abends noch immer nicht zu Hause war. Telefonate wie dieses hatten sie in den vergangenen Jahren zu Hunderten geführt.

»Ja, ja, ich weiß ja, was ich Amelie für morgen versprochen hatte.« Oskars Alter Ego wandte seinen Blick von dem Monitor seines Computers ab, schaute aus dem Fenster und massierte seine Schläfen. »Aber weißt du, ich glaube ehrlich gesagt nicht, dass das etwas wird. Hier sind noch ein paar wichtige Dinge reingekommen, hinsichtlich dieses großen Falls, an dem wir gerade arbeiten und ...«

Bis hinauf in den Lüftungsschacht konnte Oskar hören, dass Corinna am anderen Ende der Leitung nun rauere Töne anschlug.

»Schatz! Schatz! So hör mir doch ...«, versuchte der jüngere Oskar erfolglos zu Wort zu kommen. Dann entfernte er den Hörer einige Zentimeter weit von seinem Ohr und blickte erneut auf seinen Monitor. Es dauerte eine ganze Weile, bis Corinna sich wieder einigermaßen beruhigt zu haben schien. Oskars Alter Ego führte den Hörer wieder an sein Ohr. »Ich weiß ja, dass sie sich sehr darauf gefreut hatte, Schatz. Aber so versteh doch, manche Dinge sind nun mal wichtiger als ...« Er stockte. »Hallo?« Er nahm den Hörer vom Ohr und schmiss ihn zurück auf die Station. »Ach verdammt! Diese dumme Pute«, fluchte er leise vor sich hin. Er zögerte kurz, als würde er überlegen, seine Frau zurückzurufen, dann jedoch wandte er sich kopfschüttelnd wieder seiner Arbeit zu.

Erneut geschah einige Minuten lang rein gar nichts. Der jüngere Oskar tippte im Licht der Schreibtischlampe auf seiner Tastatur, kramte in den vor ihm liegenden Akten und trank hin und wieder einen Schluck Kaffee. Das alles war dermaßen alltäglich, dass Oskar sich bereits zu fragen begann, ob Hermes vielleicht das falsche Buch herausgesucht haben mochte. Dann jedoch öffnete sich plötzlich die Bürotür – und schlagartig wusste Oskar nicht nur um welchen Tag es sich handelte, sondern auch, warum er hier war. Sein Magen zog sich zusammen.

Bei dem unerwarteten abendlichen Besuch handelte es sich um Christine. Sie trat in das Büro, blieb dann aber kurz hinter der Tür stehen. Über einer weißen Bluse trug sie einen schwarzen Blazer sowie einen schlichten farblich dazu passenden Rock. Ein recht normales Büro-Outfit also, das allerdings – wie eigentlich immer bei Christine – ein wenig zu eng geschnitten schien. Außerdem stand in kecker Missachtung der Büroetikette, die um diese Uhrzeit sowieso Niemanden mehr wirklich interessierte, der oberste Knopf ihrer Bluse offen. Ihre langen schwarzen Haare trug sie im Nacken hochgesteckt und auf ihren Lippen erstrahlte das intensive Rot eines für den Büroalltag eigentlich viel zu kräftigen Lippenstiftes. In ihrer Hand hielt sie eine einfache braune Mappe.

Irritiert blickte der jüngere Oskar von seinem Computer auf. »Christine?«

»Guten Abend, Oskar«, sagte Christine, ohne sich anmerken zu lassen, dass an ihrem Besuch vielleicht irgendetwas außergewöhnlich sein könnte. »Na, immer noch am arbeiten?«

»Ja. Ich notiere mir gerade noch die wichtigsten Punkte für unser Gespräch morgen.« Oskars Alter Ego stöhnte, trennte sich von seiner Tastatur und lehnte sich in seinem Bürostuhl zurück. »Das kostet mich wirklich wesentlich mehr Zeit, als ich gedacht hatte.« Er strich sich mit beiden Händen über die Glatze. »Aber so ist es halt immer mit diesen Sachen, nicht wahr? Wie sieht es bei dir aus? Warum bist du denn noch hier?«

»Na ja, ab und zu bin ich auch mal fleißig, weißt du?« Christine lächelte und ging ein paar Schritte auf den jüngeren Oskar zu. »Allerdings ist es doch wirklich ein bisschen komisch. Du und ich, wir zwei sind momentan offenbar ganz alleine auf der gesamten Etage.«

Oskars Alter Ego winkte ab. »Ach weißt du, da hab ich mich schon längst dran gewöhnt.«

Aus seiner erhöhten Perspektive sah Oskar deutlich, wie Christine ein wenig die Augen verdrehte – ein Detail, das ihm damals vollkommen entgangen war. »Wie auch immer«, fuhr Christine fort. »Ich bin jedenfalls gerade noch einmal die neuen Vertragspunkte durchgegangen, die du mir vorhin gegeben hattest.« Sie hielt die Mappe in die Höhe. »Ich muss schon sagen. Hut ab! Das ist eine absolut ausgezeichnete Arbeit. Das muss ich dir lassen.« Sie lächelte erneut. »So ist das Ganze wirklich vollkommen wasserdicht.«

»Danke.« Das angestrengte Gesicht des jüngeren Oskar hellte sich etwas auf. Er freute sich sichtlich über dieses Lob. »Na ja, das war ein hartes Stück Arbeit, das kann ich dir sagen. Aber ich glaube auch, dass es sich gelohnt hat. So *müssen* sie das Ganze einfach akzeptieren. Und unsere Mandanten kommen sehr gut dabei weg.« Er lehnte sich zufrieden in seinem Stuhl zurück. »Hast du dazu vielleicht sonst noch irgendwelche Anmerkungen oder Ergänzungen?«

Jetzt trat Christine so nahe an den Schreibtisch heran, dass ihre schlanken Oberschenkel die Tischkante berührten. »Ach, nur ein paar allerletzte Kleinigkeiten.«

Der jüngere Oskar hob interessiert eine Augenbraue. »Na dann, schieß los.«

»Nun.« Christine sah ihrem Gegenüber unverwandt in die Augen, als sie sagte: »Zu allererst hätte ich gerne, dass wir das Herrn Krause als *meine* Arbeit präsentieren.«

»Was?!« Oskar konnte regelrecht sehen, wie die Kinnlade seines Alter Egos ein kleines Stück nach unten sackte. Er erinnerte sich noch sehr gut daran, wie sehr er sich bei diesem dreisten Vorschlag vor den Kopf gestoßen gefühlt hatte. »Und warum genau sollten wir das bitte tun?«

»Na ja«, begann Christine und ihre Finger spielten mit dem Gummiband, das die Mappe in ihrer Hand zusammenhielt. »Das ist doch eigentlich ganz offensichtlich. Für dich wird das hier nicht mehr und nicht weniger als ein weiterer in einer langen Reihe von vielen hervorragend abgeschlossenen Fällen. Vielleicht bringt er dir tatsächlich einen kleinen Bonus ein, mehr aber ganz bestimmt nicht. Für *mich* hingegen wäre es mein erster bedeutender Erfolg. Das erste Mal, dass ich mich wirklich hervortun könnte.«

»Nur, dass es eben nicht *dein* Erfolg wäre!«, blaffte der jüngere Oskar.

»Ach, weißt du, wer nimmt so etwas denn schon so genau?« Christine zuckte mit den Schultern. »Ich jedenfalls nicht. Und ich bin mir sicher, dass Herr Krause *meine* Leistung entsprechend honorieren würde. Etwa durch eine Beförderung zum Beispiel. Und dir entstünden absolut keine Nachteile dadurch.«

»Keine Nachteile, von wegen!« Der jüngere Oskar schnaufte verächtlich. »Ich habe haufenweise Überstunden geschoben, damit das Ganze so hieb- und stichfest wird. Verdammt, ich habe sogar die Einschulung meiner kleinen Tochter dafür verpasst! Und diese ganze Arbeit soll ich dir jetzt einfach so aus Nächstenliebe opfern?«

»Aber Oskar, was denkst du denn von mir?« Christine spielte gekränkt. Ihre Mundwinkel wanderten schmollend nach unten. »Wer bitte hat hier denn irgendetwas von *Nächstenliebe* gesagt?« Sie beugte sich so weit nach vorne, dass der jüngere Oskar gar nicht anders konnte, als tief in den Ausschnitt ihrer geöffneten Bluse zu schauen. »Weißt du, ich hatte mir das eher als eine Art Tauschgeschäft vorgestellt«, sagte sie, legte die braune Mappe auf den Schreibtisch und schob sie mit einer lockeren Handbewegung zu seinem Oskars Alter Ego hinüber. »Ich habe da nämlich auch eine Kleinigkeit ausgearbeitet. Ich lass dir mein *Angebot* einfach mal hier. Schau es dir in Ruhe an, wenn du Zeit hast.« Sie machte auf dem Absatz kehrt und verließ das Büro. Kurz vor der Tür blieb sie allerdings noch einmal stehen. »Und ach ja, ehe ich es vergesse. Ich bin auch noch eine ganze Weile drüben in meinem Büro.«

Während Oskar – ebenso wie sein Alter Ego – Christine noch durch das Glas der Bürotür hinterherschaute, erinnerte er sich daran, welche widerstreitenden Gefühle er damals empfunden hatte. Selbstverständlich hatte er sich vor allem über Christines Dreistigkeit aufgeregt und sich gefragt, was sie sich dabei dachte, ihm einen solchen Vorschlag auch nur zu unterbreiten. Ihm selbst wäre eine solche Idee nicht einmal im Traum eingefallen. Ja, ihre Frechheit war geradezu entwaffnend.

Diese Empörung war allerdings geradezu rasant schnell von einem ganz anderen Gefühl untergraben worden. Er konnte nicht leugnen, dass er – wie vermutlich auch alle anderen männlichen Mitarbeiter seiner Abteilung – Christine bereits seit ihrem ersten Tag bei Hausmann Meier sehr attraktiv gefunden hatte. Und auch wenn sich sogar jetzt noch immer etwas in ihm dagegen auflehnte, so hatte er den Gedanken damals dennoch sofort als reizvoll empfunden, mit einem solchen Gefallen vielleicht einen Weg zu einem unbestimmten *Mehr* zu öffnen. Nicht zuletzt aus diesem Grund war neben seine Ablehnung auch eine gewisse Neugierde getreten, um was für eine Art von Angebot es sich wohl handeln mochte.

Sobald Christine außer Sichtweite war, griff der jüngere Oskar daher auch schon nach der braunen Mappe. Einen Moment lang hielt er sie nur in der Hand und betrachtete sie – dann löste er mit einem Ruck ihren Verschluss und griff hinein. Als er seine Hand kurz darauf wieder herauszog, hielt er zwischen seinen Fingern einen zierlichen schwarzen, mit feiner Spitze besetzten Slip, durch dessen hauchdünnen Stoff das helle Licht des Mondes hindurchschimmerte. Nein, es konnte wirklich kein Zweifel bestehen, worin genau Christines Angebot bestand.

War es für Oskar noch recht leicht, sich daran zu erinnern, welche Gedanken ihm durch den Kopf gegangen waren, als Christine ihm damals ihren dreisten Vorschlag unterbreitet hatte, so wollte ihm einfach nicht wieder einfallen, wie er empfunden hatte, als er den verführerischen Inhalt des Umschlags entdeckt hatte. War er wirklich derart unentschlossen gewesen, wie er es sich in den Monaten danach immer wieder eingeredet hatte? Hatte er tatsächlich auch nur im Geringsten versucht, sein Verlangen zu bekämpfen? So sehr er auch wollte, dass dies alles der Wahrheit entsprach – so sicher war er sich leider auch, dass dies nicht der Fall war. Ja, tatsächlich erinnerte er sich nicht einmal daran, überhaupt auch nur eine Sekunde lang nachgedacht zu haben.

Während Oskar diesen Fragen nachforschte und sein Alter Ego noch immer damit beschäftigt war, sein Fundstück zu inspizieren, manifestierte sich unmittelbar hinter Oskars Schreibtisch eine Gestalt. Nach und nach erschien dort etwas, das zuerst wirkte wie die Silhouette eines ganz gewöhnlichen, wenn auch ziemlich dicken Mannes. Während das Bild, das sich Oskar darbot, jedoch von Sekunde zu

Sekunde immer deutlicher wurde, musste er sich eingestehen, dass der Mann in Wirklichkeit alles andere war als gewöhnlich.

Das Wesen war nackt. Es war nackt und es war nicht nur dick, sondern geradezu grotesk fett. Auf seinem Gesicht prangte ein erschreckend dümmliches Grinsen und seine weit aufgerissenen und vollkommen stupiden Augen starrten bewegungslos auf Christines schwarzen Slip. An dem Mund des Mannes baumelte ein langer Tropfen zähflüssigen Speichels. Doch so widerwärtig dieser Anblick auch war, das alles war keineswegs das, was Oskar am meisten schockierte. Nein, am stärksten ekelte ihn an, dass es sich bei dem Mann um nichts anderes handelte als um ein grotesk verzerrtes Spiegelbild seiner selbst.

Bereits kurz nachdem die Gestalt vollständig sichtbar geworden war, kam Bewegung in die Situation. Zuerst legte das Wesen eine seiner fetten schwitzigen Hände auf die Schulter des jungen Oskar und versetzte ihm ein, zwei ebenso plumpe wie beherzte Stöße. Oskar jüngeres Ich folgte dieser Aufforderung, ohne auch nur im Geringsten zu zögern. Er stand auf, steckte sich Christines Slip in seine Hosentasche, ging zu der Tür seines Büros und trat hinaus auf den Flur. Aufgrund seiner enormen Leibesfülle mehr watschelnd als gehend folgte ihm die nackte Version seiner selbst so schnell es ihr möglich war, während ihre Augen regelrecht an seine Hosentasche geklebt waren.

Jetzt befand Oskar sich – da er ja noch immer in dem Lüftungsschacht feststeckte – in einer überaus problematischen Situation. Da ihm allerdings nicht wirklich viel Zeit zum Nachdenken blieb, handelte er kurzentschlossen, robbte das letzte Stückchen in Richtung des Gitters und dann mitten durch es hindurch. Wild mit den Armen rudernd fiel er kopfüber hinab in die Tiefe. Der Aufschlag jedoch tat ihm zu seinem Glück überraschenderweise weniger weh, als er befürchtet hatte. So schnell er konnte rappelte er sich wieder auf und folgte den beiden Versionen seiner selbst. Da die Kanzlei – was ihm erst vor kurzem beinahe zum Verhängnis geworden war – kaum irgendwelche Versteckmöglichkeiten bot, hoffte er inständig, dass die Gestalt wirklich derart einzig und allein auf ihr Ziel fixiert war, wie es ihm schien. Unmöglich konnte er zulassen, dass ihm das Folgende entging!

Nur wenig später erreichte er den Eingang zu Christines Büro. Die gläserne Tür stand sperrangelweit offen und schon von weitem konnte er sehen, dass sich sein jüngeres Ich sowie die widerwärtige Gestalt bereits im Inneren des Raumes befanden. Voll und ganz darauf vorbereitet, bei dem kleinsten Anzeichen von Gefahr seinen Platz zu verlassen, positionierte Oskar sich in dem Türrahmen und verfolgte aufmerksam, was sich dort abspielte. Wirklich viel schien er nicht verpasst zu haben.

»Ich denke, du weißt ganz genau, was das zu bedeuten hat«, sagte Christine. Sie saß leicht vorgebeugt hinter ihrem Schreibtisch, hatte ihr Kinn lässig auf einen Arm gestützt und schaute Oskars Alter Ego ebenso ungerührt wie zuvor direkt in die Augen.

»Wir wissen doch beide, dass du mich ficken willst, seit ich hier das erste Mal durch die Tür getreten bin.«

Der jüngere Oskar stand nur wenige Meter vor ihr, während das dicke Wesen so dicht hinter ihm stand, dass es ihn beinahe mit den Falten seines Bauches berührte. Es schien abzuwarten. Den schwarzen Slip musste Oskars Alter Ego bereits zuvor wieder aus seiner Hosentasche gezogen haben, denn nun hing er provokant von seinem rechten Zeigefinger herab. Die Gestalt war ebenso fixiert darauf, wie ein Hund auf sein Spielzeug. »Ich …«

Doch Christine ließ ihn nicht zu Wort kommen. »Weißt du, ich sehe das so«, unterbrach sie ihn und löste gleichzeitig mit einer schnellen Handbewegung ihr Haar. »Auf diese Weise bekommen wir beide, was wir wollen.« Sie stand auf, ohne ihren Blick auch nur für den Bruchteil einer Sekunde von Oskars Alter Ego zu lösen, und trat hinter ihrem Schreibtisch hervor. Auch ihren Rock hatte sie bereits ausgezogen. Mit Ausnahme ihrer schwarzen halterlosen Strümpfe war sie untenherum nackt. »Oder sehe ich das etwa falsch?«, fragte sie und begann, betont langsam die Knöpfe ihrer Bluse zu öffnen.

Die Gestalt hinter Oskars Alter Ego gab bei diesem Anblick einen derart schiefen und schrillen Schrei von sich, als wäre sie drauf und dran zu explodieren. Dann gab es für sie kein Halten mehr. Sie drängte, schubste, presste den jüngeren Oskar mit aller Gewalt vorwärts in Richtung Christine.

Der leistete nicht den geringsten Widerstand, sondern reagierte genau so, wie es die Gestalt von ihm verlangte. Er stürzte nach vorne, griff mit beiden Händen nach Christine und setzte sie vor sich auf den Schreibtisch. Christine umschlang ihn mit ihren langen Beinen. Dann entledigte sie sich mit zwei schnellen letzten Griffen sowohl ihrer Bluse als auch ihres BHs. Nackt bis auf ihre seidenen Strümpfe fasste sie Oskars jüngerem Ich an die Hose und öffnete sie. Kurz darauf drang er bereits in sie ein. Beide stöhnten laut auf – während sich keiner von ihnen auch nur ansatzweise der widerlichen Gestalt bewusst war, die direkt neben ihnen stand und dümmlich sabbernd auf sie herabblickte.

Tatsächlich schien das Wesen jetzt endgültig vom puren Wahnsinn ergriffen worden zu sein. Der Speichel spritzte nur so aus seinem halb geöffneten Mund, während weder sein Kopf noch seine weit aufgerissenen Augen auch nur für einen winzigen Augenblick zur Ruhe kamen. Ja, als befände es sich in einer Art Trance, wanderte sein Blick ohne Pause über Christines nackten Körper. Gleichzeitig gab die Gestalt tiefe, nur für Oskar deutlich hörbare Grunzlaute von sich, die immer wieder von hohen spitzen Jauchzern unterbrochen wurden.

Oskar war vollkommen gebannt von der grotesken Szene. Bei dem Anblick der Gestalt wurde ihm nicht nur regelrecht schlecht vor Ekel, da es sich um eine Version seiner selbst handelte, wurde er außerdem von einem intensiven Schamgefühl gepackt. Am liebsten wäre er an Ort und Stelle einfach im Boden versunken.

Dann plötzlich bemerkte er ein seltsames Detail, das ihm zuvor nicht aufgefallen war. Ja, tatsächlich hätte er sogar darauf schwören können, dass es zuvor überhaupt nicht vorhanden gewesen war – auch wenn das eigentlich überhaupt nicht sein konnte. Begann er langsam seinen Verstand zu verlieren?

Die Gestalt trug eine Art schwarzes Hundehalsband! Das war jedoch noch nicht alles. Denn an diesem Halsband war außerdem eine lange silberne Kette befestigt, der Oskar jetzt mit den Augen folgte. Sie reichte vom Hals des Wesens herab auf den Boden und schlängelte sich von dort durch Christines gesamtes Büro, durch die Tür und hinaus auf den Flur und somit an Oskar selbst vorbei.

Er war dazu gezwungen alle seine Willenskräfte zu mobilisieren, um seine Augen von der Szene im Büro zu trennen. Doch es ging nicht anders. Er *musste* einfach erfahren, wo genau diese verfluchte Kette hinführte!

Oskar drehte sich herum – und sah in die schlangenartig gelben Augen der dämonenhaften Frauengestalt, die direkt vor ihm stand und in deren Mundwinkeln die Spitzen ihrer langen Fangzähne glitzerten. In ihrer Hand hielt sie das Ende der Kette – ganz so, als handelte es sich bei der fetten Gestalt um nichts anderes als um ihren persönlichen Schoßhund.

»Du gehörst mir!«, zischte die Frau und stürzte sich auf Oskar.

Der stolperte und fiel rückwärts in Christines Büro. Die Frau kam ihm sofort näher und näher. Kriechend versuchte Oskar sich in Sicherheit zu bringen. Er schrie aus Leibeskräften!

In exakt diesem Moment erschien Hermes und kniete sich direkt neben ihm auf den Boden. Oskar erkannte an seinem Gesicht, dass auch ihm die Furcht im Nacken saß.

»Du!«, rief die Frauengestalt.

Hermes bückte sich schnell zu Oskar herunter, berührte ihn an seinem Arm und eine Sekunde später befanden sie sich wieder zurück in der Bibliothek. Im Gegensatz zu zuvor waren sie dort jedoch keineswegs alleine. Die Dämonin war ihnen gefolgt!

12. Kapitel

Kaum war Oskar sich wieder bewusst, dass er über zwei Beine und zwei Arme verfügte, da spürte er auch schon, wie er an einem dieser Arme ergriffen und mit einem kräftigen Ruck in die Höhe gerissen wurde. Das Buch mit seinen glühenden Schriftzeichen fiel von seinem Schoß herab und polterte dumpf auf die Erde.

»Schnell!«, krächzte Hermes. »Avarit hat dich gesehen!«

»Avarit?«

»Nicht fragen! Rennen!«

Der Schock über das plötzliche Erscheinen der schrecklichen Frauengestalt saß Oskar noch derart frisch in den Knochen, dass er sofort gehorchte und auf der Stelle tat, was Hermes von ihm verlangte. Sowie seine Fußsohlen wieder den Boden berührten, begann er daher so schnell zu rennen, wie seine weichen Knie es ihm erlaubten.

Nach einigen Sekunden brachte er den Mut dazu auf, einen kurzen Blick hinter sich zu werfen – und sofort lief ihm ein kalter Schauer den Rücken hinab. Unmittelbar neben jenem Buch, das er soeben noch in seinen Händen gehalten hatte, stand jetzt Avarit und schaute Hermes und ihm mit ihren grauenhaften gelben Schlangenaugen seelenruhig hinterher. Dieses beinahe desinteressierte Verhalten jedoch machte Oskar weitaus mehr Angst, als wenn sie ihnen unmittelbar auf den Fersen gewesen wäre. Aus irgendeinem Grund schien dieses Wesen es schlicht nicht nötig zu haben, sie zu verfolgen.

»Was …«

»Pscht! Klappe!«, tadelte ihn Hermes, während sie den Saal verließen und in den ersten Gang einbogen. »Halt gefälligst deinen Mund und beeil dich! Vielleicht haben wir dann noch eine Chance.«

Doch kaum hatte er seinen Satz vollendet, da tauchte die Dämonin bereits unmittelbar vor ihnen im Gang auf. »Tsts«, zischte Avarit. »Aber du weißt genau, dass das überhaupt keinen Zweck hat.« Sie lächelte Hermes an und präsentierte dabei ihre langen, glänzenden Fangzähne. »Wo immer *er* ist«, sie deutete mit einem Finger auf Oskar, »da bin auch ich.«

Hermes handelte ohne zu zögern. Schnell griff er in seine Tasche und zog dasselbe kleine Buch daraus hervor, in dem er zuvor den Schnitter eingefangen hatte. Hastig schlug er es auf und hielt es wieder mit beiden Händen vor sich. »*Cap…*« Doch er kam nicht einmal dazu, das Wort zu beenden.

Mit einer kaum wahrzunehmenden Bewegung ihres rechten Armes entfernte Avarit das Buch aus seinen Händen, ohne es auch nur zu berühren. Ja, es schien, als koste es sie kaum mehr Mühe, als nähme sie einem unartigen kleinen Kind sein Spielzeug weg. »Du beleidigst mich, mein Lieber«, kicherte sie. »Dass du das überhaupt versuchst.«

Bis zu diesem Augenblick hatte Oskar stets geglaubt, Hermes sei geradezu unbesiegbar. Nun jedoch zu sehen, wie er von dieser Avarit dermaßen einfach entwaffnet wurde, war, als würde ihm der Boden unter den Füßen weggezogen. Unweigerlich machte er ein paar Schritte rückwärts.

Doch Hermes war offensichtlich mit seinen Tricks noch lange nicht am Ende. Er rang sich ein gequältes Grinsen ab. »Ach, das war doch nur zur Ablenkung«, sagte er und warf mit seiner linken Hand einen winzigen goldenen Gegenstand – welchen er offenbar gerade erst aus dem Buch herausgezogen hatte – auf seine Gegnerin. Als diese davon getroffen wurde, durchfuhr sie ein intensiver Blitz knallbunten Lichtes und sie wurde von einem Moment auf den anderen vollkommen unbeweglich.

Oskar war verblüfft. »Was?«

Hermes hingegen schien keineswegs zu triumphieren. »Los, schnell weg hier!«, rief er. »Ich habe wirklich nicht die leiseste Ahnung, wie lange sie das aufhalten wird.«

Erneut gehorchte Oskar und tat ohne lange nachzudenken, was sein abgehalfterter Begleiter von ihm verlangte. Hintereinander hechteten sie hinaus aus dem Saal und wieder hinein in das wirre Labyrinth der Bibliothek. »Was zum Teufel hast du vor?«, rief er Hermes hinterher. »Wo willst du denn überhaupt hin?«

»Das weiß ich auch noch nicht so wirklich!«, antworte Hermes über seine Schulter hinweg.

Oskar schluckte. Er traute seinen Ohren nicht! Unter einer gehörigen Kraftanstrengung schloss er zu Hermes auf und schaute ihm in sein bleiches Gesicht. Dessen Ausdruck verriet ihm, dass er es wirklich todernst meinte. Auch er schien tatsächlich nichts weiter zu tun, als seiner Angst freien Lauf zu lassen.

Dann aber kam Oskar eine Idee. »Warum benutzen wir nicht einfach irgendein verdammtes Buch?«

»Bist du vollkommen wahnsinnig?!«, rief Hermes empört und zeigte ihm einen Vogel. »Hast du auch nur den Anflug einer Ahnung, in wie vielen dieser Bücher Avarit auftaucht?«

Gerade wollte Oskar erwidern, dass er ja nicht einmal eine vage Ahnung davon hatte, wer oder was diese Avarit überhaupt war – da schlug seine Angst augenblicklich in maßloses Staunen um. Denn nun betraten sie das faszinierende Innere eines der außergewöhnlichsten Säle, die er in der ganzen Bibliothek bisher kennengelernt hatte.

Der Saal war so ungeheuerlich hoch, dass Oskar über sich nicht einmal das geringste Anzeichen einer Decke erkennen konnte. Dort oben – noch weit über Hermes' schäbigem Zylinder – herrschte eine tiefe Dunkelheit, welche allerdings von großen Schwärmen kleiner leuchtender Insekten bevölkert wurde, deren schwaches Licht das Innere nebeliger Wölkchen beleuchtete. Anstelle von Regalen füllten den Saal zahlreiche geradezu gigantische Bäume, die in ihren unglaublichen Ausmaßen ausschließlich von jener Mutter aller Bäume im Zentrum der Bibliothek übertroffen wurden. Sie alle waren so hoch, dass sich ihre Stämme irgendwo zwischen den grauen Wolken verloren und nicht einmal mehr die untersten Äste ihrer Kronen vom Boden des Saales aus zu erkennen waren. Ihre grobe Rinde jedoch war rund um ihre gewaltigen Stämme in Form von Regalbrettern gewachsen, sodass auch diese Bäume der Aufbewahrung von Millionen und Abermillionen von Büchern dienten.

»Das ist es!«, rief Hermes, sprang mit einem schnellen Satz an den ihm am nächsten stehenden der Regalbäume und begann an ihm emporzuklettern. »Los, schnell! Komm mit!«

Widerwillig, aber von der Angst vor Avarit dennoch unablässig vorwärts getrieben, folgte Oskar Hermes so schnell es ihm möglich war. Minutenlang kletterten die zwei daraufhin immer höher und höher und es dauerte nicht lange, bis Oskar sich nicht einmal mehr traute, einen noch so kurzen Blick hinunter in die Tiefe zu werfen.

Schließlich erreichten sie die Krone des Baumes und somit das Ende ihrer Kletterei. Schwitzend und keuchend zog Oskar sich mit Hermes' Hilfe auf den untersten Ast. Von dem Boden des Saales unter ihnen war hier in der Dunkelheit nicht viel mehr geblieben als eine bloße Erinnerung. Der breite Ast bot ihnen bei weitem genug Raum, um sich zu setzen und etwas zu verschnaufen.

»Meinst du, hier sind wir sicher?«, fragte Oskar, als er sich etwas erholt und außerdem endlich so positioniert hatte, dass er nicht mehr glaubte, bei der kleinsten Bewegung in die Tiefe zu stürzen.

»Nein«, stellte Hermes trocken fest und verscheuchte eines der kleinen Insekten, das sich auf seiner Schulter niedergelassen hatte. So aus der

Nähe betrachtet hatten diese Tiere etwas geradezu geisterhaft Durchsichtiges an sich und Oskar wollte am liebsten gar nicht so genau wissen, um was es sich bei ihnen eigentlich handelte. Normale Glühwürmchen waren es sicher nicht.

»Aber …«

»*Aber* wir könnten vielleicht gerade genug Zeit gewinnen, um uns irgendetwas einfallen zu lassen.« Hermes zwirbelte nachdenklich seinen Spitzbart. »Ich habe zum Beispiel schon mal kurz überlegt, Vigil um Hilfe zu bitten.«

»Vigil?«, fragte Oskar, der nun ebenfalls von einigen der Insekten als neue Landeplattform entdeckt wurde und sich, so gut er konnte, mit den Händen dagegen wehrte.

Hermes winkte ab. »Ach ja, du hast ja Recht. Ich glaube auch nicht, dass das irgendwas bringen würde.«

Eigentlich hatte Oskar überhaupt nichts gesagt. Doch so wie er seinen dürren Begleiter mittlerweile kannte, erschien es ihm vollkommen unnötig, ihn darauf hinzuweisen. Daher wechselte er das Thema. »Was war das eigentlich vorhin für ein goldenes Ding, mit dem du Avarit aufgehalten hast?«

»Das war mein Lesezeichen.« Hermes schaute traurig drein. »Und bevor du fragst, nein, ich hatte leider nur dieses eine. Also bring lieber deine kleine haarlose Denkmurmel da oben in Schwung und lass dir etwas einfallen, wie wir aus dieser Nummer wieder herauskommen!«

Oskar begann tatsächlich nachzudenken – resignierte dann jedoch bereits nach nur wenigen Sekunden. Was sollte gerade *er* sich denn schon einfallen lassen? Wut stieg in ihm auf und es kostete ihn viel Mühe, sich nicht von ihr überwältigen zu lassen. Gleichzeitig schienen die Insekten sich von Hermes und ihm geradezu dazu aufgefordert zu fühlen, ihre Verwandten herbei zu holen. Denn mittlerweile saßen sie in einer regelrechten leuchtenden Wolke aus diesen unheimlichen Tieren. »Wer oder was ist diese Avarit überhaupt?«, fragte er nach einer Weile.

Hermes schaute ihn skeptisch an, dann sagte er: »Ach, das ist eh viel zu kompliziert für dich.«

Oskar biss sich auf die Unterlippe. »Dann versuch doch, es zu vereinfachen«, presste er zwischen seinen Zähnen hervor.

Hermes verdrehte die Augen. »Oh Mann, wir haben gerade echt andere Sorgen. Pass auf und denk mit. Vielleicht schnappst du dann hier und da ja auch mal ganz von alleine was auf. Und jetzt lass mich in Ruhe nachdenken, ja?« Er schlug genervt nach den Insekten. »Immerhin ist es ja sowieso wie immer deine Schuld, dass wir überhaupt in dieser blöden Situation sind.«

»Meine Schuld?!« Oskar traute seinen Ohren nicht.

»Natürlich. Wessen denn sonst bitte? Du konntest ja wieder mal nicht aufpassen!« Hermes lachte. »Ha! Gib's zu, du wolltest nur nochmal einen ganz genauen Blick auf diese Christine werfen.«

Oskar platzte beinahe der Kragen. »Blödsinn!«, rief er und einige der Insekten zogen sich vor

Schreck ganz von alleine zurück – kamen kurz darauf jedoch sofort wieder angeflogen. »Diese verfluchte *Avarit* hat mich hereingelegt. Ich habe aufgepasst, dass mich dieses andere widerliche Ding nicht sieht und dann stand sie auf einmal direkt hinter mir. Wie zur Hölle hätte ich das denn auch ahnen sollen?« Er zögerte kurz. »Und außerdem, wo warst *du* denn überhaupt die ganze Zeit?«

»Pardonne-moi, Monsieur, dass ich ab und an mal von deiner Seite weiche. Immerhin habe ich dich da wieder rausgeholt, oder etwa nicht?«

»Ja. Aber anscheinend genau einen Moment zu spät. Und jetzt bin ich angeblich auch noch Schuld an allem!« Verärgert schlug Oskar die Arme vor der Brust ineinander, verlor dadurch aber das Gleichgewicht und wäre um ein Haar in die Tiefe gestürzt. Schnell griff er wieder mit beiden Händen an den Ast unter sich. Sein Puls raste. »Dabei verstehe ich das Ganze sowieso nicht«, fuhr er fort. »Der Seitensprung war nicht gerade eine meiner persönlichen Glanzleistungen, das gebe ich ja zu. Aber so schlimm war es jetzt auch wieder nicht. Corinna und ich hatten damals schon lange begonnen, uns auseinanderzuleben. Die Sache mit Christine war viel mehr ein Anzeichen als ein Grund dafür, dass unsere Ehe ihrem Ende entgegenging. Außerdem hätte sie überhaupt nie etwas davon mitbekommen, wenn ich es ihr nicht gestanden hätte.« Er schwieg ein paar Atemzüge lang, dann fügte er hinzu: »Ich meine, was ist denn überhaupt der große Unterschied zwischen …«

212

Bis zu diesem Augenblick hatte Hermes – der wie Oskar mittlerweile so sehr von den kleinen Insekten bedeckt war, dass er sich überhaupt keine Mühe mehr gab, sie zu verscheuchen – nur dagesessen und ihn verständnislos angestarrt. Jetzt aber fiel er Oskar aufgeregt ins Wort. »*Du bist ein Genie*!«, rief er, stürzte sich regelrecht auf Oskar und gab ihm einen schmatzenden Kuss auf die Glatze. Die Insekten flüchteten in alle Himmelsrichtungen und auf Hermes Gesicht erstrahlte jetzt wieder jenes breite diabolische Grinsen, das Oskar nur zu gut von ihm kannte. »*Du*, mein lieber Oskar, bist ein kleines Genie!«

»Bah! Igitt!« Angewidert wischte Oskar sich Hermes' Speichel vom Kopf. »Was habe ich denn nun schon wieder gesagt?«

»Ach nichts! Du hast mir nur gerade den nächsten logischen Schritt auf unserem kleinen Ausflug und unsere vorläufige Sicherheit auf einem polierten Silbertablett präsentiert.« Ohne weiter zu zögern begann Hermes, von dem Baum herunterzuklettern. »Komm!«, rief er. »Wir haben einen weiten Weg vor uns.« Er grinste. »Und mit ein klein bisschen Glück überleben wir den sogar.«

Oskar begann ebenfalls mit dem Abstieg. Doch so sehr er sich auch darüber freute, endlich diesen unheimlichen Insekten entkommen zu können, so sehr wurde er das Gefühl nicht los, dass sie geradewegs auf die nächste Katastrophe zusteuerten.

Und wieder durchquerten Oskar und Hermes das wirre Durcheinander der Bibliothek. Anders als zuvor hetzten sie diesmal jedoch keineswegs so schnell wie möglich von einem Gang zum nächsten und von einem Saal in den anderen, sondern bewegten sich stattdessen langsam und vorsichtig, immer darauf gefasst, dass Avarit möglicherweise hinter der nächsten Ecke auf sie lauern könnte. Obwohl er dabei eigentlich all seine Aufmerksamkeit dringend benötigt hätte, konnte Oskar dennoch einfach nicht aufhören, darüber nachzudenken, was er erst vor kurzem zu Hermes gesagt hatte. War sein Seitensprung mit Christine wirklich nicht von Bedeutung für das Ende seiner Ehe gewesen? Er wusste, dass er einmal felsenfest daran geglaubt hatte. Jetzt wiederum, um so mehr er darüber nachdachte, war er sich dieser Sache gar nicht mehr so sicher.

Derart in seine Gedanken vertieft bemerkte er erst relativ spät, dass Hermes vor ihm stehen geblieben war. Zuerst freute er sich, da er meinte, sie wären an ihrem Ziel angekommen. Als er dann aber zu dem dürren Kerl aufschloss, wurde er endgültig auf geradezu brutale Art und Weise wieder in das Hier und Jetzt zurückgeholt.

Der Boden des Saales vor ihnen war fast lückenlos bedeckt von den ineinander verschlungenen Leibern toter Bücherwürmer und dahingeschiedener Kobolde. Offenbar waren Hermes und er auf das Epizentrum ihrer kriegerischen Auseinandersetzung gestoßen. Der Kampf war bereits vorüber – und zwar endgültig. Viele der Kobolde hielten noch die

Gewehre in ihren steifen grünen Fingern und trotz all der Abscheu, die Oskar ihnen gegenüber hegte, wurde er bei diesem Anblick doch kurzzeitig von Mitleid ergriffen. Er schluckte und warf einen Blick zu Hermes. »Müssen wir da wirklich durch?«

Hermes nickte. »Ich fürchte ja.« Selbst ihm schien die Sache unangenehm zu sein. »Du liebes Lieschen! Die haben hier aber auch gewütet.«

Noch immer sehr vorsichtig und nur auf ihren Zehenspitzen betraten die zwei den Saal und begannen, über die leblosen Körper hinwegzusteigen. »Was meinst du, wer gewonnen hat?«, fragte Oskar, nachdem sie etwa die Hälfte ihres Weges hinter sich gebracht hatten.

»Gewonnen?«, fragte Hermes. »Was denn gewonnen?«

Da sie gerade fast knietief durch die erschreckenden Überreste einer gewaltigen Schlacht wateten, hatte Oskar eigentlich vermutet, es sei offensichtlich, worauf seine Frage abzielte. »Na, die Schlacht!«, rief er und deutete mit ausgestreckten Armen auf ihre Umgebung. »Was denn sonst?«

»Ach so«, lachte Hermes. »Keiner von beiden natürlich. Wie immer.«

»Wie immer?«

»Ja.« Hermes zuckte mit den Schultern. »Die machen das schon seit einer Ewigkeit. Und überhaupt, seit wann gibt es im Krieg denn bitte Gewinner?«

Nachdem es ihnen schließlich gelungen war, den Schauplatz des grauenvollen Blutbades hinter sich zu lassen, betraten sie einen langen breiten Korridor, der Oskar erneut vor Augen führte, dass er noch längst nicht alle Wunder der Bibliothek kennengelernt hatte. Das erste Mal seit seiner Ankunft an diesem unheimlichen Ort sah er Fenster! Und obwohl diese ziemlich klein und außerdem kreisrund waren, versprachen sie dennoch zumindest einen flüchtigen Blick auf die Welt außerhalb der Bibliothek. Schnell lief er daher zu dem ersten von ihnen und es war aufgrund dieser Neugier, dass er den schwachen Brandgeruch ignorierte, der ihm zu derselben Zeit in die Nase stieg.

Auf der anderen Seite des kleinen Fensters herrschte tiefschwarze Dunkelheit, die nur für wenige Meter von dem schwachen dämmrigen Lichtkegel durchbrochen wurde, der aus dem Inneren der Bibliothek durch das Glas nach außen fiel. In diesem Licht jedoch konnte Oskar kaum etwas erkennen, außer einem schmalen Stückchen Erdboden, das irgendwie *sandig* wirkte. Tatsächlich hätte der Ausblick nur schwer noch langweiliger sein können.

Enttäuscht drehte er sich wieder von dem Fenster weg – gerade als er aus dem Augenwinkel eine flüchtige Bewegung wahrnahm. Schnell drehte er sich wieder um, musste allerdings enttäuscht feststellen, dass das, was auch immer er auf der anderen Seite des Fensters gesehen hatte, schon wieder verschwunden war. »Da draußen ist irgendetwas!«, rief er Hermes zu, der wieder einmal nicht bemerkt hatte, dass Oskar hinter ihm stehen geblieben war und sich daher bereits ein gutes Stück von ihm entfernt hatte.

Dann aber blieb er abrupt stehen, drehte sich um und lief mit großen Sprüngen zu Oskar zurück. »Du kleiner Quälgeist«, flüsterte er energisch. »Ich habe es dir schon einmal gesagt und ich sage es wieder: Du bist vollkommen wahnsinnig. Hier einfach so herumzubrüllen.« Er schüttelte so eindrücklich seinen Kopf, dass er seinen schäbigen Zylinder dabei festhalten musste, damit er nicht herunterfiel. »Möchtest du Avarit nicht gleich eine förmliche Einladung schicken?«

Oskar schluckte. Hermes hatte vollkommen Recht. Er hatte doch tatsächlich kurzzeitig vergessen, in was für einer prekären Situation sie sich befanden. »Entschuldigung. Ich war nur so abgelenkt.« Er zeigte auf das Fenster. »Irgendetwas ist da draußen.«

Hermes schaute zu dem Fenster, dann zu Oskar – dann wieder zu dem Fenster und schließlich wieder zu Oskar. »Aha. Und du hast gerade wirklich absolut nichts wichtigeres …«

In diesem Augenblick ging ein derart gewaltiger Ruck durch den ganzen Korridor, dass er sowohl Hermes als auch Oskar beinahe von den Füßen riss. Gleichzeitig sah Oskar, wie das kleine runde Fenster von einem dicken schleimigen Objekt bedeckt wurde, an dessen Unterseite zahlreiche kleine Saugnäpfe zu sehen waren.

»Was zum Teufel?!«, rief Oskar.

Doch Hermes ergriff ihn an seiner Schulter und zog ihn mit sich weiter. »Pscht! Verdammt! Erst dieses elendige Geschrei und dann lockst du auch noch dieses Ding an! Was soll ich nur noch mit dir machen? Es wäre ein echtes Wunder, wenn Avarit jetzt nicht jeden Moment hier auftauchen würde.« Er beschleunigte seinen Schritt und schleifte Oskar nun beinahe hinter sich her. »Dabei sind wir so kurz vor dem Ziel! Siehst du, da vorne?« Er deutete auf die nächste Tür. »In dem Saal dort hinten ist das nächste Buch.«

Oskar gefiel es zwar überhaupt nicht, auf diese Weise durch die Gegend gezerrt zu werden, doch gleichzeitig musste er sich wieder einmal eingestehen, dass Hermes offensichtlich Recht hatte. Außerdem war es ganz sicher sowieso nicht sein Plan gewesen, noch länger in diesem Korridor zu verweilen. Nicht, dass es diesem Ungeheuer tatsächlich noch gelang, durch die Wand zu brechen. Zum allerersten Mal freute er sich tatsächlich darüber, sich *innerhalb* der Bibliothek zu befinden.

Jetzt, da sie ihrem Ziel immer näherkamen, wurde jener Brandgeruch, der Oskar bereits zuvor flüchtig aufgefallen war, immer stärker. Außerdem begann sich die Luft um sie herum mehr und mehr mit dichtem schwarzen Qualm zu füllen. »Was brennt denn hier?«

»Ich fürchte, ich weiß, was das ist!«, rief Hermes und drehte sich dabei nicht einmal zu Oskar herum, sondern begann sofort zu rennen. »Schnell! Wir müssen uns beeilen!« Im Gegensatz zu zuvor schien er sich plötzlich absolut keine Gedanken mehr um den Lärm zu machen, den er nun selbst verursachte.

Kaum betraten die zwei den nächsten Saal, da sahen sie unmittelbar vor sich, worin der dichte Qualm und der Brandgeruch ihren Ursprung hatten. Ein Großteil der Regale – welche hier merkwürdigerweise über und über verziert waren mit den dicklichen Abbildern geflügelter kleiner Kinder – waren vollkommen leergefegt. In ihrer Mitte jedoch befand sich hoch aufgeschichtet ein gewaltiger lichterloh in Flammen stehender Bücherhaufen, dessen Hitze Oskar schon jetzt den Schweiß auf die Stirn trieb.

Neben dem Feuer stand Avarit, in deren dämonischen Schlangenaugen sich das unruhige Licht der Flammen widerspiegelte. »Hallo ihr zwei! Da seid ihr ja endlich«, rief sie und warf mit einer geradezu genießerischen Handbewegung das nächste Buch auf den Haufen. Oskar musste mit ansehen, wie das Papier der Seiten zuerst wellig, dann schwarz wurde, als das Feuer sie langsam verzehrte. Die Schriftzeichen auf dem Einband flackerten kurz auf, wurden dann aber grau, verblassten und erloschen schließlich vollends. »Ich habe schon sehnsüchtig auf euch gewartet.«

Oskar war geschockt. Hatte diese widerliche Dämonin etwa Hermes' Gedanken gelesen? Woher wusste sie nur, dass gerade dieser Saal ihr Ziel gewesen war? Er blickte zu seinem dürren Begleiter. »Und jetzt?«

Hermes antwortete nicht. Ja, es schien, als hätte er Oskars Frage nicht einmal gehört. Stattdessen handelte er kurzentschlossen, rannte schnurstracks auf den Bücherhaufen zu und hechtete schließlich mit einem beherzten Kopfsprung direkt in dessen unteren, noch nicht vollkommen in Brand stehenden Teil.

»So, so, so. Das war *mein* kleines Ablenkungsmanöver«, lachte Avarit und fuhr sich mit ihrer gespaltenen Zunge über die Lippen, als erwarte sie ein köstliches Abendessen. Dann begann sie, sich Oskar zu nähern.

Oskar war starr vor Schreck. Er wusste, dass es keinen Sinn hatte, vor diesem Wesen davonzulaufen. Zu offensichtlich hatte Avarit bereits mehrmals ihre Macht demonstriert. Besonders die Tatsache, dass sie anscheinend die ganze Zeit mit ihnen gespielt hatte, ließ ihn endgültig verzweifeln. Nein, er hatte absolut keine Möglichkeit, ihr zu entkommen. Doch so erschreckend dieser Gedanke auch war – so befreiend war er zugleich. »*Was willst du von mir?*«, rief er so laut er nur konnte, um das Knistern der Flammen zu übertönen. »Warum bist du hinter mir her?« Dann machte er einen Schritt vorwärts.

Avarit verzog zwar keine Miene – aber sie hielt tatsächlich kurz inne. Scheinbar war sie es nicht gewöhnt, derart direkt konfrontiert zu werden. »Deine Seele gehört mir«, zischte sie. »Was du auch tust, die lass ich mir nicht wegnehmen.«

Dieser winzige Moment der Ablenkung reichte bereits aus. Denn jetzt tauchte Hermes wieder aus dem brennenden Bücherhaufen auf. Sein Zylinder qualmte, doch in seiner Hand hielt er ein Buch. Auch dieses war zwar an einer seiner Ecken ein wenig angesengt, insgesamt jedoch wirkte es unversehrt. »Hier!«, rief er und warf es Oskar zu.

Der reagierte sofort. Die Angst hatte seine Sinne geschärft. Mit aller Kraft sprang er ab, machte einen langen Satz an Avarit vorbei und bekam das Buch gerade noch so mit seinen äußersten Fingerspitzen zu fassen. In genau dem Augenblick, in dem er den Boden berührte, schlug er es auf.

13. Kapitel

Der Bruch in Oskars Realität hätte diesmal wirklich unmöglich noch krasser sein können. Denn hatten Hermes und er sich soeben noch in der unmittelbaren Gegenwart der dämonenhaften Avarit befunden, umgeben von loderndem Feuer und dem stinkenden schwarzen Qualm brennender Bücher, so standen sie nun nebeneinander auf einem von dicken bemoosten Wurzeln durchwachsenen Weg unter dem rauschenden Blätterdach eines idyllischen Waldes. Über diesem leuchtete ein blauer Himmel, der alleine von einigen zerbrechlichen Schönwetterwolken durchzogen wurde, und neben ihnen plätscherte ein gewundenes kleines Gebirgsbächlein müßig dahin. Die sommerliche Luft war erfüllt vom Summen zahlreicher Insekten und ganz in ihrer Nähe passierte ein zierliches Rehkitz furchtlos den Weg – welches nicht den Hauch einer Ahnung davon hatte, dass es von zwei derart zerschlagenen und vor Schmutz und Ruß starrenden Gestalten beobachtet wurde.

»Woohoo!«, rief Hermes und begann damit, sich die Asche von der Kleidung zu klopfen. »*Das* nenne ich mal Teamwork!«

Während sein hagerer Begleiter jedoch bereits wieder den Anschein machte, als sei er die Ruhe in Person, stand Oskar selbst noch immer unter dem unmittelbaren Eindruck der letzten Augenblicke. »Was, was machen wir jetzt?«, fragte er gehetzt. »Ich, ich meine wegen Avarit.«

»Ruhig Brauner!«, sagte Hermes, der gerade dabei war, die letzten angekohlten Buchfetzen von seiner Weste und seinem Hemd zu sammeln, und legte Oskar beruhigend eine dürre Hand auf die Schulter. »Jetzt haben wir erstmal etwas Zeit. Lass das also ganz meine Sorge sein, ja? Konzentrier du dich lieber auf das Hier und Jetzt.« Er überlegte, dann lachte er auf, zuckte mit seinen spitzen Schultern und korrigierte sich: »Oder sagen wir besser: auf das Dort und Damals.«

Es fiel Oskar zwar alles andere als leicht, Avarit so ohne Weiteres aus seinen Gedanken zu verbannen, andererseits war er auch sehr dankbar dafür, dass Hermes diese Last so bereitwillig von ihm nahm. Daher atmete er tief durch und schaute sich das erste Mal etwas genauer in ihrer neuen Umgebung um. Seine Stirn legte sich in Falten, dann aber hellte sich sein Blick genauso schnell wieder auf. »Ich glaube, ich weiß, wo wir sind!«, sagte er und ohne dass er etwas hätte dagegen unternehmen können, legte sich ein breites ehrliches Lächeln auf sein Gesicht.

»Na, das wäre ja auch ziemlich traurig, wenn nicht«, entgegnete Hermes und begann, dem kleinen Weg zu folgen. »Komm! Hier geht's lang.«

Oskar ignorierte Hermes' Sarkasmus und folgte ihm. »Wir sind in der Nähe von Schönau«, erklärte er. »Hierhin haben Corinna und ich früher oft Ausflüge unternommen. Also, als wir noch in Heidelberg gewohnt haben, meine ich.« Kaum hatte er diese Worte ausgesprochen, da überkam ihn ein Gefühl der Sehnsucht nach jenen fernen Tagen, an die er schon so lange nicht mehr gedacht hatte.

Während der folgenden Minuten gingen die zwei schweigend nebeneinander her – ganz so, als befänden sie sich auf einer vollkommen normalen Wanderung. Der Wald brachte so viele Erinnerungen in Oskar zum Vorschein, dass er sie nicht mit Worten verwirren wollte. Und auch Hermes schien keinen Grund zu haben, die geradezu idyllische Ruhe zu stören. Ja, schließlich ertappte Oskar sich sogar dabei, dass eine kleine Träne seine Wange herabkullerte. Seit er aus seinem Büro in die Bibliothek hineingezogen worden war, war dies das erste Mal, dass er tatsächlich nirgendwo anders sein wollte als genau hier.

Einige Minuten später führte Hermes Oskar von dem schmalen Weg hinunter und kurz darauf erreichten sie eine abgeschiedene Lichtung, die umgeben war von den weißen Stämmen junger Birken. Sie traten unter dem Blätterdach der Bäume hervor und fanden sich wieder inmitten von kniehohem Gras, aus dem nur hier und dort einige kleine Baumstümpfe hervorragten. Spätestens jetzt wusste Oskar ganz genau, wo sie waren. Denn mit dieser Lichtung verband er – wie er sich noch immer etwas widerwillig eingestehen musste – wirklich sehr schöne Erinnerungen.

»So!«, unterbrach Hermes Oskars Gedanken. »Zeit für uns, Stellung zu beziehen.«

»Ähm, bitte was?«

»Du nun wieder.« Hermes neigte seinen schmalen Kopf etwas zur Seite. »Guck doch mal, wer da drüben kommt«, sagte er und zeigte auf zwei Personen, die in diesem Moment in nur einigen Metern Entfernung auf der Lichtung auftauchten.

Oskar wusste sofort, dass es sich nur um Corinna und sein Alter Ego handeln konnte. »Aber wo …« Er blickte sich hastig um. In einiger Entfernung standen zwar ein paar kleinere Büsche, insgesamt sah er jedoch nichts, das sich als Versteck geeignet hätte. Er bekam es mit der Angst zu tun. Durch die vergangenen Erlebnisse hatte er seine Lektion endgültig gelernt.

Ausgerechnet jetzt schien Hermes jedoch seine eigenen Regeln missachten zu wollen. »Ach! Mach dir darüber keine Gedanken. Wir setzen uns da drüben ins Gras.«

»A-Aber?«, stotterte Oskar. »Wa-Was wenn …«

»Vertrau mir.« Hermes winkte ab. »Hier kann uns wirklich rein gar nichts passieren. Wir sind vollkommen sicher«, rief er und schlenderte Corinna und Oskars jüngerem Ich daraufhin sogar noch ein bisschen entgegen. Schließlich ließ er sich im Schneidersitz neben einem der Baumstümpfe im hohen Gras nieder und winkte Oskar zu sich herüber.

Dem war zwar noch immer ein wenig mulmig zu Mute, trotzdem wagte auch er die wenigen Schritte und setzte sich neben seinen hageren Begleiter auf den Baumstumpf. Gerade hatte Hermes wieder einmal seinen ramponierten Zylinder abgesetzt und war dabei, zu kontrollieren, ob jene schwarz-weiße Feder trotz seines halsbrecherischen Sprunges in den brennenden Bücherhaufen noch immer unversehrt an ihrem Platz saß. Nachdem er festgestellt hatte, dass das Schmuckstück tatsächlich vollkommen unbeschädigt war, wirkte er sichtlich erleichtert und setzte den Hut mit einem zufriedenen Grinsen wieder auf seinen Kopf. Oskar hingegen begann sich langsam immer mehr zu wundern, was es mit dieser merkwürdigen Feder bloß auf sich haben mochte, die Hermes mit einer solchen Fürsorge im Auge behielt.

Corinna und der jüngere Oskar kamen immer näher. Bereits jetzt konnte Oskar gut erkennen, dass sie Rucksäcke trugen und sein jüngeres Ich sich außerdem eine karierte Decke unter den Arm geklemmt hatte. Was ihr Alter anging, so wirkten die beiden nicht wesentlich älter als auf jener Party in Heidelberg. Statt ihrer blauen Latzhose trug Corinna jedoch ein kurzes weißes Sommerkleid, während Oskars Alter Ego ein einfaches schwarzes T-Shirt und grüne Shorts anhatte. Nur ein kleines Stück von Oskar und Hermes entfernt, hielten sie schließlich an. »Hier ist es doch schön, oder?«, fragte Oskars jüngeres Ich.

»Ja«, bestätigte Corinna mit einem Lächeln, nachdem sie sich ein wenig umgeschaut hatte. »Warte, ich helfe dir mit der Decke.«

Zusammen breiteten sie die große Decke über dem hohen Gras aus, setzten dann ihre Rucksäcke ab und nahmen nebeneinander Platz. Nachdem sie das Gras mit Armen und Beinen etwas flach gedrückt hatten, zog Corinna ihre Schuhe aus, streckte ihre nackten Beine lang von sich und lehnte sich entspannt zurück. Als sie so mit geschlossenen Augen und einem verträumten Lächeln auf den Lippen einfach nur da lag und die Sonne genoss – in jenem leichten Kleid, das nichts von der Form ihres jugendlichen Körpers verbarg – durchfuhr Oskar ein Gefühl tiefen Neides auf sein jüngeres Ich.

»Weißt du, es ist wirklich wunderschön hier«, sagte Corinna. Sie stutzte, dann drehte sie sich zu Oskars jüngerem Selbst herum. »Irgendwie erinnert mich das an etwas. Warte. Ach ja! Genau.« Ihre Wangen wurden rot und sie lachte. »Kennst du das Bild *Das Frühstück im Grünen* von Édouard Manet?«

Oskars jüngeres Ich saß neben ihr im Schneidersitz und hatte sie ebenso wie er selbst in den letzten Sekunden ganz verträumt und ohne ein Wort zu sagen angeschaut. Zuerst schien es, als hätte er sie überhaupt nicht gehört. Dann lachte er laut auf. »Ha! Sorry, bei Kunst muss ich wirklich passen. Ich könnte wahrscheinlich nicht einmal einen Van Gogh von einem Mainzelmännchen unterscheiden.«

»Kein Problem. *So viel* Ahnung hab ich auch nicht«, sagte Corinna. »Aber glaub mir, das Bild würde dir gefallen.« Sie gluckste. »Ansonsten bin ich ein großer Fan von William Turner. Der Mann war seiner Zeit so weit voraus. Einfach nur genial! Wenn du möchtest, werde ich dir bei Gelegenheit mal etwas von ihm zeigen.«

»Gerne«, sagte der jüngere Oskar. »Aber pass bloß auf, sonst werde ich noch direkt gebildet.«

Corinna lachte. »Nun, das wäre ja vielleicht nicht das Allerschlimmste, oder? Mister Möchtegern Top-Anwalt!« Ein Augenblick verging, in dem sich die beiden schmunzelnd in die Augen schauten. Dann rollte Corinna sich wieder zurück auf ihren Rücken und schaute hinauf in den blauen Himmel. »Es war auf jeden Fall eine gute Idee von dir, heute mal die Uni zu schwänzen. Sieht fast so aus, als hätten wir den ganzen Wald alleine für uns, nicht wahr?«

»Tja. Sind halt noch keine Ferien«, sagte Oskars jüngeres Selbst und griff nach seinem Rucksack. »Außerdem bin ich der Meinung, wir beide haben uns auch mal eine kleine Pause verdient. Man muss das Studium ja auch nicht immer zu ernst nehmen.« Er öffnete den Rucksack und zog eine schmale Flasche Rotwein daraus hervor. »Schließlich haben wir etwas zu feiern.«

Corinnas Augen leuchteten auf. »*Du hast Wein mitgenommen*?!«

»Natürlich! Immerhin müssen wir unser dreiwöchiges Jubiläum begießen.« Er holte zusätzlich auch noch einen Korkenzieher und zwei einfache Plastikbecher aus seinem Rucksack und begann vorsichtig die Flasche zu öffnen.

»Na dann, auf uns!«, sagte Corinna, kurz nachdem der jüngere Oskar ihnen beiden etwas von dem Wein eingeschenkt hatte.

»Auf uns!«, bestätigte Oskars Alter Ego und stieß ein wenig zu übermütig mit Corinna an, sodass das weiche Plastik der übervollen Becher etwas nachgab und einige Tropfen Rotwein auf die Decke herab fielen. Corinna lachte über das Missgeschick – dann nahm Oskars jüngeres Selbst einen kleinen Schluck Wein und verschloss ihr den Mund mit einem Kuss. »Und darauf, dass alles genau so bleibt, wie es ist«, sagte er, als ihre Lippen sich nach einer Weile wieder voneinander trennten.

Eine Zeit lang schien es Corinna und dem jüngeren Oskar zu genügen, sich gegenüber zu sitzen, zu lächeln und dabei die Gegenwart des anderen zu genießen. Schließlich war es Corinna, die das Schweigen brach. »Na ja, *irgendwann* sollte es schon weitergehen«, lachte sie. »Findest du nicht? Oder möchtest du lieber bis in alle Ewigkeit studieren?«

Der jüngere Oskar lachte ebenfalls. »Oh, nein! Ganz bestimmt nicht. Um genau zu sein, wäre ich am liebsten bereits vorgestern endlich damit fertig gewesen.«

Corinna überlegte einen Moment. »Hmm.« Sie biss sich nachdenklich auf die Unterlippe. »Ich glaube, ich habe dich noch gar nicht gefragt, was genau du später eigentlich machen möchtest.« Sie schmunzelte. »Und sag jetzt bloß nicht *Anwalt*, du Scherzkeks. Nein, was ich meine ist eher, ob du wie Martin auch auf so eine richtig dicke fette Karriere scharf bist. Du weißt schon, in einer dieser riesigen Kanzleien in Frankfurt, oder sonst wo.«

Oskars Alter Ego nahm nachdenklich einen Schluck Wein und ließ sich mit seiner Antwort etwas Zeit. »Na ja, ein bisschen Geld wäre nicht schlecht, oder? Trotzdem empfinde ich den Gedanken ehrlich gesagt abstoßend, mich Tag für Tag in einem dieser riesigen Glastürme einzuschließen und ausschließlich die kleinkrämerischen Probleme irgendwelcher großen Firmen zu verhandeln. Das bringt zwar eine Menge Geld, doch wirklich erfüllend stelle ich mir das nicht gerade vor. Da geht es am Ende immer nur um Zahlen und um nichts anderes.«

Corinna zog eine Strähne ihrer blonden Haare aus ihrem Zopf und begann, sie spielerisch zwischen ihren Fingern zu zwirbeln. »Also möchtest du dich lieber um die großen Probleme der kleinen Leute kümmern? So richtig vor Gericht?«

»Nicht ganz«, sagte der jüngere Oskar. »Aber so in etwa.« Auch er wischte sich eine lange Haarsträhne aus dem Gesicht. Den Friseur hatte er in den vergangenen Wochen offensichtlich gemieden. »Ich glaube allerdings nicht so richtig, dass ich ein wirklich guter Prozessanwalt wäre. Außerdem habe ich dafür die falschen Weichen gestellt. Nein, was mich wirklich interessiert, ist das IT-Recht. Das ist jung und muss sich erst noch selbst definieren. Außerdem gibt es in dieser Sparte gerade jede Menge aufstrebende Start-ups, die rechtlichen Beistand wirklich sehr gut gebrauchen können.« Er lachte. »Auf diese Weise würde ich mein Geld mit dem verdienen, was mich interessiert und hätte gleichzeitig immer mit interessanten Menschen zu tun, die noch wirklich etwas bewegen wollen.«

Während Oskar diesen Worten seines Alter Ego lauschte, blickte sein inneres Auge gleichzeitig auf den Scherbenhaufen, der von seinem damaligen Idealismus übrig geblieben war. In den Jahren, die auf sein Studium gefolgt waren, hatte er feststellen müssen, dass die Sache keinesfalls so einfach war, wie er sie sich als Student vorgestellt hatte. Nach einigen unsicheren Jahren in verschiedenen kleineren Kanzleien war er daher mit Mitte Dreißig schließlich zu dem Schluss gekommen, dass er sich für seine Familie – die sich damals gerade in der Planung befand – vor allem eins wünschte: Sicherheit. Und zwar eine Sicherheit, die ihm ausschließlich ein großes Gehalt verschaffen konnte. Dies wiederum hatte ihn mithilfe von Martin zu der Anstellung bei Hausmann Meier geführt.

»Hört sich interessant an«, sagte Corinna und zupfte sich ihr Kleid ein wenig zurecht, das ein leichter Windstoß ein Stückchen zu weit über ihr Knie geweht hatte. »Dagegen klingen meine Vorstellungen vom Leben vermutlich total langweilig.«

Der jüngere Oskar schüttelte energisch den Kopf. »Ach was! Ehrlich gesagt, kann ich mir kaum einen nervenaufreibenderen Job vorstellen als Lehrer.« Er schmunzelte. »Gott, wenn ich nur an meine eigene Schulzeit zurückdenke. Hoffentlich hast du später nicht allzu viele Schüler von meiner Sorte.«

Corinna wurde nachdenklich. »Na ja, wenn ich ehrlich sein soll, dann ist es das, was mir wirklich am meisten Angst macht. Leider habe ich kaum Erfahrung mit Kindern. Aber Latein war eben immer eins meiner Lieblingsfächer und ich lese einfach für mein Leben gern.« Ihre Augen begannen plötzlich zu leuchten. »Weißt du, mein größter Wunsch ist es nämlich, später einmal meine eigene kleine Hausbibliothek zu haben. Nichts riesiges, nur so ein, zwei kleine Räume alleine für mich und meine Bücher. Da würde ich die ganzen Klassiker sammeln. Du weißt schon. Natürlich die lateinischen, aber auch alle anderen. Sowas wie Moby Dick, Sherlock Holmes, alles von Charles Dickens oder Jules Verne oder wen ich ja ganz besonders toll finde: Kafka!« Sie stockte. Dann lief sie knallrot an, da ihr offensichtlich bewusst wurde, dass ihre Leidenschaft etwas mit ihr durchgegangen war und sie das eigentliche Thema vollkommen aus den Augen verloren hatte. Sie trank einen Schluck Wein und wandte verschämt den Blick ab. »Na ja, wie auch immer. Ich bezweifle nur manchmal, dass meine Begeisterung alleine ausreicht, um auch eine gute Pädagogin zu sein.«

»Ob das hinreicht, weiß ich auch nicht«, sagte der jüngere Oskar ohne zu zögern. »Doch das ist definitiv schon mal eine ganze Menge mehr, als die meisten anderen Lehramtsstudenten besitzen, die ich im Laufe meines Studiums so kennengelernt habe.« Er rollte mit den Augen. »Mensch, oft wussten die nach ihrer Schulzeit doch einfach nicht, was sie sonst machen sollten. Du hingegen hast wenigstens diese Leidenschaft für das, was du unterrichten möchtest. Das werden deine Schüler später auf jeden Fall einmal zu schätzen wissen.« Er dachte kurz nach. Dann fügte er hinzu: »Nun ja, die meisten jedenfalls denke ich.«

Corinna freute sich sichtlich über diese netten Worte. »Danke! Das ist so lieb von dir!« Sie lachte. »Du bist dir doch aber hoffentlich bewusst, dass das, was du da gerade gesagt hast, genauso ein schlechtes Vorurteil über Lehrer ist wie das, dass ihr Juristen moralisch allesamt von Grund auf verdorben seid?«

Oskars Alter Ego griff Corinna hinter den Kopf, zog sie sanft zu sich heran und küsste sie. »Von wegen! Das sind wir wirklich. Wir sind die Allerschlimmsten«, scherzte er, legte seine Hand auf Corinnas Knie und ließ seine Finger wenige Zentimeter an der Innenseite ihres nackten Oberschenkels hinaufwandern. Corinna ließ ihn kommentarlos gewähren – dann jedoch zog er seine Hand unsicher wieder zurück. »Außerdem, na ja, außerdem wenn ich so an Julia denke«, nahm er das Gespräch wieder auf. »*So falsch* scheint dieses Vorurteil nun auch wieder nicht zu sein.«

Corinna prustete laut los vor Lachen. »Ha! Ok ok, ich geb' es ja zu, Mister Möchtegern-Top-Anwalt. Julia ist leider wirklich nicht gerade das beste Argument, um meinen Fall zu verteidigen.« Sie trank den letzten Schluck Wein, dann legte sie den leeren Becher in das hohe Gras neben der Decke. »Weißt du, wieso ich trotzdem glaube, dass sie später mal eine gute Lehrerin werden wird?«

Oskars Alter Ego hob eine Augenbraue. »Nein? Wieso?«

»Weil sie mir zumindest schon jetzt ein paar sehr

nützliche Dinge beigebracht hat«, antwortete Corinna und setzte sich dem jüngeren Oskar kurzerhand auf den Schoß. Dann schlang sie ihre langen Beine um seine Hüfte, führte ihre Hände nun hinter seinen Kopf und begann ihn leidenschaftlich zu küssen. Oskar stieg der Schweiß auf die Stirn. Er erinnerte sich nur noch zu gut daran, wie aufregend er es damals immer gefunden hatte, wenn Corinna die Initiative ergriff.

Der jüngere Oskar erwiderte ihre Küsse begierig. Dann legte er seine Hände zuerst unsicher auf ihre Schultern und danach auf ihre Hüfte, von wo aus sie langsam und zögerlich hinauf zu ihren Brüsten wanderten. Corinna presste sich immer heftiger an ihn und begann unter seinen Berührungen schließlich regelrecht zu beben. Dann ergriff sie eine seiner Hände und führte sie bestimmt unter ihr Kleid. Sie stöhnte leise und lustvoll auf, als die Finger von Oskars jüngerem Ich ihr Ziel fanden. Kurz darauf ließ dieser sich nach hinten fallen und Corinna kam über seiner Hüfte zum Knien.

Doch genau in demselben Moment bekam Oskar es erneut mit der Angst zu tun. Nervös blickte er sich um und suchte mit den Augen ängstlich die Lichtung und den Waldrand ab. Waren Hermes und er hier wirklich sicher?

»Ähem«, räusperte sich Hermes und tippte ihm auf die Schulter. »Wirf mal einen Blick nach da oben.« Er zeigte auf zwei Gestalten, die direkt über Corinna und Oskars jüngerem Ich in der Luft schwebten. Offensichtlich war Oskar derart abgelenkt gewesen, dass er ihr Erscheinen überhaupt nicht mitbekommen hatte.

Bei den Wesen handelte es sich um eine vollkommen nackte junge Frau und einen ebenso nackten jungen Mann, deren Haar genauso weiß war wie ihre Haut – während ihre Rücken von zwei großen schwarzen Tätowierungen verziert wurden: Die gewaltigen Schwingen eines Engels schmückten den Rücken des Mannes, zwei zierliche Schmetterlingsflügel jenen der Frau. Und ebenso wie Corinna und der jüngere Oskar in diesem Augenblick ihrer überschäumenden Leidenschaft zwischen den hohen Grashalmen ihren freien Lauf ließen, so taten es auch die zwei dort oben in der Luft. Ja, vollkommen rastlos wanderten ihre Hände über die schneeweiße Haut des jeweils anderen und beinahe verzweifelt pressten sie ihre Körper so eng aneinander, als sei es ihre Absicht, zu einem einzigen Wesen zu verschmelzen. Die helle Sommersonne, das Zwitschern der Vögel und das allgegenwärtige Grün der Bäume und des Grases verschmolzen zusammen mit den zwei sich liebenden Paaren zu einer geradezu paradiesischen Szene.

Während er die Wesen in der Höhe bestaunte, begann Oskar langsam zu ahnen, warum Hermes von Beginn an keine Bedenken gehabt hatte, hier an diesem Ort gesehen zu werden. Denn den beiden Liebenden war es offensichtlich vollkommen unmöglich, ihre Anwesenheit zu bemerken. Die zwei hatten ausschließlich Augen für sich selbst. Tatsächlich schien es ganz so, als wären sie überhaupt nicht in

236

der Lage dazu, ihre Blicke auch nur für den Bruchteil einer Sekunde voneinander zu trennen.

»Ach ja«, seufzte Hermes nach einer Weile. »Schon schön, oder?« Er zog ein großes weißes Taschentuch aus seiner Ledertasche – das allerdings bereits einige unansehnliche Flecken besaß – und tupfte sich eine kleine Träne von der Wange. »Weißt du, die beiden da oben bekommen heutzutage wirklich viel zu selten eine Chance, sich zu sehen.« Er schnäuzte sich und ließ das Taschentuch wieder verschwinden. Dann stand er abrupt auf. »Aber nun gut, lassen wir den Vieren ihre Ruhe.«

So schwer es Oskar auch fiel, seinen Blick nicht nur von den in der Luft verschlungenen Gestalten, sondern auch von seinem jüngeren Alter Ego und Corinna zu trennen, so froh war er gleichzeitig darüber, dass Hermes dem Geschehen nun ebenfalls nicht weiter zuschauen würde – auch wenn sein dürrer Begleiter die Vorgänge mit einer fast schon medizinischen Nüchternheit zu betrachten schien.

Als sie sich kurz darauf wieder unter dem dichten Blätterdach des Waldes befanden, wandte sich Oskar an Hermes. »Weißt du …« Er zögerte ein wenig, bevor er fortfuhr. »Wenn ich ganz ehrlich bin, ruft das alles hier wirklich ein paar alte Gefühle in mir wach.«

Hermes blieb abrupt stehen, drehte sich zu Oskar herum und baute sich direkt vor ihm auf. Zunächst musterte er ihn intensiv aus zusammengekniffenen Augen, ganz so als könnte er auf diese Weise herausfinden, ob er seine Worte auch wirklich ernst meinte.

Dann jedoch drückte er ihn fest an sich, hob ihn sogar ein Stück vom Boden und drehte sich mit ihm so schnell im Kreis, dass Oskar ganz schwindelig wurde. »Hach!«, krächzte er. »Wusste ich es doch, dass bei dir noch nicht alles verloren ist!«

»*Aber*«, fügte Oskar hinzu, befreite sich so schnell er nur konnte wieder aus Hermes' unangenehmer Umarmung und taumelte ein paar Schritte zurück, »das ändert überhaupt gar nichts.«

Hermes' freudige Miene zerfiel in tausend Scherben.

»Ich meine, mein Gott! Man muss doch realistisch bleiben«, fuhr Oskar fort. »Das Ganze hier ist fast *zwanzig Jahre* her. Die Dinge haben sich seitdem sehr stark verändert. Deine komische Bibliothek hin oder her, man kann die Zeit nicht einfach wieder zurückdrehen.« Er verschränkte seine Arme. »Weißt du, es ist ja schließlich auch nicht so, dass ich alleine mit der Sache bereits abgeschlossen hätte. Auch Corinna ist schon längst über all das hinweg. Eigentlich war sie das sogar ziemlich schnell. Und für Amelie ist es auf diese Weise sowieso am besten. Nein, ich bleibe trotz allem dabei. So wie die Dinge stehen, ist es …«

Hermes kreuzte ebenfalls seine Arme vor der Brust, ahmte Oskars Miene nach und vollendete den Satz: »*Das Beste für alle Beteiligten!*« Er beugte sich etwas nach vorne. »Sag mal, weißt du eigentlich, dass du das ziemlich oft sagst?«

»Weil es wahr ist!«, rief Oskar.

»*Nein*! Weil du es für wahr halten willst!« Hermes

schüttelte den Kopf, dann fixierte er Oskar mit seinen unnatürlich starren schwarzen Pupillen. »Wie dem auch sei. Ich gebe mich jedenfalls noch lange nicht geschlagen.« Er zwirbelte kurz seinen Bart, dann erhob er belehrend seinen Zeigefinger. »Und ich weiß auch schon *ganz genau*, welches Buch du als nächstes lesen solltest.«

Oskar stöhnte. »Herrgott! Wenn ich dir doch sage, dass das alles nichts bringt!«

Hermes ließ sich nicht beirren. »*Das*, mein Kleiner, werden wir erst noch sehen. Abgerechnet wird zum Schluss.«

Oskar ließ die Schultern hängen und fügte sich in sein Schicksal. Schließlich blieb ihm genau genommen auch überhaupt keine andere Wahl. Nur eine Sache gab es da noch, die ihm besondere Sorgen bereitete. »Was wird denn jetzt aus dieser Avarit?«

»Hmm. Du hast Recht.« Hermes nickte zustimmend und tippte sich nachdenklich ans Kinn. »Nun, ich hatte ja schon mal gesagt, dass man Vigil vielleicht bei der Angelegenheit um Hilfe bitten könnte.«

Oskar erinnerte sich tatsächlich daran, dass Hermes diesen Namen irgendwann einmal erwähnt hatte. Langsam wurde er daher wirklich neugierig, um wen es sich bei diesem ominösen *Vigil* nur handeln mochte. »Wer …«

»Andererseits ist Vigil leider nicht gerade bekannt dafür, besonders hilfsbereit zu sein«, unterbrach ihn Hermes. »Immerhin habe ich ihn lange darum beknien müssen, dich überhaupt in die Bibliothek bringen zu dürfen. Wenn er jetzt also auch noch mitbekommt, dass ...«

»*Wer zur Hölle ist dieser Vigil*?!«, rief Oskar, den Hermes' Art langsam wirklich auf die Palme brachte.

Hermes schaute Oskar verstört an. »Heiliger Strohsack! Das ist nun aber auch wirklich kein Grund, hier gleich so herumzuschreien.« Er kratzte sich am Kopf und dachte nach. »Und ja, eigentlich hast du Recht. Wir sollten es wenigstens einmal versuchen. Immerhin ist Vigil im Grunde eigentlich auch ganz in Ordnung. Nur ein bisschen faul vielleicht. Und zumindest folgt Avarit uns definitiv nicht zu ihm. Weißt du, das traut nämlich selbst sie sich nicht.«

Oskar resignierte und gab sich damit zufrieden, dass er offenbar in gar nicht so ferner Zukunft eine Antwort auf seine Frage erhalten würde. »Na gut, in Ordnung. Dann machen wir das also«, sagte er, ganz so, als hätte er bei der Sache tatsächlich ein Wort mitzureden gehabt. »Und wie erreichen wir ihn? Avarit wird doch bestimmt schon auf uns warten.«

»Das lass nur meine Sorge sein«, sagte Hermes und fasste Oskar am Arm. »Ganz so einfach kriegt die mich nicht unter!«

14. Kapitel

In der Bibliothek schien sich nicht das Geringste verändert zu haben. Oskar lag auf dem Boden und das Buch in seinen Händen – auf dessen Einband die merkwürdigen Schriftzeichen ihr charakteristisches Leuchten von sich gaben – war wieder geschlossen. Noch immer brannte der große Bücherhaufen lichterloh, die Luft war weiterhin geschwängert von beißendem schwarzem Qualm und auch Avarit gierte Oskar nach wie vor aus ihren dämonischen gelben Augen an. Ja, alles machte den Eindruck, als sei die Zeit einfach stehen geblieben. Mit Ausnahme von Hermes. Der nämlich stand plötzlich direkt neben Oskar.

Als Avarit diesen unvorhergesehenen Wandel der Situation bemerkte, stürzte sie ohne Vorwarnung auf die beiden los. Oskar war starr vor Schreck. Hermes jedoch griff wieselflink in seine abgewetzte Tasche und zog hastig jenes kleine Buch daraus hervor, das Oskar ursprünglich aus seinem Büro an diesen seltsamen Ort gebracht hatte. Hermes öffnete es, murmelte einige unverständliche Worte und schon – nur einen Sekundenbruchteil bevor Avarit sie erreichen konnte – befanden sie sich wieder in dem Eingangsbereich der Bibliothek.

»Schnell!«, rief Hermes und sprintete unter dem irritierten Blick des Kobolds an dem kleinen Tresen die große Freitreppe empor zu dem einzigen Ausgang des Raumes – der Tür, auf welcher die prachtvolle Darstellung jenes fantastischen Mischwesens glänzte, die Oskar bereits kurz nach seiner Ankunft aufgefallen war. Mit seinen langen dünnen Beinen nahm Hermes dabei gleich vier Stufen auf einmal und für einen kurzen Moment schien es Oskar geradeso, als wolle sein hagerer Begleiter ihn absichtlich abhängen. Er folgte ihm so schnell er nur konnte, doch erst auf der schmalen Galerie des riesigen Saales mit dem großen Baum gelang es ihm, ihn wieder einzuholen. Dort stand Hermes an dem niedrigen Geländer. Er wirkte gehetzt.

Oskar trat neben ihn und warf einen Blick über das Geländer hinweg in die Tiefe. Weit unter ihnen befanden sich die missmutigen Schreiber nach wie vor in geschäftiger Arbeit. »Was machen wir jetzt?«, keuchte er, stützte die Hände auf die Knie und versuchte angestrengt, wieder zu Atem zu kommen.

»Wir haben keine Zeit!«, rief Hermes. »Gib mir deine Hand!«

»Keine Zeit wofür? Was …«

Hermes streckte Oskar fordernd seinen Arm entgegen. »Halt die Klappe und gib mir deine Hand, habe ich gesagt!«

Oskar gehorchte nur zögerlich. Er hatte überhaupt kein gutes Gefühl bei der Sache! Und er behielt Recht.

Denn bereits im nächsten Augenblick setzte Hermes seinen Zylinder ab, sah ihm tief in die Augen und sagte: »Und jetzt vertraue mir und halte dich gut fest!«

»Festhalten? Vertrauen? Wobei vertrau… ahhh!«

Ohne auch nur im Geringsten zu zögern, sprang Hermes über das Geländer – und riss Oskar mit sich mit.

Zwar hatte Oskar sich mittlerweile daran gewöhnt, einzelne Bruchstücke seines eigenen Lebens vor seinen Augen vorüberziehen zu sehen, auf *diese* Weise hatte er dieses Phänomen bisher jedoch noch nicht erlebt. Denn während er wie am Spieß schreiend zusammen mit Hermes hinab in die Tiefe sauste und den Boden des Saales sowie die kleinen Schreibtische der Schreiber auf sich zu rasen sah, da war er der festen Überzeugung, dass es gleich endgültig um ihn geschehen sein musste.

Dann fuhr plötzlich ein gewaltiger Ruck durch seinen Arm und er spürte, wie seine Schulter beinahe unter der gewaltigen Belastung nachgab. Um ein Haar hätte er Hermes' Hand losgelassen. Doch gerade noch rechtzeitig gelang es ihm, sich mit aller Kraft festzuklammern.

Oskar blickte in die Höhe, sah was passiert war – und traute seinen Augen dennoch nicht. Hermes' schäbiger Zylinder hatte sich aufgebläht wie ein großer Fallschirm. Zwar fielen sie noch immer, allerdings wesentlich langsamer als zuvor. Ja, vielmehr segelten sie nun mitten zwischen den gewaltigen Ästen des riesigen Baumes durch den Saal.

»Wo zur Hölle willst du hin?!«, rief Oskar, nachdem er sich ein wenig von dem ersten Schock erholt hatte.

»Da drüben«, rief Hermes, der, da er mit der einen Hand seinen Zylinder festhielt, während Oskar an der anderen hing, sein knochiges Kinn zur Hilfe nehmen musste, um auf die gegenüberliegende Seite des Saales zu deuten. »Siehst du das große Tor dort? Da müssen wir durch.«

Obwohl sich dort unten auf der Ebene der Schreiber sehr viele Türen und Tore befanden, glaubte Oskar dennoch, genau zu wissen, welches von ihnen Hermes meinte. Denn nur ein einziger dieser Zugänge zeichnete sich nicht nur durch seine besondere Größe vor allen anderen aus, sondern vor allem auch durch seine seltsam altertümliche Bauart. Dieses Tor erweckte tatsächlich den Eindruck, als handele es sich um ein aus groben Balken halbherzig zusammengezimmertes Burgtor.

Als Oskar ein wenig länger zu diesem Tor hinüberblickte, bemerkte er etwas, das ihm erneut den Angstschweiß in den Nacken trieb. Zwar segelten sie durchaus in die richtige Richtung – er bezweifelte allerdings stark, dass auch ihre Höhe genügen würde, um ihr Ziel zu erreichen. Bereits jetzt trennten die zauseligen Köpfe der Schreiber nur noch wenige Meter von seinen Schuhsohlen und schon stieg ihm der penetrant muffige Gestank ungewaschener Kleidung in die Nase, der von diesen fleißigen Wesen ausging. Einige der kleinen klobigen Figuren blickten außerdem bereits überaus missmutig zu ihnen in die Höhe. Ja, alles sah sehr danach aus, als würden Hermes und er mitten zwischen ihren Schreibtischen landen. Und trotzdem, wie sich kurz darauf herausstellte, war dies ihr kleinstes Problem.

»Mist!«, rief Hermes.

»Was?«

»Mensch! Siehst du das nicht? Dort! Vor dem Tor.«

Jetzt sah Oskar sofort, was Hermes meinte. Unmittelbar vor dem Tor stand Avarit. Hochmütig grinsend präsentierte sie ihre langen spitzen Fangzähne und ihre gelben Schlangenaugen gaben ein solch grelles Leuchten von sich, dass Oskar trotz der großen Entfernung ihre starr auf ihn gerichteten Pupillen deutlich erkennen konnte. Sein Magen verkrampfte sich.

Aber noch war er nicht bereit, aufzugeben. »Was machen wir jetzt?«, rief er, während er bereits seine Beine einziehen musste, damit er einigen der Schreiber nicht mit den Füßen an die Köpfe stieß. Hermes und er brauchten einen Plan – und sie brauchten ihn *sofort*!

»Ich, ich weiß doch auch nicht!«, antwortete Hermes.

Dann plötzlich hatte Oskar einen Einfall. Zwar war er sich alles andere als sicher, ob das, was er vorhatte, auch wirklich funktionieren würde, einen Versuch jedoch war es allemal wert. So laut er nur konnte schrie er: »Hey! Hey, ihr da unten! Ja, ihr! Ihr komischen Gnome!« Gleichzeitig versuchte er so viele der Schreiber wie möglich auf sich aufmerksam zu machen, indem er ihnen beherzt auf die Schulter oder sogar in den Nacken trat. »Hört zu verdammt nochmal! Seht ihr das Miststück da drüben? Ja? Die verbrennt eure Bücher!«

Selbst wenn sie es noch so sehr gewollt hätten, bereits einen kurzen Augenblick später hatten die Schreiber endgültig nicht mehr die geringste Chance, Oskar zu ignorieren. Denn schon befand er sich bis zu seiner Hüfte mitten unter ihnen und musste sogar über einige ihrer Schreibtische hinwegsteigen, um sich nicht die Knie zu stoßen, wobei er allerdings so manchen Bücherstapel zum Einsturz brachte und somit ein gewaltiges Chaos anrichtete. In den kleinen roten Augen der Schreiber glomm der pure Hass.

Hermes verstand sofort, was Oskar vorhatte. »Ja, genau! Guckt nicht so dumm, ihr dämlichen Gartenzwerge!«, rief er zu den Schreibern hinab. »Ihr habt richtig gehört! Ich hab's auch gesehen. Einen ganzen Berg eurer schönen teuren Bücher hat sie einfach so in Flammen gesteckt!«

Oskars Plan ging tatsächlich auf! Zwar benötigten die offensichtlich etwas begriffsstutzigen Schreiber recht lange, um zu verstehen, was diese beiden Gestalten – die plötzlich aus der Krone des großen Baumes auf ihre Köpfe herabgefallen waren – ihnen da zuriefen, dann aber zeigte sich in ihren Gesichtern zuerst Überraschung, gefolgt von Aufregung und schließlich blanker Wut. Einen Moment später verließen bereits die ersten von ihnen ihre Schreibtische und als Oskars Füße schließlich den Boden berührten und er endlich Hermes' knochige Hand loslassen konnte, hatte sich schon eine überaus mordlustig dreinblickende Meute in Bewegung gesetzt, von der jeder Einzelne den Eindruck machte, als wolle er Avarit mit bloßen Händen zerfetzen. Zwischen ihren kleinen dicken Fäusten blitzten spitze Stifte und Griffel, die sie mit der Bestimmtheit von Fackeln und Mistgabeln trugen.

Zwischen den fusseligen Köpfen der Schreiber

hindurch sah Oskar deutlich, wie Avarits Gesicht zuerst etwas von seinem selbstsicheren Ausdruck verlor und sie sich dann – unmittelbar bevor die Schreiber sie erreichten – einfach in Luft auflöste. Der blutrünstige Mob kommentierte dies mit einem kollektiven Aufschrei enttäuschter Wut, löste sich jedoch bereits kurz darauf wieder auf und trottete pflichtbewusst zurück an die Arbeit.

»Juhu!«, rief Hermes. »Das war eine ganz ausgezeichnete Idee!« Mit einer Hand klammerte er sich noch immer an den aufgeblähten Zylinder, an welchem er noch etwas weiter gesegelt war, nachdem Oskar seine Hand bereits losgelassen hatte. Jetzt wiederum war er gerade schwer damit beschäftigt, seine langen staksigen Beine auf einem der kleinen Schreibtische zum Stehen zu bringen.

An eben diesem Schreibtisch arbeitete – ausschließlich mit einem altmodischen Griffel bewaffnet – ein besonders alter und scheinbar bereits vollkommen tauber Schreiber, der von dem ganzen Aufruhr offensichtlich überhaupt nichts mitbekommen hatte. Munter kratzte er noch immer eines jener verschnörkelten Schriftzeichen nach dem anderen auf das Papier. Bei seinem wackeligen Landeversuch jedoch trat Hermes nun aus Versehen einen kleinen Stapel Blätter um, welche dem uralten Schreiber daraufhin zwischen die Hände fielen und seinen Arbeitsfluss für einige Sekunden unterbrachen. Der Schreiber blickte zu Hermes auf und ballte seine kleinen kräftigen Hände zu Fäusten.

»Verzeihung! Verzeihung!«, krächzte Hermes und

gestikulierte wild mit seinen mageren Händen. »Ich bin wirklich untröstlich.« Trotzdem sah es so aus, als ob sich der kauzige alte Schreiber jeden Augenblick auf ihn stürzen würde.

Hermes schien dies ebenfalls zu vermuten und trat daher schnell einen Schritt zurück – woraufhin er rücklings von dem schmalen kleinen Schreibtisch herunterfiel und der große schwarze Fallschirm, zu dem sich sein Zylinder aufgebläht hatte, ihn sogleich unter sich begrub. Der alte Schreiber kommentierte das Geschehen mit einem gehässigen Kichern und wandte sich wieder seiner Arbeit zu.

Kurz darauf nahm der Zylinder wieder seine ursprüngliche Form an und Hermes rappelte sich auf. Er klopfte sich den Staub von seiner rotkarierten Hose und kontrollierte, ob seine Feder noch an ihrem Platz saß. Dann setzte er sich zufrieden seinen Hut wieder auf und rief, ganz so, als wäre überhaupt nichts geschehen: »Fantastisch! Und jetzt ab zu Vigil! Solange der Vorteil noch auf unserer Seite ist.«

So schnell wie möglich und zugleich so vorsichtig wie nötig bahnten Hermes und Oskar sich ihren Weg. Ächzend und stöhnend kletterten sie über die knorpeligen Wurzeln des großen Baumes hinweg und zwängten sich zwischen den teilweise dicht an dicht stehenden Schreibtischen hindurch – immer darauf bedacht, die Schreiber bloß kein weiteres Mal zu stören.

Schließlich erreichten sie – zu ihrem Glück und ihrer Erleichterung tatsächlich ohne weitere Zwischenfälle – das riesige grob zusammengezimmerte Tor. Dieses jedoch wurde von einem großen breiten Querbalken versperrt, der sich in einer derartigen Höhe befand, dass selbst Hermes sich enorm strecken musste, um ihn zu erreichen und dann mittels einer gewaltigen Kraftanstrengung, welche ihm die Röte in sein ansonsten kalkweißes Gesicht trieb, aus den Angeln zu heben. Nachdem der Balken dann erst einmal aus dem Weg geräumt war, öffnete sich das Tor aber mit einer solch überraschenden Leichtigkeit, dass Oskar sich mit ein paar schnellen Schritten in Sicherheit bringen musste, während sein hagerer Begleiter zusammen mit dem Tor zurücktaumelte und beinahe schon wieder der Länge nach hingefallen wäre.

»Das war unerwartet«, lachte Hermes, als er sein Gleichgewicht wiedergefunden hatte. »Muss wohl ein Kobold geölt haben.« Er lachte erneut. »Das wurde aber wirklich auch mal Zeit.« Er winkte Oskar zu. »Ok, dann mal hereinspaziert, bitte!«

Als Oskar durch den riesigen steinernen Torbogen blickte, wurde er sich schlagartig bewusst, dass er im Begriff stand, eine vollkommen neue Seite der Bibliothek kennenzulernen. Denn das, was sich jetzt vor ihnen auftat, erinnerte ihn an nichts, das ihm in ihrem Inneren bisher begegnet war. Hinter dem Tor öffnete sich eine breite, aus grob behauenen Steinen bestehende Treppe, die in einem weiten Bogen nicht nur hinab in die Tiefe, sondern gleichzeitig auch in eine beunruhigende Dunkelheit hineinführte. An den steinernen Wänden des Ganges befanden sich keinerlei Bücherregale, dafür allerdings erhellten einige Fackeln wenigstens ein kleines Stück der Finsternis. Ja, es schien Oskar, als handele es sich bei dem Tor um den Eingang zu etwas, das wesentlich älter war als alles, was er hier bisher gesehen hatte.

»Nimm dir besser auch eine Fackel«, sagte Hermes und nahm sich selbst eine solche aus einer der Wandhalterungen. »Da unten ist es echt stockfinster.«

Oskar befolgte den Rat und Seite an Seite machten sie sich auf den Weg. Schon nach nur wenigen Metern stellte Oskar fest, dass die Treppe keineswegs, wie er zuvor gedacht hatte, sonderlich weit in die Tiefe führte. Nein, vielmehr vollführte sie einen langgezogenen Halbkreis und endete dann bereits wieder. Dies bedeutete nichts anderes, als dass der Bereich, in den Hermes und er nun vordrangen, sich direkt unterhalb der Ebene befand, auf der die Schreiber arbeiteten – und damit auch unterhalb des gewaltigen Baumes, der in dem Zentrum der Bibliothek wuchs. Schon jetzt sah er hier und da die in den vor ihnen liegenden Gang hineinreichenden Enden seiner Wurzeln.

»Sag mal, was macht dieser Vigil eigentlich hier unten?«, fragte Oskar, der sich immer mehr darüber zu wundern begann, um was für einen komischen Kerl es sich handeln musste, der an einem derartigen Ort lebte.

»Das kommt ganz darauf an, wen du fragst«, antwortete Hermes, während er über eine der Wurzeln hinweg stieg. Diese wurden, je weiter die zwei in den Gang vordrangen, immer dicker und dicker. Oskars Vermutung nach konnte dies nur bedeuten, dass sie sich dem Zentrum des großen Saales stetig näherten – und damit auch dem Stamm des Baumes.

»Wie meinst du das?«, fragte er.

»Na ja«, sagte Hermes. »Vigil würde wohl so etwas sagen wie:«, er ließ seine Stimme absichtlich tief und bedrohlich wirken, »*Ich bin der mächtige Wächter dieser Bibliothek. Ich beschütze sie vor dem sicheren Untergang.*«

Oskar musste unweigerlich schmunzeln. »Und was würdest *du* sagen?«, fragte er neugierig.

Hermes zuckte mit seinen spitzen Schultern. »Ich würde sagen, dass die alte Möwe die meiste Zeit pennt, weil sie nichts zu tun hat und die Kobolde eh die ganze Arbeit erledigen.«

»Möwe?«, fragte Oskar verwundert.

»Ach, nun frag mir doch nicht so ein Loch in den Bauch! Du wirst das alles ja selbst gleich sehen.«

Kurz darauf wurden die Wurzeln wirklich zu ernstzunehmenden Hindernissen und es kostete die zwei immer mehr Zeit, über sie hinüberzuklettern oder unter ihnen hindurchzukriechen. Dann allerdings endete der Weg in einem großen runden Raum, in dem sie alle zusammenliefen und ihre vielfältigen Verästelungen und Verzweigungen eine riesige grottenartige Höhle bildeten. Und zwar an der Stelle, die sich direkt unter dem großen Baum befinden musste.

»So! Da wären wir«, sagte Hermes zufrieden.

»Warte du hier. Ich wecke Vigil.« Mit großen selbstsicheren Schritten ging er auf die Höhle zu – blieb aber plötzlich noch einmal stehen, drehte sich wieder herum und kam schnell zu Oskar zurück. »Ähm, nur damit du Bescheid weißt. Das hier ist manchmal wirklich nicht ganz ungefährlich. Also nimm dich bitte ein wenig in Acht, ja?« Dann ging er direkt zu dem Eingang der Höhle. Als er dort angekommen war, rief er hinein in das Dunkel: »*Hey! Vigil! Aufwachen!*«

Hermes wartete einen Augenblick. Doch nichts geschah.

»Mann, Mann, Mann. Dass der auch immer so fest schlafen muss«, fluchte er, holte tief Luft und versuchte es gleich noch einmal. »*Hey! Aufwachen, du alte Möwe! Wir brauchen deine Hilfe!*«

Diesmal geschah etwas. Zuerst spürte Oskar deutlich ein leichtes Zittern des Bodens, das sich ganz danach anfühlte, als würde sich im Inneren der Höhle etwas wirklich Großes von einer Seite auf die andere wälzen. Hermes trat vorsichtig etwas von dem Eingang zurück. Zwei weitere – zwar kürzere, dafür umso gewaltigere – Erschütterungen folgten. Dann, plötzlich und ohne weitere Vorwarnung, trat eben jenes wunderbare Fabelwesen aus dem Dunkel in den Schein der Fackeln, das Oskar bereits von der bronzenen Darstellung auf der Tür im Eingangsbereich der Bibliothek kannte. *Das* also war Vigil!

Der Kopf des Wesens, der am Ende eines eher kurzen Halses saß, erinnerte Oskar durch seine großen runden Augen und seinen Schnabel nach wie vor an eine Eule. Allerdings hatten Eulen weder Hörner noch einen Bart. Vigil hingegen besaß beides. An den Seiten seines Kopfes wanden sich zwei große Hörner, die wie feinstes Ebenholz in einem tiefen Schwarz glänzten. Der Bart unter seinem Schnabel wiederum war kurz und gräulich – fast genauso wie der von Oskar selbst. Der Rest seines gewaltigen Körpers hingegen wurde bedeckt von einem dichten, schneeweißen Federkleid. Außerdem konnte Oskar, auch wenn sich Vigil zur Hälfte noch immer im Inneren der Höhle befand, auf seinem Rücken deutlich zwei gewaltige Schwingen erkennen.

»Was ist denn das hier bloß schon wieder für ein elendiges Geschrei«, gähnte Vigil und streckte sich – ganz bestimmt überhaupt nicht wie eine Eule, sondern eher wie eine viel zu groß geratene Katze. Danach richtete er sich wieder auf und prüfte zuerst Oskar, dann Hermes mit einem kritischen Blick. »*Du schon wieder*! Was willst du denn diesmal?«

Hermes druckste etwas herum. »Wir, nun ja, weißt du, wir hätten da ein kleines Problem, bei dem du uns vielleicht helfen könntest.«

Vigil senkte den Kopf. »Problem?«, brummte er.

»Ja, also, ähm. Es ist so.« Hermes holte tief Luft, blähte die Wangen auf, schluckte noch einmal kurz und ratterte die Worte dann in einem Atemzug herunter: »Avarit hat Oskar gesehen und jetzt ist sie hinter uns her.«

Vigil schien einen Moment wie versteinert. Dann schüttelte er verständnislos seinen riesigen Schädel. »Und? Hatte ich dich nicht vor genau so etwas gewarnt?«

»Ja, na ja, aber weißt du«, Hermes trat nervös von einem Fuß auf den anderen. »Avarit ist schon ganz schön ...«

Doch Vigil schien ihm überhaupt nicht mehr zuzuhören. Stattdessen drehte er seinen Kopf zu Oskar und warf ihm einen missbilligenden Blick zu. »Und du, hast du etwa nicht gut genug aufgepasst, dass man dich nicht sieht?«

»Ich ...«, begann Oskar – wurde jedoch sofort unterbrochen.

»Nein, hat er nicht«, stellte Hermes fest, der offensichtlich seine Chance gekommen sah, die Schuld an ihrer Situation ganz alleine auf Oskar abzuwälzen. »Dabei habe ich es dem kleinen Dummkopf wirklich *hundertmal* gesagt.« Er warf die Hände in die Luft. »Pff! Aber du weißt ja wie die kleinen Racker so sind. Die wollen einfach partout nicht auf einen hören.«

Oskar wollte sich rechtfertigen. »Aber ...«

»Pscht! Du bist ruhig!«, zischte Hermes, indem er Oskar einen Finger vor seinen Mund hielt. »Das hier ist wichtig.« Dann wandte er sich wieder an Vigil. »Jedenfalls haben wir Avarit jetzt am Hals und da dachte ich ...« Er stockte, als würde er sich nicht trauen, den Satz zu vollenden.

»Nun?«, fragte Vigil. »Was dachtest du?«

Hermes setzte seinen Zylinder ab und hielt ihn sich mit beiden Händen vor seine dürre Brust. Sein Blick wanderte scheu zu Boden. »Da dachte ich, dass du uns vielleicht zu den nächsten Büchern begleiten könntest.«

In Vigils große runde Eulenaugen trat ein empörter Ausdruck. Doch bevor er die Zeit fand, etwas zu erwidern, erhob Hermes seinen Blick, sah ihn jetzt direkt an und fuhr beschwichtigend fort. »Ich weiß ja, ich weiß. Du bist bestimmt unglaublich beschäftigt mit Schlafen und so. Aber ich habe dir ja schon einmal erklärt, wie ungeheuer wichtig diese Sache ist. Du weißt also genau, was auf dem Spiel steht. Außerdem legt Avarit sich mit dir ganz bestimmt nicht an. Dafür bist du doch *viel zu mächtig*.«

»Ich weiß nicht.« Vigil zögerte. Offenbar hatte Hermes mit seinen Worten bei ihm genau den richtigen Nerv getroffen. »Eigentlich ist das nicht meine Aufgabe.«

»Ach ja! Mensch, eine Sache sollte ich vielleicht noch hinzufügen«, rief Hermes und es gelang ihm so zu klingen, als hätte er tatsächlich etwas vergessen gehabt. »Avarit hat schon einen ganzen Haufen Bücher verbrannt.«

»Sie hat was?!«

»Ja ja! Du hast schon richtig gehört!«

»Das ist alles deine Schuld!«, rief Vigil und Oskar erschrak unweigerlich, als er sah, wie in den gutmütigen Augen des Wesens plötzlich unbändiger Zorn aufloderte. »Ich hatte es dir gesagt! Avarit kennt keine Vernunft. Um ihren selbstsüchtigen Willen zu bekommen, bringt sie doch glatt die gesamte Bibliothek in Gefahr.«

»Ja«, sagte Hermes erneut ziemlich kleinlaut. »Du hattest natürlich wie immer vollkommen Recht, oh großer weiser Vigil.«

Vigil warf Hermes einen zornigen Blick zu. Dann

stampfte er so kräftig auf den Boden, dass die Erschütterung Oskar um ein Haar von den Füßen geholt hätte. »Ach verdammt! Ich kann das einfach nicht zulassen.« Er nickte entschlossen. »Also gut. Ich werde euch begleiten. Nur so können wir dem Ganzen vielleicht noch ein Ende setzen, bevor es zu spät ist. Wo soll es hingehen?«

Hermes deutete Vigil an, seinen Kopf zu ihm herunterzubeugen – dann flüsterte er ihm etwas ins Ohr.

Vigil nickte erneut. »In Ordnung. Ich habe verstanden. Also dann! Auf geht's!«

Oskar wurde geradezu überwältigt, als er dabei zusah, wie Vigil – der in seiner ganzen Größe sogar noch majestätischer wirkte als zuvor – kurz darauf seine Höhle verließ. Wie sich jetzt herausstellte, besaß er außerdem einen Schwanz, der deutlich dem eines Löwen ähnelte.

Als er Vigil jedoch so in seiner vollen Größe vor sich sah, drängte sich Oskar sofort eine Frage auf: Wie nur sollte dieses riesige Wesen zusammen mit Hermes und ihm die teilweise derart engen und vor allem niedrigen Gänge der Bibliothek durchqueren? Das konnte doch niemals funktionieren!

Gerade als er noch über dieses Problem nachgrübelte, begann Vigil allerdings plötzlich zu schrumpfen. War er soeben noch weitaus größer gewesen als etwa ein Elefant oder gar eine Giraffe, so besaß er kurz darauf kaum mehr die Ausmaße eines großen Pferdes, wurde aber weiterhin immer kleiner und kleiner, bis er schließlich kaum noch größer war als ein Tiger oder ein Löwe.

»So, das wäre das«, sagte er, nachdem seine Metamorphose abgeschlossen war. »Und jetzt los! Je eher wir diese elendige Angelegenheit hinter uns gebracht haben, umso eher kann ich mich wieder wichtigeren Dingen zuwenden.«

»Du meinst, dich von einer Seite auf die andere zu wälzen?«, fragte Hermes.

»Sprich gefälligst nicht über Dinge, von denen du keine Ahnung hast!«, grollte Vigil und schritt mit stolz erhobenem Haupt vor den beiden hinweg.

Der Weg zu dem nächsten Buch, das Hermes zu ihrem Ziel auserkoren hatte, war zwar nicht besonders weit, allerdings legten die drei ihn in einem eher gemächlichen Tempo zurück. Denn entgegen seiner anderslautenden Worte hatte Vigil es ganz offensichtlich nicht besonders eilig. Avarit hingegen schien tatsächlich großen Respekt vor Vigils Macht zu haben. Zumindest ließ sie sich während des gesamten Weges nirgendwo blicken.

Der Saal, in dem Hermes dann endlich verkündete, dass sie ihr Ziel erreicht hätten, stimmte Oskar vom ersten Moment an überaus nachdenklich. Zwar war er weder besonders groß, noch besonders klein, alle seine Wände waren wie gewöhnlich über und über mit Regalen bedeckt und er war außerdem prall gefüllt mit Büchern – seine Decke jedoch war derart niedrig, dass Oskar sie bequem im Stehen mit der Hand berühren konnte, ohne sich dafür auch nur ein klein wenig strecken zu müssen. Hermes hingegen musste beim Betreten des Raumes nicht nur seinen Zylinder absetzen, sondern zusätzlich sogar noch ein wenig den Kopf einziehen, um sich an diesem Ort überhaupt bewegen zu können. Nur Vigil störte sich dank seiner komfortablen neuen Größe kein bisschen an der seltsamen Deckenhöhe.

Unmittelbar nachdem sie diesen Raum betreten hatten, ging Hermes bereits schnurstracks auf eines der Regale zu und griff zielsicher in dessen alleruntersstes Fach. Oskar wusste nicht so recht, ob er es als gutes oder doch eher als schlechtes Zeichen interpretieren sollte, dass Hermes diesmal nicht auch nur eine Sekunde lang mit der Suche nach dem Buch beschäftigt war. Als sein dürrer Begleiter jenes eher kleine Exemplar dann aber aus dem Regal hervorzog, ergriff er es sogleich vorsichtig mit beiden Händen und hatte trotzdem offensichtlich noch seine liebe Mühe, es zu Oskar herüber zu bringen. »Vorsicht!«, ächzte er unter großer Anstrengung, bevor er ihm das Buch reichte. »Das hier ist wirklich sehr sehr schwer.«

Er hatte vollkommen Recht. Obwohl Oskar das Buch aufgrund der Warnung ebenfalls mit beiden Händen entgegen nahm, sackten seine Arme sofort auf die Höhe seiner Knie herab. Da es ihm daher unmöglich war, es mit nur einer Hand zu halten, legte er es vor seinen Füßen auf den Boden, um es aufzuschlagen.

15. Kapitel

Als Oskars Welt einige Sekunden später wieder aufgehört hatte sich zu drehen, stand er mitten auf einem geradezu erschreckend normalen Großparkplatz. Es war kein schöner Tag. Dichte graue Wolken verdeckten lückenlos den gesamten Himmel und ein leichter Sprühregen zwang die Menschen, ihre Regenschirme zu öffnen oder sich die Kapuzen ihrer dicken Jacken bis weit hinab in die missmutigen Gesichter zu ziehen. Außerdem herrschte ein kräftiger Wind, den Oskar – obwohl er selbst von ihm verschont blieb – ebenso deutlich anhand der Wogen erkannte, in denen der Regen vor seinen Augen dahin getragen wurde, wie an dem aussichtslosen Kampf der letzten verbliebenen gelb-schwarzen Blätter an den Ästen der hageren Bäume. Auch ohne einen Blick auf den Kalender werfen zu können, war er sich daher schnell sicher, dass das Buch ihn an einen Tag im Spätherbst zurückversetzt hatte.

»Mann, Mann. Das ist ja mal so ein richtiges Hundewetter«, sagte Hermes irgendwo hinter Oskars Rücken.

Als Oskar sich daraufhin herumdrehte, sah er, dass sein dürrer Begleiter im Schneidersitz auf dem Dach eines neben ihm geparkten schwarzen Mercedes saß und von dort zu ihm herabblickte. »Wo ist Vigil?«, fragte er.

»Na, wo soll der denn schon sein? Noch in der Bibliothek natürlich«, lachte Hermes. »Die alte Möwe würde wirklich viel zu viel Aufmerksamkeit auf uns ziehen.«

Vermutlich hatte Hermes damit vollkommen Recht. Dennoch hatte Oskar sich bereits in der kurzen Zeit so sehr an das beruhigende Gefühl der Sicherheit gewöhnt, das Vigil nur durch seine Anwesenheit ausstrahlte, dass er bei dem Gedanken daran, etwaigen Bedrohungen jetzt wieder alleine mit Hermes ausgesetzt zu sein, spürte, wie seine Muskeln begannen, sich zu verkrampften. So schnell er konnte zwang er sich zu anderen Gedanken.

Er meinte ziemlich genau zu wissen, wo Hermes und er sich befanden. Der Parkplatz gehörte zu dem Supermarkt, in dem Corinna und er in den letzten Jahren den größten Teil ihrer Einkäufe erledigt hatten. Die Nummernschilder der geparkten Autos in seiner unmittelbaren Umgebung bestätigten seine Vermutung. Es handelte sich fast ausschließlich um Frankfurter Kennzeichen. Dieser erste Teil des Rätsels war also gelöst. Doch wie weit hatte es ihn diesmal in die Vergangenheit verschlagen?

Allzu lange konnte dieser Tag nicht zurückliegen. Die Kleidung der Menschen erweckte zumindest keinesfalls den Eindruck, in ein anderes Jahrzehnt zu gehören und auch die Modelle der Autos schienen sich nicht wesentlich von jenen zu unterscheiden, die er noch bis vor kurzem regelmäßig auf den Straßen gesehen hatte. Somit blieb für ihn also vorerst wie immer alleine eine Frage gänzlich unbeantwortet: Was sollte er hier?

Hermes hatte Oskar offenbar ganz genau beobachtet. »Na, mein kleiner Sherlock, schon auf einer heißen Spur?«

Oskar ignorierte Hermes' hochnäsige Art so gut es ihm möglich war. »Warum sind wir ausgerechnet *hier*?«, fragte er und breitete die Arme aus. »Was kann mir denn bitte gerade hier so Wichtiges passiert sein?«

»Tsts. Immer noch der alte Egozentriker, nicht wahr?« Hermes schüttelte grinsend den Kopf. »Habe ich dir nicht schon einmal gesagt, dass es nicht immer nur um *dich* geht?«

Oskar legte die Stirn in Falten. »Sondern?«

»Geh mal ein paar Schritte zur Seite.«

Gerade wollte Oskar sich noch danach erkundigen, warum er das tun solle – da geschah alles viel zu schnell, als dass er sich noch rechtzeitig hätte in Sicherheit bringen können. Denn in exakt diesem Augenblick bog ein großer weißer Kombi in die leere Parklücke, in der er gerade stand, und ehe er sich versah, steckte er bis hinauf zu seiner Brust mitten in dem Wagen.

Sein gesamter Körper wurde von Tausenden derselben widerwärtig brennenden Nadelstiche gepeinigt, die er bereits von seinem Besuch auf der Studentenparty in Heidelberg kannte und von denen er innigst gehofft hatte, sie in seinem ganzen Leben nie wieder ertragen zu müssen. Gleichzeitig überkam ihn eine bohrende Übelkeit, als er sah, wie seine eigene Brust mitten in dem schneeweißen Dach des Autos endete, als hätte es ihn sauber halbiert. Er zögerte daher nicht eine Sekunde, sondern hechtete so schnell er nur konnte aus dem Wagen heraus und brachte sich auf dem Dach des Mercedes unmittelbar neben Hermes in Sicherheit.

Fast gleichzeitig jedoch packte Hermes ihn bei der Schulter und zog ihn auf der anderen Seite des Mercedes sofort wieder mit sich von dem Dach herunter. Kaum waren die zwei auf dem Boden angekommen, da gab er ihm mit einem energischen Handzeichen zu verstehen, dass er in Deckung bleiben solle. Und als Oskar daraufhin trotzdem zum Sprechen ansetzte, verschloss er ihm ohne zu zögern mit seiner flachen Hand den Mund und wies mit einem knochigen Finger auf den weißen Kombi.

Erst jetzt erkannte Oskar durch die Fenster des Mercedes hindurch, dass es sich bei dem Kombi um Corinnas Wagen handelte. Die Fahrertür öffnete sich und seine Exfrau stieg aus. Auch ihr Äußeres bestätigte Oskars Vermutung, dass er sich nicht allzu weit in der Vergangenheit befinden konnte, denn sie sah kaum jünger aus als am vergangenen Abend. Außerdem war sie ebenso ungeschminkt und ihre Haare wirkten genauso vernachlässigt. Sie trug eine schmucklose weiße Bluse unter einer einfachen alten Jacke – und auf ihrer Schulter saß ein kleiner Vogel von geradezu ekelerregendem Äußeren.

Das grau-schwarze, struppige, ja löchrige Gefieder des schmuddeligen Wesens starrte nur so vor Dreck und stand vollkommen verwahrlost in alle Richtungen ab. Hier und dort sah Oskar außerdem den blanken Knochen hervorblitzen. Die knorpeligen Beinchen des Vogels wiederum endeten in langen scharfen Klauen, die sich tief in Corinnas Schulter bohrten, während sein Kopf – bis auf ein vollkommen verdorrtes Auge, das nur mehr schlecht

als recht in seiner Höhle hing – sogar komplett ske-
lettiert war.

Corinna ging zu dem Rücksitz und öffnete dort
die Tür. »Komm, mein Schatz«, sagte sie und griff in
das Innere.

Nun erst sah Oskar, dass Amelie auf dem Rücksitz des Kombis in ihrem Kindersitz saß und jetzt,
mit Hilfe ihrer Mutter, ebenfalls ausstieg. Die Be-
wegungen, die Corinna dabei machte, schienen den
Vogel auf ihrer Schulter nicht im Geringsten zu interessieren. Nein, wie angewurzelt saß das Wesen an
seinem Platz und rührte sich nicht auch nur einen
Millimeter vom Fleck.

Im Gegensatz zu ihrer Mutter sah Oskars Tochter,
die in einer kleinen pinkfarbenen Daunenjacke steckte, durchaus noch etwas jünger aus als am Abend zuvor. Darüber wunderte Oskar sich jedoch kaum, denn
gerade in den letzten Jahren hatte sich Amelie – wie
es für Kinder in ihrem Alter nun mal typisch war –
mit einer geradezu rasanten Geschwindigkeit verändert. Er schätzte daher, dass sie etwa fünf oder sechs
Jahre alt war. Noch während er über diese Dinge
nachdachte, nahm Corinna ihre Tochter bei der Hand
und ging mit ihr in Richtung des Einganges des Supermarktes.

»Was zum Teufel ist das da für ein Vieh auf Corinnas Schulter?!«, platzte es aus Oskar hervor, als Hermes endlich die Hand von seinem Mund nahm.

Aus Hermes' Augen sprach tiefes Bedauern. Und
auch seine Stimme klang unendlich mitleidig, als er
sagte: »Ich habe keinen Namen für sie.« Er senkte

den Kopf ein wenig. »Das sind ganz, ganz gemeine kleine Biester.« Dann klopfte er Oskar auf die Schulter. »Aber los jetzt! Hinterher! Und pass bloß auf, dass dich das Ding nicht bemerkt, ja?« Er schluckte. »Sonst haben wir nämlich ein echtes Problem.«

Oskar schluckte ebenfalls. Wohl oder übel verließ er seinen Platz hinter dem Mercedes.

Nachdem ihr Weg Corinna und Amelie zuerst zu den Einkaufswagen geführt hatte, betraten sie zusammen den Supermarkt. Diese Umgebung war für Oskar geradezu optimal, denn hier hatte er hinter den Regalen und Auslagen zahlreiche Möglichkeiten, die beiden aus einem sicheren Versteck heraus zu beobachten und jedes ihrer Worte zu verstehen. Andererseits konnte er sich immer noch nicht vorstellen, was gerade hier an diesem Ort passieren sollte. Von Sekunde zu Sekunde jedoch beunruhigte ihn der Vogel auf Corinnas Schulter mehr und mehr. Und das, obwohl das Wesen absolut nichts tat. Es saß einfach nur da wie ausgestopft und wackelte höchstens, wenn Corinna sich etwas stärker bewegte, ein kleines bisschen mit seinem gruseligen Schädel.

Doch trotzdem schien es sich um einen vollkommen alltäglichen Einkauf zu handeln. Vorsichtig, da sie immer auf ihre kleine neben ihr gehende Tochter achten musste, manövrierte Corinna den sich langsam füllenden Einkaufswagen durch die engen Regalreihen des Supermarktes. Nach einem längeren

Stopp in der Gemüseabteilung führte ihr Weg sie zum Brot, zur Fleischtheke und auch durch fast alle anderen Abteilungen des Geschäftes. Nichts, aber auch wirklich absolut gar nichts Außergewöhnliches geschah und nach einiger Zeit begann Oskar sich zu fragen, ob Hermes auch wirklich das richtige Buch ausgewählt hatte.

Dann jedoch kamen die zwei an der Spielwarenabteilung vorüber und plötzlich löste sich Amelie wieselflink von der Seite ihrer Mutter.

»Hey!«, rief Corinna. »Hey, junge Dame!« Sie benötigte ein bisschen Zeit, um den schweren Wagen zu wenden. Als sie Amelie dann eingeholt hatte, stand das kleine Mädchen vor einem der Regale und hielt den pinkfarbenen Karton einer Barbie in ihren Händen. Corinna kniete sich neben sie und nahm ihr das Spielzeug ab, ohne dass Amelie sich dagegen wehrte. »So nicht, du kleine Diebin!«, sagte sie und wollte die Puppe gerade zurück an ihren Platz stellen, da warf sie noch einmal einen genaueren Blick darauf. »Sag mal, hast du nicht schon so eine?«

»Ja.« Amelie wirkte bedrückt. »Von Papa.«

Corinna stellte die Barbie zurück in das Regal. »Na, dann brauchst du ja nicht noch einmal die Gleiche, oder?« Sie ging zurück zu ihrem Einkaufswagen. »Wenn du jetzt artig bist, kauf ich dir nachher an der Kasse ein Eis. In Ordnung?«

Amelie blieb trotzdem wie angewurzelt stehen und betrachtete weiterhin die Barbie.

Corinna ging die paar Schritte schnell wieder zurück und kniete sich erneut neben ihre Tochter. »Was ist denn bitte noch?« Oskar erkannte nur zu deutlich den gereizten Ton in ihrer Stimme, den er in den letzten Jahren viel zu oft gehört hatte.

Amelie wirkte noch bedrückter als zuvor. »Hat Papa uns nicht mehr lieb?«, fragte sie, ohne ihre Mutter anzuschauen.

»Was?«

»Er ist immer nicht da. Ist er böse auf uns?«

Wie ein kleiner schwarzer Blitz kam in eben diesem Augenblick ein zweiter Vogel heran gesaust und ließ sich auf Corinnas noch freier linker Schulter nieder, wo er ebenso angewurzelt sitzen blieb wie sein Artgenosse. Und auch wenn Corinna seine Ankunft selbst nicht mitbekam, so sackte sie in genau jenem Moment, in dem sich seine kleinen spitzen Krallen in ihre Schulter bohrten, doch ein weiteres Stück in sich zusammen.

»Ach was! Papa ist nicht böse auf uns«, sagte sie und ihre Stimme klang nun nicht mehr gereizt wie zuvor, sondern zittrig und bedrückt. »Vor allem nicht auf dich, mein Schatz. Papa hat dich ganz doll lieb.«

Amelie schwieg zunächst, dann drehte sie sich zu ihrer Mutter herum. In ihren kleinen Augen glitzerte eine Träne. »Aber du und Papa streitet so oft!«

Corinna antwortete nicht sofort. Oskar kannte sie allerdings gut genug, um ihr deutlich anzusehen, wie sehr es ihr missfiel, derartige Dinge an einem solch öffentlichen Ort zu besprechen. Schon jetzt waren mehrere andere Eltern mit ihren kleinen Kindern durch den Gang gekommen und hatten sie und Amelie mit irritierten Blicken gemustert.

»Weißt du«, sagte sie schließlich. »Papa hat etwas getan, das mich sehr verletzt hat. Aber er hat sich dafür bei mir entschuldigt und ich habe ihm verziehen.« Corinna seufzte, dann gab sie Amelie einen Kuss auf die Wange und nahm sie in den Arm. »Wir sind schließlich eine Familie. Und in einer Familie verzeiht man einander, auch wenn einer mal einen Fehler macht. Merk dir das.«

Amelies Gesichtszüge hellten sich ein wenig auf. Corinna hingegen schien an dem zweiten Vogel besonders schwer zu tragen zu haben.

»Und nun komm!«, sagte sie, nahm Amelie an der Hand und erhob sich sichtlich mühevoll. Dann gingen die beiden zurück zu ihrem Einkaufswagen und Oskar folgte ihnen. Sein Magen brannte vor Mitleid.

Wenig später standen Corinna und Amelie an der Kasse. Corinna hatte bereits damit begonnen, ihre Einkäufe auf das Band zu legen, während Amelie geduldig neben dem Wagen ihrer Mutter herging. Mit einem gewissen Stolz erinnerte sich Oskar daran, dass seine Tochter schon immer ein wirklich ruhiges und artiges Kind gewesen war. Er selbst war in einigen Metern Abstand an einer der geschlossenen Kassen in Deckung gegangen und beobachtete sie über die dortigen Auslagen hinweg. Die zwei schwarzen Vögel saßen weiterhin wie ausgestopft auf Corinnas Schultern, ohne sich auch nur im mindesten zu rühren.

Während sie gerade damit beschäftigt war, die letzten Dinge auf das Fließband zu legen, klingelte plötzlich Corinnas Handy. So schnell, als würde sie auf einen dringenden Anruf warten, zog sie es aus ihrer Handtasche und erschrak sichtlich, als sie sah, wer sie dort anrief. Dennoch nahm sie nicht sofort ab, sondern schaltete das Gerät kurzerhand auf stumm und steckte es vorerst wieder zurück in die Tasche, da die Kassiererin bereits damit beschäftigt war, die ersten Produkte über die Kasse zu ziehen.

Oskar konnte seiner Exfrau direkt ansehen, wie langsam die Zeit für sie verging, während sie ihren Einkauf Stück für Stück hastig zurück in den Wagen legte und schließlich bezahlte. Kaum hatte sie sich mit Amelie jedoch nur ein paar Schritte von der Kasse entfernt, da zog sie das Handy wieder aus ihrer Tasche hervor und rief offensichtlich jene Person zurück, die sie zuvor angerufen hatte. »Hallo Frau Meier«, meldete sie sich kurz darauf. »Entschuldigen Sie bitte, ich stand gerade an der Kasse und …«

Oskar schluckte. Er wusste, dass es sich bei *Frau Meier* nur um die Mutter von Corinnas langjähriger bester Freundin Julia handeln konnte. Erst jetzt wurde ihm wirklich klar, an welchen Tag ihn Hermes zurückgesandt hatte. Er bekam eine Gänsehaut.

Corinna schwieg, während sie den Worten von Julias Mutter aufmerksam zuhörte. Ihr Gesicht zeigte zuerst ein gewisses Verständnis, dann aber schien sie eine unglaubliche Trauer zu erfassen. Ihre Augen wurden wässrig, sie unterdrückte ein Schluchzen, ihre Mundwinkel bebten – und zur gleichen Zeit kam ein weiterer jener schwarzen Vögel herangeflogen und setzte sich ebenfalls auf ihre rechte Schulter, direkt neben den anderen Vertreter seiner Art. Erneut schien Corinna ein kleines Stück in sich zusammen zu sinken. Nur mit Mühe richtete sie sich wieder auf.

Zu Oskars großem Entsetzen kamen jedoch kurz darauf – während Corinna Julias Mutter weiterhin zuhörte und immer wieder wie ferngesteuert nickte – auch noch ein vierter und ein fünfter Vogel angeflogen. Immer mehr sackte seine Exfrau vor seinen Augen in sich zusammen und schon liefen die ersten dicken Tränen ihre Wangen herunter und fielen herab auf den kalten Steinfußboden des Supermarktes.

Amelie hingegen stand ruhig neben ihrer Mutter und bekam von alledem kaum etwas mit, da sie viel zu sehr mit ihrem Eis beschäftigt war.

»Mein ganz ehrliches und herzliches Beileid«, sagte Corinna schließlich, sichtlich darum bemüht, ihre Gefühle so gut es ging unter Kontrolle zu halten. »Und danke vielmals, dass sie sich so schnell bei mir gemeldet haben.« Mit feuchten Augen beendete sie das Telefonat und wischte sich schnell die Tränen aus dem Gesicht. Ihre Brust bebte. Sie atmete einmal tief durch und sagte mit zittriger Stimme: »Komm, Amelie! Wir gehen zu unserem Auto.«

Auch Oskar verließ sein Versteck und folgte den beiden hinaus aus dem Supermarkt. Als sie wieder auf den Parkplatz kamen, sah er bereits von weitem, dass Hermes noch bei dem schwarzen Mercedes auf ihn wartete. Der Regen hatte vorerst aufgehört, doch der Himmel sah ganz danach aus, als handelte es sich um nichts weiter als um eine kurze Unterbrechung. Oskar machte vorsichtshalber einen kleinen Umweg durch die Parkplatzreihen, wobei er Corinna und Amelie weiter genau im Auge behielt.

Als sie bei ihrem Auto angekommen waren, öffnete seine Exfrau die Klappe des Kofferraums und begann sofort damit, ihre Einkäufe hastig, ja geradezu wütend einfach so in das Innere des Wagens zu schmeißen. Amelie stand neben ihr, aß weiter ruhig ihr Eis und beobachtete ihre Mutter verwundert.

»Wir können zurück«, sagte Oskar, als er seinen hageren Begleiter erreicht hatte. »Ich habe verstanden.«

»Zurück? Jetzt schon?« Hermes musterte ihn ungläubig und schlug seine knochigen Arme ineinander. »Nein, da muss ich dich leider enttäuschen. Noch nicht ganz, mein Lieber. Noch nicht ganz.«

»Aber …«

»Hör gefälligst auf zu schwatzen!«, rief Hermes, streckte seinen langen dürren Finger von sich und zeigte hinüber zu Corinna. »Und guck zu!«

Gerade eben war Oskars Exfrau damit fertig, ihre Einkäufe einzuladen. Sie setzte Amelie – die ihr Eis mittlerweile aufgegessen hatte – behutsam auf den Rücksitz, während Oskar allerdings an ihrem Gesichtsausdruck noch immer eindeutig erkannte, wie sehr sie mit sich rang. Dann brachte sie schnell den Einkaufswagen weg, öffnete, als sie zurück war, die Fahrertür und setzte sich in ihr Auto.

Jedoch schloss sie die Tür nicht gleich wieder hinter sich. Stattdessen sah Oskar, wie sie nun endgültig unter der Last der Vögel auf ihrem Lenkrad zusammensackte und für einen Moment regungslos dasaß. Dann, plötzlich und vollkommen unvermittelt, schluchzte sie ein- zweimal laut und tief auf.

»Mama?«, fragte Amelie vom Rücksitz.

Corinna rappelte sich wieder etwas auf und wischte sich die Tränen von den Wangen. »Es, es ist alles in Ordnung mein Schatz«, beruhigte sie ihre kleine Tochter. »Ich, ich rufe nur kurz Papa an, ja? Dann geht es gleich nach Hause.«

Oskar sah, wie Corinna erneut ihr Handy aus ihrer Tasche zog. Da der folgende Anruf oft ein großer Streitpunkt zwischen ihnen beiden gewesen war, meinte er, sich noch sehr gut an ihn zu erinnern.

»Hallo? Ja, hallo Schatz. Ich, ich bin's«, begann Corinna das Gespräch. »Ja, ich weiß, dass du nicht viel Zeit hast. Aber … Aber ich, ich habe gerade einen Anruf bekommen. Von Julias Mutter.« Corinna zögerte, ganz so, als wüsste sie nicht, wie sie das Unaussprechliche ausdrücken sollte. Erneut lief ihr eine Träne über die Wange. Dann zwang sie die Worte regelrecht dazu, ihren Mund zu verlassen: »Es, es ist passiert.«

Oskar wusste, was Corinna meinte. Julia – Corinnas alte Studienkollegin und beste Freundin, die ihn an jenem Abend in Heidelberg so ungehemmt angeflirtet hatte – war an diesem Tag endgültig einem Krebsleiden erlegen. Die schwere Krankheit ihrer Freundin hatte Corinna, die sie über Monate hinweg regelmäßig besucht und ihr langsames Dahinscheiden mit angesehen hatte, sehr stark mitgenommen. Trotz der Probleme in ihrem eigenen Leben hatte sie versucht, Julia soviel Zeit zu widmen wie irgendwie möglich, um ihr dadurch Kraft für den Kampf gegen die Krankheit zu geben. Am Ende hatte es jedoch nicht gereicht.

»Danke, Schatz, danke.«

Oskar erinnerte sich daran, dass er ihr zuerst sein tiefstes Beileid ausgesprochen und ihr dann versichert hatte, dass er alles tun würde, damit es ihr besser ginge. Leider erinnerte er sich ebenso gut daran, dass er diese Worte damals eher als leere Phrase verstanden hatte. Als etwas, das man halt so sagt.

Corinna schwieg ein paar Sekunden lang, dann sagte sie zögerlich: »Weißt du Schatz, du könntest wirklich etwas für mich tun.« Es schien ganz so, als hätte sie Angst, ja als traue sie sich nicht, die folgenden Worte auszusprechen. Doch dann überwand sie sich. »Du, du könntest heute etwas früher nach Hause kommen und Amelie ins Bett bringen. Sie würde sich sehr freuen und, na ja, und ich brauche einfach nur etwas Zeit für mich, das ist alles.«

Jetzt, da Oskar deutlich vor Augen hatte, wie Corinna – zusammengesunken unter der schweren Last der sechs schwarzen Vögel – auf dem Fahrersitz ihres Kombis saß und diese Worte mit Tränen in ihren geröteten Augen und mit vor Trauer bebender Stimme formulierte, da wäre er bei dem Gedanken daran, was er ihr auf diese Bitte geantwortet hatte, vor Scham am liebsten auf der Stelle im Erdboden versunken.

»Ich verstehe«, schluchzte Corinna und nickte erneut wie ferngesteuert. In ihre Stimme mischte sich ein flehender Tonfall. »Aber bitte Schatz, bitte. Kannst du das nicht nur dieses eine einzige Mal verschieben? Nur heute. Für mich?«

Oskar erinnerte sich, dass an jenem Tag ein wöchentliches Meeting angesetzt gewesen war. Ein einfaches formloses Treffen mit seinen Kollegen also, das für den Fall, an dem er gerade gearbeitet hatte, zwar durchaus von einiger Bedeutung gewesen war, das aber – wenn er vollkommen ehrlich zu sich selbst war – durchaus auch einmal hätte verschoben werden können. Aus seiner damaligen Perspektive heraus war ihm dies jedoch inkonsequent erschienen. Außerdem hatte er nicht wirklich verstanden, was seine Anwesenheit für Corinna an alledem denn groß hätte ändern können. Jetzt hingegen verstand er.

Oskar sah, wie Corinna sich Amelie zuliebe zusammenriss. »Na gut. Na gut. Ja, ist gut«, brachte sie sichtlich mühevoll heraus. »Dann, dann sehen wir uns also wie immer.« Sie wartete noch ein wenig, dann antwortete sie vollkommen mechanisch: »Ich dich auch«, und steckte ihr Handy weg. Kaum war das Telefon jedoch wieder in ihrer Handtasche verschwunden, da flogen bereits zwei weitere der kleinen Vögel heran – und nahmen diesmal direkt auf ihrem Kopf Platz. Oskars Hände begannen zu zittern.

In eben jenem Augenblick, in dem sich die kleinen Krallen in Corinnas blonden Haaren verfingen, konnte sie nicht mehr an sich halten und brach laut und vollkommen ungehemmt in Tränen aus. Ja, es schien gerade so, als hätte jemand eine Schleuse in ihrem Kopf geöffnet und all ihre Wut und Traurigkeit drängten gleichzeitig nach außen.

»Mama?«, fragte Amelie vom Rücksitz.

Dieses Mal reagierte Corinna nicht auf ihre Tochter.

Ein Moment verstrich.

»Mama?!« Amelies Stimme klang nun deutlich verängstigt – doch noch immer reagierte Corinna nicht auf sie.

Oskar umfing eine eisige Kälte. Zwar hatte Corinna ihm später immer wieder erzählt, wie schwer dieser Tag für sie *und* Amelie gewesen war, was genau das bedeutete, hatte er jedoch nie wirklich an sich herangelassen. Bis jetzt.

Ehe er sich versah, zog erneut ein kleiner schwarzer Blitz an seinen Augen vorbei. Ein weiterer jener Vögel befand sich im Anflug. Dessen Ziel war allerdings nicht Corinna – sondern Amelie.

Voller Schrecken musste Oskar hilflos mitansehen, wie die winzige zerzauste Gestalt die hintere Autotür passierte, als bestände sie aus nichts weiter als aus Luft, und auf der Schulter seiner Tochter Platz nahm. Ja, Oskar spürte einen beißenden Stich im tiefsten Inneren seines Herzens, als er durch die Scheiben des Mercedes hindurch sah, wie sich Amelies kleines rundes Gesicht veränderte, wie ihre Mundwinkel nach unten wanderten, sich auch ihre Augen mit Tränen füllten und sie schließlich ebenso laut und ungehemmt zu weinen und zu schluchzen begann wie ihre Mutter. »*Mama*!«

Das war zu viel für Oskar. Voller Wut und voller Entsetzen schrie er auf. Hermes startete zwar noch einen verzweifelten Versuch, ihm den Mund zu verschließen, doch es war bereits zu spät – er hatte sich verraten!

Alle Vögel wandten zugleich ihre Köpfe. Einer von ihnen jedoch zögerte nicht lange. Mit einem großen Satz verließ er Corinnas Schulter und sofort darauf auch den weißen Kombi.

Einen Wimpernschlag später setzte sich der Vogel auf Oskars Handgelenk, ohne dass er auch nur eine Chance gehabt hätte, schnell genug zu reagieren. Als die kleinen schwarzen Klauen seine Haut berührten, durchflutete ihn sofort eine solch tiefe Traurigkeit zusammen mit einem geradezu brennenden Gefühl der Schwere und Motivationslosigkeit, wie er es in seinem ganzen Leben noch nicht kennengelernt hatte.

Die dunkelsten Gedanken zogen wie schwarze Wolken durch seinen Kopf. Hatte das alles überhaupt noch einen Sinn? Warum strengte er sich überhaupt noch an? Er würde nie aus diesem Albtraum aufwachen. Sein Leben war vorbei. Wäre es nicht besser, sich einfach Avarit zu ergeben und dem Ganzen ein Ende zu setzen?

Das alles dauerte zu seinem Glück nur den Bruchteil einer Sekunde. Dann trennte Hermes den Vogel mit einem beherzten Schlag seiner flachen Hand von Oskars Arm und packte ihn gleich darauf an der Schulter.

16. Kapitel

Die verschnörkelten und für Oskar noch immer vollkommen unleserlichen Schriftzeichen auf dem Rücken des kleinen aber doch so unglaublich schweren Buches leuchteten unheilverkündend! Zumindest war das Oskars lebhafter Eindruck, als er lang ausgestreckt auf dem Boden der Bibliothek lag und eben dieses Leuchten unmittelbar vor sich hatte. Bevor er jedoch noch weiter über den Sinn oder Unsinn dieses Gedankens nachgrübeln konnte, traten Hermes' rotkarierte Beine zwischen seine Augen und jene Zeichen. Und als Oskar sich daher dazu gezwungen sah, an der gesamten Länge seines dürren Begleiters hinauf zu blicken, erkannte er mit einem leichten Schaudern, dass dieser ihn von dort oben aus düster zusammengekniffenen Augen anfunkelte.

Hermes hatte seine knochigen Arme wütend vor seiner schmalen Brust verschränkt, die sich aufgeregt hob und senkte, während gleichzeitig sein Kiefer unaufhörlich arbeitete. Ja, er machte ganz den Eindruck, als stünde er kurz davor, zu platzen. »*Du* bist so unglaublich *dämlich,* dass es schon richtig wehtut!«, krächzte er und begann, sich – als würde der Wahnsinn endgültig von ihm Besitz ergreifen – seinen roten Ziegenbart zu raufen und dabei derart wild und unkontrolliert auf und ab zu springen, dass ihm prompt sein abgewetzter Zylinder vom Kopf fiel. »*Verdammt, verdammt, verdammt!* Gerade als ich doch tatsächlich dachte, du hättest deine Lek-

277

tion gelernt!« Er blieb stehen und schlug sich mit der flachen Hand so stark vor die Stirn, dass das klatschende Geräusch in den leeren Gängen der Bibliothek lautstark widerhallte. »*Und dann das!*«

Ruhig und bedächtig näherte sich Vigil den beiden, setzte sich neben sie und taxierte zuerst Hermes, dann Oskar – dann wieder Hermes mit seinen großen intelligenten Eulenaugen. »Was ist passiert?«, fragte er ruhig.

»Was *passiert* ist? Ich werde dir sagen, was *passiert* ist!« Hermes zeigte mit dem ausgestreckten Finger nachdrücklich auf Oskar. »Die Knalltüte hier hat eine ganze Meute dieser kleinen schwarzen Aasfresser auf uns aufmerksam gemacht! Und das, obwohl ich ihm extra noch gesagt hatte, dass er bei denen ganz *besonders* vorsichtig sein soll.« Überaus verärgert dreinblickend sah er sich nach seinem Zylinder um. Als er diesen gefunden hatte, prüfte er wie immer kurz den Sitz seiner schwarz-weißen Feder, bevor er sich den schäbigen Hut wieder aufsetzte. »Ich kann einfach nicht verstehen, wie man nur derart *bekloppt* sein kann!«

Auch Vigil warf Oskar jetzt einen herablassenden und äußerst missmutigen Blick zu. »Er hat Recht«, stellte er nüchtern fest. »Das war wirklich dumm von dir. Wirklich, wirklich dumm.«

Oskar hatte es von Anfang an gehasst, von Hermes derart herablassend behandelt zu werden – und jetzt hatte der schlaksige Kerl in Vigil auch noch Verstärkung gefunden! Dennoch musste er sich eingestehen, dass die beiden wirklich vollkommen Recht

278

hatten. »*Ist ja gut*! Ich habe verstanden.« Betreten schaute er herab zu dem Buch, dessen Zeichen mittlerweile aufgehört hatten, zu leuchten. Er wusste, dass er einen Fehler begangen hatte. Er hatte sich von seinen Gefühlen überwältigen lassen. Trotzdem spürte er keine Reue. Der Anblick, wie der kleine schwarze Vogel auf Amelies Schulter Platz genommen hatte, war zu viel für ihn gewesen. »Aber so versteht doch! Ich konnte das einfach nicht ertragen. Dieses Wesen hat sich auf *Amelie* gesetzt!«

Oskars Worte schienen Hermes geradezu zu amüsieren. Denn kaum hatte er seinen Satz vollendet, da brach der hagere Kerl in ein schallendes, ja schon regelrecht diabolisches Gelächter aus. »Ach nein?«, fragte er hämisch, als er sich wieder etwas eingekriegt hatte, und blickte Oskar dabei starr und kalt in die Augen. »Das konntest du nicht ertragen, ja? Dabei bist es doch *du selbst* gewesen, der den Vogel überhaupt erst da hingesetzt hat!«

Oskar wurde abwechselnd heiß und kalt. Seine Schuldgefühle schnürten ihm die Kehle zu. »Aber, aber das habe ich nie gewollt! Ich wollte doch immer nur …«

»Ähem«, unterbrach ihn Vigil.

Oskar reagierte nicht. »Ich wollte doch immer nur das Beste für alle …«, begann er seinen Satz erneut – und wurde wieder von Vigil unterbrochen.

»*Ähem*!«, wiederholte der sich, diesmal mit etwas mehr Nachdruck.

»*Was ist denn los?*« Oskar und Hermes lösten widerwillig ihre Blicke voneinander und drehten sich fast gleichzeitig zu Vigil herum.

Der jedoch brauchte überhaupt nicht zu antworten. Stattdessen hob er lediglich eine seiner löwenartigen Pranken und deutete mit ihr in Richtung des Einganges des niedrigen Saales. Ein eiskalter Schauer ließ Oskars Nackenhaare zu Berge stehen. Hermes' Kinnlade klappte nach unten.

Dort auf dem Boden, unmittelbar vor dem Eingang, saß einer der gruseligen Vögel und beobachtete die kleine Gruppe stillschweigend aus zwei leeren Skelettaugen.

»So schnell …«, flüsterte Hermes und schluckte laut vernehmbar. »Das ist nicht gut. Das ist gar nicht gut.«

Oskars erster Schrecken legte sich hingegen wieder. Er versuchte die Sache nüchtern zu sehen. Immerhin hatten sie Vigil bei sich. Was konnte ihnen denn da also schon so ein einzelner kleiner Vogel anhaben?

Doch als hätte er ihn mit diesem Gedanken herbeigerufen, kam in exakt diesem Moment ein zweiter Vogel herangeflogen und setzte sich direkt neben den ersten.

»Was zur Hölle?!« Oskar begriff, dass das nichts Gutes bedeuten konnte.

»Ich denke, wir sollten zusehen, dass wir weiterkommen«, bemerkte Vigil. Er wandte sich an Hermes. »Findest du nicht?«

»Ja. Doch. Sicher doch«, sagte Hermes und näherte sich Vigil. »Und zum Glück hat mir Oskar mit seinem hirnlosen Verhalten auch bereits klar gemacht, welches Buch er als nächstes *und hoffentlich letztes* lesen muss.« Er bückte sich und flüsterte Vigil wie zuvor etwas ins Ohr.

Gleichzeitig setzten sich der dritte und der vierte schwarze Vogel vor den Zugang des Saales. Oskar trat nervös von einem Fuß auf den anderen.

»Verstanden.« Vigil nickte. »Dann also los!«

»Genau!«, rief Hermes und startete mit einem riesigen Schritt seiner staksigen Beine in Richtung eines zweiten Ausganges. »Und zwar schnell!«

Vigil folgte ihm und auch Oskar zögerte nicht länger. Nach einigen Metern jedoch drehte er sich noch einmal herum, wobei er nicht nur sah, dass inzwischen schon ein ganzer Schwarm jener Vögel eingetroffen war, sondern die ersten von ihnen sogar bereits zur ihrer Verfolgung ansetzten.

Es gelang den Dreien daher gerade einmal, unbehelligt den Ausgang des niedrigen Saales zu durchqueren. Kaum hatten sie den dahinter gelegenen Gang betreten, als der erste Vogel sie einholte. Seine kleinen schwarzen Klauen durchbohrten den teuren Stoff von Oskars mittlerweile sehr mitgenommenem Anzug und gruben sich tief in das darunter liegende Fleisch seiner Schulter. Eine pechschwarze Wolke tiefster Verzweiflung ließ sich schwer auf seinem Verstand nieder und von einer Sekunde auf die andere sah er sich kaum noch im Stande dazu, einen Fuß vor den anderen zu setzen.

Zu seinem großem Glück erkannte Vigil sogleich, was passiert war. Entschlossen sprang er auf ihn zu und trennte den kleinen schwarzen Vogel mit einem beherzten Biss von seiner Schulter. Sofort fühlte

Oskar sich um einige Tonnen erleichtert und beschleunigte erneut seinen Schritt.

Nur wenige Augenblicke später holte sie dennoch der nächste Vogel ein. Dieser hatte es allerdings statt auf Oskar auf Hermes abgesehen.

»Ach!«, stöhnte der, als der Vogel auf ihm landete, und ließ betrübt seine spitzen Schultern hängen, als wäre er sich gerade eben der Vergänglichkeit allen Seins bewusst geworden. »Es hat doch alles eh keinen Sinn!« Gleichzeitig verlangsamte er sein Tempo und wäre um ein Haar sogar ganz stehen geblieben. Doch auch ihn befreite Vigil so schnell er nur konnte aus seiner misslichen Lage.

Ein weiterer schneller Blick über die Schulter verriet Oskar, dass die Gefahr jedoch keineswegs gebannt war, sondern tatsächlich mit jeder Sekunde weiter zu wachsen schien. Denn mittlerweile waren schon so viele der Vögel hinter ihm und seinen beiden Begleitern her, dass er ihre Anzahl nicht einmal mehr zu schätzen wagte. Dicht hinter ihnen durchströmte der immer größer werdende Schwarm wie eine pechschwarze Welle aus struppigen Federn und spitzen kleinen Schnäbeln eine Windung des Ganges nach der anderen. Bald würden sie sich endgültig auf sie stürzen.

Dessen war sich auch Vigil vollkommen bewusst. Kurzentschlossen blieb das geflügelte Wesen einfach stehen und wandte sich herum. »Lauft weiter!«, rief er, und Oskar erkannte die wilde Entschlossenheit, die in seinen Augen aufflammte. »Ich kümmere mich darum.«

Das ließen Hermes und Oskar sich natürlich nicht zweimal sagen. Kurz darauf sah Oskar noch, dass Vigil wieder etwas gewachsen war und soeben den ersten Vogel mitten aus der Luft schnappte und zu Boden schmetterte, wo das Wesen auf der Stelle regungslos liegen blieb. Dann bogen er und Hermes bereits um die nächste Kurve, wodurch es ihm unmöglich wurde, das Geschehen hinter ihnen weiter im Auge zu behalten. Alles, was ihm übrig blieb, war zu hoffen, dass Vigil wirklich ganz genau wusste, was er da tat.

Kaum hatten sie jedoch die Schwelle des nächsten Saales übertreten, da zog wie aus dem Nichts eine riesige schwarze Wolke heran, verwandelte sich ganz nah vor ihnen in einen finsteren Wirbelwind und zwang sie anzuhalten. Dann begann dieser immer langsamer zu werden und kam schließlich abrupt zum Stillstand. Dort aber, wo der Wirbel sich soeben noch mit rasender Geschwindigkeit gedreht hatte, stand nun Avarit und schenkte ihnen ihr böswilligstes Lächeln. Auf ihrem Kopf und ihren Schultern, ihren ausgestreckten Armen und Händen saßen Hunderte jener kleinen schwarzen Vögel. »Na, habt ihr mich schon vermisst?«, fauchte die Dämonin.

Oskar und Hermes konnten weder vor noch zurück. Sie saßen in der Falle!

»Was machen wir jetzt?« Oskar warf einen fragenden Blick hinüber zu Hermes.

Doch er bekam keine Antwort. Hermes war völlig regungslos. Es war, als habe ihn der Anblick von

Avarit und den Vögeln vollkommen versteinern lassen.

Oskar wusste nicht, was er tun sollte. Er war sich sicher, dass er sofort vor Trauer sterben würde, wenn sich eine solche Menge dieser Vögel gleichzeitig auf ihm niederließe. Und selbst falls nicht, so bedeutete es doch nur einen kleinen Aufschub des Unvermeidlichen. Denn spätestens dann, wenn er sich – gelähmt durch ihre dunkle Kraft – Avarit freiwillig ergäbe, wäre es endgültig um ihn geschehen.

»Ach, nun kommt in meine Arme, ihr zwei«, seufzte Avarit und streckte ihren linken Arm und ihre langen Klauen nach ihnen aus. Sofort löste sich ein großer Teil jener schwarzen Vögel von ihrem Körper und flog schnurstracks auf Hermes und Oskar zu. Und noch immer schien es, als sei Hermes einfach zur Salzsäule erstarrt.

In dem Moment, in dem Oskar handelte, nahm er in Kauf, dass er vermutlich erneut einen schweren Fehler beging. Nicht zu handeln, war für ihn jedoch genauso wenig eine Option. Irgendetwas *musste* er unternehmen. Die Furcht zwang ihn zur Tat.

Kurz bevor die Vögel sie erreichten, machte er einen schnellen Satz zu dem ihm am nächsten stehenden Regal, ergriff dort willkürlich das erstbeste Buch, das seine Finger zu fassen bekamen, schlug es auf – und sofort drang ihm von seinen Seiten ein beißender Qualmgestank in die Nase. Doch da war es bereits viel zu spät, um noch irgendetwas an seiner Entscheidung zu ändern.

Das Erste, das Oskar wahrnahm, unmittelbar nachdem seine Sinne wieder zu ihm zurückgekehrt waren, war ein weit entferntes Donnern. Er schaute sich um. Hermes und er befanden sich im Inneren eines tiefen matschigen Erdloches, an dessen Grund sich schlammiges Wasser sammelte, auf dem ein bunter Ölfilm schimmerte. Hier und da ragten große Felsbrocken, verkohltes Holz und bis zur Unkenntlichkeit verbogene Metallreste aus der Erde. Vom Himmel herab jedoch lachte ihnen zwischen einigen dünnen Wölkchen hindurch die Sonne entgegen.

»Warum?«, rief Hermes. Er lag unmittelbar neben Oskar auf der Erde und trommelte mit beiden Fäusten auf den Boden. »Warum nur? Womit habe ich dich denn bloß verdient?«

»Ich, ich habe uns etwas Zeit erkauft!«, versuchte Oskar sich zu rechtfertigen. »Immerhin wäre es beinahe um uns geschehen gewesen!«

»Zeit erkauft?! Zeit erkauft?!« Hermes' kratzige Stimme überschlug sich beinahe. »Ich hatte doch alles im Griff!«

Oskar traute seinen Ohren nicht. »Das sah für mich aber ganz anders aus.«

»Ich habe es satt«, schnaufte Hermes, stand auf, richtete seinen Zylinder und bohrte Oskar seinen spitzen Zeigefinger tief in die Brust. »Du und deine verdammte hochnäsige Art! Du hast ja noch nicht einmal eine Ahnung, wo du überhaupt bist und *trotzdem* meinst du immer alles besser zu wissen! Warum vertraust du mir nicht einfach mal?«

Oskar zuckte mit den Schultern. »Nun, wenn das so ist. Wo genau sind wir denn?«

Hermes öffnete den Mund – hielt dann jedoch inne und schaute sich offenbar zum ersten Mal etwas genauer in ihrer neuen Umgebung um. In seine zuvor noch so selbstsicheren Augen trat ein fragender Ausdruck. Dann aber wedelte er mit seinem knochigen Finger vor Oskars Nase herum. »Das tut jetzt überhaupt nichts zur Sache. Hörst du? Und eins solltest du dir merken, mein Freundchen: Noch habe ich ein As im Ärmel.«

»Ach ja?!«, rief Oskar. »Und …«

In diesem Augenblick rutschte, als käme er aus dem Nichts, plötzlich ein junger Mann über die Kante des Erdloches, stolperte, überschlug sich ein- zweimal und kugelte schließlich auch noch den Rest des Hanges hinunter, bevor er direkt neben Oskar und Hermes zum Liegen kam. Er trug eine vor Dreck nur so starrende Uniform, einen einfachen Helm und ein altmodisches Gewehr, an dessen Lauf ein langes Bajonett im Licht der Sonne blitzte. In seinen weit aufgerissenen Augen glitzerte die nackte Angst. Kaum hatte er sein Gleichgewicht wiedergefunden, da zögerte er auch kein bisschen länger, sondern kauerte sich sofort am Rande des Erdloches zusammen.

Oskar blickte fragend zu Hermes. Der wiederum zuckte nur mit den Schultern, als wolle er sagen, dass er auch absolut keine Ahnung habe, was zur

Hölle hier vor sich ging.

Allerdings blieb den beiden sowieso kaum Zeit, sich noch länger über ihren seltsamen Besuch zu wundern. Denn schon stürzte ein zweiter, diesmal wesentlich älterer Mann mit einem schmalen Schnauzbart und nicht allzu geringem Leibesumfang ebenfalls in das Erdloch und fiel dabei durch eine unglückliche Wendung des Schicksals genau auf den jüngeren Mann. Auch er trug eine Uniform, einen Helm und ein Gewehr. Doch war dies alles bei ihm eindeutig von etwas anderer Art. Es war daher offensichtlich, dass die beiden verschiedenen Parteien angehörten.

Das sah natürlich auch der jüngere Mann und sofort kam es zwischen ihm und dem älteren Soldaten zu einem zwar kurzen, dafür aber umso brutaleren Handgemenge, nach dem es dem jüngeren Mann schließlich gelang, seinem älteren Kontrahenten das Bajonett seines Gewehres tief in den Leib zu stoßen. Trotz der grausamen Brutalität dieser Handlung meinte Oskar dabei ein gewisses Bedauern auf dem Gesicht des jüngeren Soldaten erkennen zu können, während die zwei Männer eng umschlungen hinab auf den Boden sanken und wie ein groteskes Liebespaar in dem wässrigen, öligen Matsch liegen blieben.

Daraufhin überschlugen sich die Ereignisse. Denn kaum hatte der ältere Soldat auch nur den Boden berührt, da erschien direkt neben Oskar und Hermes ein Schnitter!

Mit Schrecken musste Oskar feststellen, dass es sich dabei um ein sogar noch wesentlich widerwärti-

287

geres Exemplar handelte als bei jenem, das Hermes vor einiger Zeit zwischen den Seiten seines kleinen Buches eingefangen hatte. Sein Körper war keineswegs bereits derart ledrig wie der einer Mumie – sondern noch mit großen grau-bläulichen und erst halb verfaulten Fleischresten bedeckt, auf denen sich zudem zahlreiche kleine weiße Maden tummelten.

Obwohl sie nur wenige Meter von Oskar und Hermes trennten, schien die Schreckensgestalt sie dennoch nicht sofort bemerkt zu haben. Sie stand völlig still, während ihre leeren Augen alleine auf den tödlich verwundeten Mann fixiert waren. Ja, es schien ganz so, als wartete sie.

Ohne auch nur ansatzweise zu zögern schnappte Hermes Oskar beim Kragen und zog ihn mit sich. Oskar begriff, ließ ihn gewähren und zusammen versuchten die zwei so schnell wie möglich aus dem Erdloch herauszuklettern – was sich jedoch als überaus schwierig entpuppte. Immer wieder stolperte Oskar, fiel der Länge nach hin und rutschte ein kleines Stück zurück. Dadurch folgte er Hermes halb kriechend, halb krabbelnd. Nach einigen schier ewig langen Sekunden hatten sie endlich die obere Kante des Loches erreicht, zogen sich mit letzter Anstrengung über sie hinweg – und kamen vom Regen in die Traufe.

Was Oskar zuvor nur hatte vermuten können, wurde nun zur bitteren Gewissheit: Hermes und er befanden sich mitten auf einem Schlachtfeld! So weit das Auge reichte, war die Erde von den zerstörerischen Einschlägen unzähliger Granaten und anderer riesiger Projektile vollkommen durchpflügt worden.

Verkohlte Reste rostigen Stacheldrahtes staken ebenso aus dem allgemeinen Chaos hervor wie die traurigen Überbleibsel völlig zerstörter Büsche und Bäume. Und auch am gesamten Horizont stieg dichter Qualm hinauf in das Licht der strahlenden Sonne, welches die ganze Szenerie nur noch unwirklicher erscheinen ließ.

In eben diesem Moment hörte Oskar erneut jenes entfernte Donnern. Diesmal jedoch folgte direkt darauf und in ihrer unmittelbaren Nähe ein alle Sinne betäubender Einschlag. Die Masse des aufgewirbelten Drecks und Staubs ließ ihn nicht nur Hermes vollkommen aus den Augen verlieren, er war nicht einmal mehr im Stande dazu, seine eigene Hand zu erkennen.

Auf diesen ersten Einschlag folgten unmittelbar ein zweiter, dritter, fünfter, achter. Der ohrenbetäubende Krach, welchen die Explosionen mit sich brachten, war das Lauteste, das Oskar in seinem Leben je wahrgenommen hatte. Ein dumpfer Druck legte sich auf seine klingelnden Ohren und er war der festen Überzeugung, dass ihm gleich sein Schädel platzen würde.

Es dauerte eine gefühlte Ewigkeit, bis sich die Luft soweit geklärt hatte, dass es Oskar endlich wieder möglich war, etwas zu sehen. Als sich dann aber auch noch die letzten Reste des dichten Vorhanges aus Qualm und Staub verzogen hatten, da wünschte er ihn sich sofort zurück – oder irgendetwas anderes, in dem er sich hätte verbergen können.

Hermes und er waren umzingelt von Schnittern.

Überall um sie herum – in nah und fern – sah Oskar die schrecklich fahlen, halb verwesten Gestalten, die gespenstisch kreuz und quer über das gesamte Schlachtfeld huschten und in den zahlreichen Kratern und Schluchten offensichtlich reiche Ernte hielten. Es mussten Hunderte von ihnen sein!

Es war vollkommen unmöglich, dass die beiden all diesen Wesen verborgen blieben. Und in der Tat kamen einige der Schnitter bereits langsam und mit erhobenen Händen auf sie zu.

»*Verdammt!*«, rief Hermes und packte Oskar bei der Schulter. »Wir müssen hier weg!«

Kurz darauf befanden die zwei sich wieder in der Bibliothek. Doch auch hier hatte sich an der Ausweglosigkeit ihrer Situation nicht das Geringste verändert. Noch immer befand sich der Schwarm bösartiger Vögel unmittelbar im Anflug. Noch immer lächelte Avarit ihnen aus nur wenigen Metern Entfernung diabolisch entgegen. Und noch immer wirkte Hermes genauso schreckensstarr wie zuvor. Hatte er wirklich noch ein As in der Hinterhand, wie er es Oskar erst vor kurzem versprochen hatte?

Zumindest vorerst blieb diese Frage unbeantwortet, denn plötzlich sprang Vigil mit weit ausgebreiteten Schwingen über ihre Köpfe hinweg und stürzte sich auf die Vögel.

Sofort entbrannte ein erbitterter Kampf, den Vigil jedoch im Handumdrehen für sich entschied, indem er einige der Vögel mit seinen gewaltigen Schwingen zu Boden schleuderte, während er andere mit seinem kurzen Schnabel glatt in der Mitte zerteilte.

Als Avarit daher einsehen musste, dass ihr Plan vorerst vereitelt war, verschwand sie augenblicklich spurlos, zusammen mit all denjenigen Vögeln, die Vigil noch nicht erwischt hatte. Oskar atmete erleichtert auf. Doch leider freute er sich zu früh. Eine Verschnaufpause sollte ihnen nicht vergönnt sein.

Gerade erst hatten Avarit und die Vögel den Saal verlassen, da erfüllte ihn auch schon ein anderes Geräusch, das sich für Oskar anhörte wie das hohle Rascheln welker Blätter, die im Inneren eines wilden Sturmes aneinander zerrieben wurden. Voller Schrecken musste er kurz darauf mit ansehen, wie aus dem Gang, aus dem eben noch Vigil wieder zu ihnen gestoßen war, nun plötzlich unzählige Schnitter gierig hervordrängten und direkt auf sie zusteuerten.

»Schnell!«, rief Vigil, der noch immer in etwa die Größe eines Pferdes besaß. »Steigt auf!«

Und kaum hatten Hermes und Oskar den Rücken des geflügelten Wesens erklommen, da setzte Vigil sich sogleich mit einer solchen Geschwindigkeit in Bewegung, dass Oskar sich mit beiden Händen und mit all seiner Kraft in dem weißem Gefieder festkrallen musste, um nicht sofort wieder abgeworfen zu werden.

Hierauf entbrannte eine wilde Verfolgungsjagd durch alle Winkel der Bibliothek. Und während Vigil wie der Wind durch die Säle und Gänge des ebenso riesigen wie verwirrenden Gebäudes mehr flog als galoppierte, erkannte Oskar zahlreiche der Orte wieder, die er in der vergangenen Zeit durchquert hatte.

Bereits nach nur wenigen Minuten rasten sie durch jenen prachtvollen Raum mit seinen goldenen und mit funkelnden Edelsteinen besetzten Regalen, in dem Oskar das erste Mal auf Avarit gestoßen war. Kurz danach flog Vigil durch das gigantische Skelett des geheimnisvollen Urtieres. Als sie wenig später zwischen den bis zum Rand mit lateinischen Werken vollgestopften Regalen eines anderen Saales hindurchhetzten, scheuchte Vigil einige Bücherwürmer auf, die sich hier offenbar vor den Kobolden versteckt hatten, während diese sich in dem Korridor mit den kleinen runden Fenstern gerade wieder zur Schlacht sammelten. Aufgrund der unablässigen Attacken des rätselhaften Wesens hinter den Fenstern hatten die kleinen grünen Scheusale, die Oskar noch immer eine Gänsehaut in den Nacken trieben, jedoch alle Mühe damit, sich überhaupt auf den Beinen zu halten. Dicht gefolgt von den Schnittern und begleitet von den zischenden Flüchen der Kobolde eilte Vigil dennoch mitten durch ihre Reihen, wobei Oskar gerade genug Zeit blieb, sich zu wundern, warum die langohrigen Monster sich ausgerechnet diesen Ort für ihre Versammlung auserwählt hatten.

Schließlich betraten sie erneut eine der Galerien des großen Hauptsaales und ohne zu zögern setzte Vigil zum Sprung an.

»*Geronimo*!«, rief Hermes, als sie sich in die Lüfte

erhoben und Vigil seine breiten Schwingen entfaltete. Dann schlug er ein, zwei Mal mit den Flügeln und schon strebten sie erneut quer durch die Äste des riesigen Baumes und weit über den Köpfen der Schreiber der anderen Seite des Saales entgegen.

Oskar wandte sich um und erkannte, dass die Schnitter – entgegen seiner innigsten Hoffnung – ebenfalls keinen Boden unter sich benötigten, sondern genauso wie Vigil ohne zu zögern die Kante der Galerie passierten und ihnen mitten durch die Luft folgten.

Dann schaute er hinab in die Tiefe und sah, dass sich der Großteil der Schreiber offenbar nicht im Mindesten dafür interessierte, was hoch über ihren Köpfen so vor sich ging. Ein einzelner von ihnen jedoch, der ganz besonders genervt aussah, erhob seinen Blick von seinem kleinen Schreibtisch zwischen den knorpeligen Wurzeln des großen Baumes und für einen geradezu verschwindend kurzen Moment schien es Oskar, als schaue er ihm durch seine dicken runden Brillengläser hindurch direkt in die Augen. Dann aber war der Moment auch schon wieder verflogen.

»Verdammt!«, rief Hermes und Oskar wandte seine Aufmerksamkeit wieder auf das, was vor ihnen lag. Sein Herz blieb beinahe stehen. Denn dort – unmittelbar vor ihnen und mitten in der Luft – schwebte Avarit, getragen von einem riesigen Schwarm jener schwarzen Vögel. Vigil schien seine abschreckende Wirkung auf sie endgültig verloren zu haben. Sie hatte die Vögel und die Schnitter auf ihrer Seite. Das war genug Verstärkung. Sie saßen erneut in der Falle!

»Ich kümmere mich darum!«, rief Vigil. »Sieh du nur zu, dass du deine Aufgabe erfüllst!«

»Ich tue mein Bestes!«, antwortete Hermes.

Darauf beugte Vigil seinen massigen Kopf zurück, berührte zuerst Oskar, dann Hermes mit seinen gewaltigen schwarzen Hörnern und gleich darauf war es Oskar, als umgebe sie eine große Wolke, die strahlend hell in allen Farben des Regenbogens schimmerte.

Wenig später befanden sie sich wieder einmal in einem gewaltigen Saal, den Oskar bisher ganz bestimmt noch nicht kennengelernt hatte. Die ungewöhnlichen Bücher, die seine Regale beherbergten, wären ihm ohne Frage in Erinnerung geblieben.

Denn all sie unterschied eine besonders wundersame Kleinigkeit deutlich von allen anderen Büchern der gesamten Bibliothek: Sie gaben ein intensives warmes Leuchten von sich, das seinen Ursprung keineswegs in jenen schnörkeligen Schriftzeichen hatte, sondern vielmehr von ihren Seiten selbst und somit direkt von ihrem tiefsten Inneren ausging. Hierdurch war der gesamte Saal erfüllt von einer unvergleichlich warmen Aura. Und trotz all der fantastischen Dinge, all dem Gold und all den Diamanten, all den Bildern und all den Verzierungen, die er in den anderen Räumen bisher auch gesehen haben mochte, war Oskar sich doch schlagartig sicher, dass dies und kein anderer der schönste Raum der Bibliothek sein musste.

»Komm! Schnell!«, rief Hermes und stürzte sofort zielstrebig zu einem der Regale. »Es sind einfach viel zu viele. Selbst Vigil wird sie nicht lange aufhalten können.« Wieselflink kletterte er an dem Regal empor, warf einen schnellen Blick durch die Reihen und zog dann zielsicher ein kleines Buch hervor. »Hier!«, schnaufte er, als er wieder vor Oskar stand, und drückte ihm das Buch in die Hand. »Das sollte dann jetzt aber auch wirklich reichen!«

17. Kapitel

Als Oskar seine Augen wieder öffnete, schaute er empor an einem großen Gebäude, dessen Wände in einem langweilig-matten Gelbton gestrichen waren. Das satte Rot seines spitzen Daches jedoch leuchtete kräftig in der Sonne und unter seinen vielen kleinen Fenstern hingen schmale Balkone, auf denen hier und dort Menschen verschiedensten Alters zu sehen waren, die Jogginghosen oder Bademäntel trugen und lasen oder auch einfach nur die Sonne genossen. Oskar selbst wiederum stand auf einem saftig-grünen Rasen, der den Boden eines kreis-runden Innenhofes ausfüllte. Wenige Meter neben ihm wuchsen ein paar Bäume und kleine Büsche, die allesamt in vollster Blüte standen, und auf einer wei-ßen Bank saß eine vom Alter gebeugte Frau, die ver-träumt einigen Spatzen dabei zuschaute, wie sie gie-rig nach den Brotkrumen schnappten, die sie ihnen aus einer kleinen Plastiktüte zuwarf.

Augenblicklich wusste Oskar, dass er diesen Ort kannte – auch wenn er sich keinesfalls sofort sicher war, warum. Dann jedoch erinnerte er sich: »Das ist das St. Marienkrankenhaus in Frankfurt!«

»Bingo!«, rief Hermes, der – wie Oskar erst jetzt auffiel – im Schneidersitz direkt hinter ihm auf dem Rasen saß. »Und womit genau verbindest du diesen Ort?«

»Amelies Geburt!«, antwortete Oskar ohne zu zö-gern. »Das war überhaupt das einzige Mal, dass ich hier war.«

»Wieder richtig.« Hermes erhob sich und klopfte Oskar auf die Schulter. »Mensch, wenn du so weiter machst, gewinne ich nach deiner letzten Aktion vielleicht irgendwann sogar wieder etwas Vertrauen in deine Intelligenz.« Er seufzte. »Aber glaub mir, ein bisschen wird das auf jeden Fall noch dauern. So zwei, drei *Jahre*.«

Oskar ignorierte Hermes' zynische Bemerkung. »Sind wir deswegen hier?«, fragte er und ihn überkam eine unbestimmte Angst. »Passiert hier etwa auch irgendetwas Schlimmes?«

Hermes winkte ab. »Ach weißt du, zermartere dir bloß nicht zu sehr dein kleines kahles Köpfchen. Lass die Dinge einfach auf dich wirken. Komm, wir gehen zu Corinna. Du kannst dir doch bestimmt schon denken, wo die gerade ist, oder?«

Oskar zögerte. »Im Kreißsaal?«, fragte er ängstlich.

»Und nochmal richtig!«, krächzte Hermes und klatschte Beifall. »Mensch! Gleich dreimal hintereinander. Ein neuer Rekord.« Dann schlug er Oskar so stark auf den Rücken, dass ihm kurzzeitig die Luft wegblieb. »Na dann! Also los jetzt!«

»Hey! Warte!«, schnaufte Oskar. Doch die Sekunden, die er benötigte, um sich wieder etwas von dem unerwarteten Schlag zu erholen, nutzte Hermes bereits, um genauso schnell und zielstrebig wie eh und je auf einen der Eingänge des Krankenhauses zuzusteuern.

Nachdem sie das Gebäude von seinem Innenhof aus durch einen Hintereingang betreten hatten, befanden Hermes und Oskar sich jetzt mitten auf einem seiner breiten weißen Flure. Oskar stieg der typische Geruch nach Desinfektionsmittel und muffiger klinischer Sauberkeit in die Nase, den er seit jeher mit Krankenhäusern in Verbindung brachte.

Auf dem Gang standen mehrere leere Betten und allerlei merkwürdige medizinische Apparate, aus denen vielerlei Schläuche und Kabel heraushingen, deren genaue Funktion Oskar nicht einmal hätte erraten können – oder wollen. In dem engen Raum zwischen diesen Hindernissen begegneten sie immer wieder Patienten, Krankenschwestern und Ärzten, sodass Oskar bei jedem seiner Schritte höllisch aufpassen musste, nicht mit einem von ihnen zu kollidieren. Hermes hingegen schien es nur sehr geringen Aufwand zu kosten, seinen dürren Leib mal etwas nach links, dann wieder etwas nach rechts zu biegen und auf diese Weise jenen beweglichen Hindernissen geradezu spielerisch auszuweichen. Trotz all seiner Vorsicht wäre Oskar jedoch beinahe mit einem jungen Doktor kollidiert, der es offensichtlich besonders eilig hatte, als er eines der Krankenzimmer verließ, die sich rechts und links des Ganges aneinanderreihten. Für einen winzigen Augenblick streifte die Hand des Mannes dennoch seinen Arm, woraufhin sich hundert dünne Nadeln in seine Haut bohrten.

Nach einiger Zeit gelangten sie von diesem Flur durch einen kleineren Korridor schließlich in den

Eingangsbereich des Krankenhauses. Das erste, das Oskar dort sofort auffiel, waren zwei offensichtlich zu Tode gelangweilte Empfangsdamen fortgeschrittenen Alters, die derart missmutig zwischen ihren grauen Dauerwellen und dem Tresen hindurchschauten, als beteten sie inständig dafür, dass der liebe Herrgott persönlich ihnen so schnell wie möglich den Feierabend sende.

Hier blieb Hermes unmittelbar vor dem Tresen stehen, sodass es Oskar, nachdem er in den vergangenen Minuten hinter ihm her gehetzt war, endlich gelang, ihn wieder einzuholen. Wie Hermes allerdings so dastand, erweckte er für Oskar den Eindruck, als wolle er anhand der von der Decke hängenden Schilder herausfinden, wo sich der Kreißsaal und damit Corinna befände. Auch Oskars Blick wanderte daher zu diesen Tafeln. Sein letzter Besuch in diesem Gebäude lag bereits solange in der Vergangenheit, dass ihm nichts weiter als eine vage Ahnung geblieben war, wo genau ihr Ziel sich befinden mochte.

Während Oskar in die Suche nach dem richtigen Hinweis vertieft war, wurde er von seinem abgemagerten Begleiter plötzlich kurzerhand einen Schritt zur Seite gezogen und mit einem kräftigen Ruck nach links in Richtung des Haupteinganges des Gebäudes gedreht. Gerade wollte er sich schon über diese rüde Behandlung beschweren, da sah er, worauf Hermes ihn aufmerksam machen wollte.

Denn zur selben Zeit wurde eine der großen Glastüren des Eingangsportals aufgerissen und herein sprang Oskars jüngeres Selbst – das eine kleine grüne Plüschschildkröte unter den Arm geklemmt hatte. In seinen Augen saß ein geradezu panischer Ausdruck. Er sah sich kurz um, dann rannte er auf den Empfangstresen zu. »*Schnell*!«, bestürmte er die beiden Frauen. »Wo geht es hier zum Kreißsaal? Bitte! Meine Frau! Sie bekommt unser Kind! Ich muss zu ihr!«

Augenblicklich wechselten die Gesichter der Empfangsdamen von gelangweilt zu pikiert und der folgende – eigentlich verschwindend kurze – Moment fühlte sich für Oskar selbst jetzt als Zuschauer noch unnatürlich lang an. In seiner Erinnerung jedoch handelte es sich tatsächlich um keine Sekunde weniger als um eine Ewigkeit.

Es herrschte fast vollkommene Stille. Oskar hörte die gedämpften Geräusche der Straße vor der Eingangstür. Ein Hund bellte. Ein Auto hupte. Ein kleines Kind schrie. Dann endlich erbarmte sich eine der beiden Frauen – wenn auch überaus widerwillig – und zeigte auf den Fahrstuhl. »Dritter Stock. Und dann immer nur geradeaus.«

»Danke!«, brachte Oskars Alter Ego gequält hervor und hechtete los. Und auch Oskar selbst setzte sich jetzt in Bewegung. Im starken Gegensatz zu seinem anderen Ich jedoch ohne größere Hektik.

»Möchtest du dich nicht ein wenig beeilen?«, fragte Hermes. »Immerhin, damals schienst du ja ganz schön unter Strom zu stehen.«

Oskar ließ sich nicht verunsichern. »Wenn es hier wirklich um Amelies Geburt geht, dann haben wir

Zeit.« Er seufzte. »Damals wusste ich das natürlich nicht. Ganz davon abgesehen, dass ich damals eigentlich schon längst hätte hier sein sollen.«

»Aber das warst du ganz offensichtlich nicht«, sagte Hermes, gerade als sie den Fahrstuhl erreichten. Sie traten auf dessen einer Seite direkt durch die Tür hindurch, um ihn sogleich darauf in dem richtigen Stockwerk wieder zu verlassen.

»Nein. War ich nicht«, fuhr Oskar mit dem Gespräch fort, als wäre überhaupt nichts besonderes geschehen. Langsam gewöhnte er sich an diese Dinge. »Und das, obwohl ich mir extra meinen ganzen Jahresurlaub genommen hatte, um für Corinna da sein zu können.«

»Ach!« Hermes verschränkte trotzig seine Arme vor der Brust. »Wo warst du also dann?«

»Es ist ja gut! Ich habe ja verstanden«, rief Oskar und senkte seinen Blick. »Ich war in der Kanzlei.« Er schämte sich. »Martin hatte mich morgens angerufen und mich gebeten, kurz in seinem Büro vorbeizukommen, um ihn bei einem wichtigen Gespräch zu unterstützen.« Er schaute zu Hermes herüber. »Bei allem, was er für mich getan hatte, konnte ich da doch nicht wirklich nein sagen.«

»Natürlich nicht«, spottete Hermes. »Deine Frau lag ja schließlich nur mit eurem ersten Kind in den Wehen. Warum solltest du da auch nicht arbeiten gehen?«

»Aber so war es doch überhaupt nicht! Am Morgen war ja noch alles in Ordnung. Außerdem hatte Corinna eigentlich noch etwas Zeit. Amelie hat sich nicht ganz an den Plan gehalten.« Er musste lächeln. »Die Kleine war ein bisschen zu früh dran, weißt du?«

Hermes jedoch ließ sich nicht erweichen. »Ach, ist jetzt etwa auch noch Amelie Schuld? *Du* warst nicht da, als deine Frau dich gebraucht hat!«

»Das stimmt doch gar nicht!« Oskar lief eine Träne die Wange herunter. »Ich *war* ja rechtzeitig im Krankenhaus. Ich habe sogar den Kunden in Martins Büro einfach sitzen gelassen und bin sofort losgestürmt, als ich Julias Anruf erhalten habe.«

Er erinnerte sich noch sehr gut daran, was man ihm später erzählt hatte. Bereits kurz nachdem er an dem Morgen des entscheidenden Tages zur Arbeit aufgebrochen war, hatte Julia Corinna besucht, um nachzusehen, ob es ihrer hochschwangeren Freundin auch gut gehe. Gerade als die beiden dann zusammen in der Küche gesessen und sich unterhalten hatten, hatten Corinnas Wehen eingesetzt. Folglich war es Julia gewesen, die sich um all das gekümmert hatte, was eigentlich seine Aufgabe gewesen wäre. Sie hatte Corinna mit ihrem Auto ins Krankenhaus gefahren, sie beruhigt und ihr beigestanden. Und sie hatte Oskar auf der Arbeit angerufen.

»Mein Gott, von der habe ich mir vielleicht was anhören müssen«, sagte Oskar. »Das kann ich dir sagen.«

Hermes schüttelte den Kopf. »Und zwar zu Recht.«

So sehr es ihm missfiel, Oskar musste sich dennoch eingestehen, dass Hermes richtig lag. Ja, tatsächlich war er mit Julias Rüge wahrscheinlich noch viel zu glimpflich davon gekommen. So einfach und logisch ihm diese Gedanken nun jedoch auch erschienen, so konnte er sich dennoch nicht daran erinnern, sich in den vergangenen Jahren jemals wirklich schuldig gefühlt zu haben.

Allerdings blieb ihm auch jetzt nicht viel Zeit, sich hierüber zu sehr den Kopf zu zerbrechen. Denn ein großes Hinweisschild, das an dünnen Drähten von der weißen Decke herab hing, teilte ihnen mit, dass sie ihr Ziel erreicht hatten.

Noch bevor sich die beiden überhaupt die Frage stellen konnten, in welchem der vom Gang abgehenden Zimmer Corinna und Oskars Alter Ego sich gerade befinden mochten, öffnete sich eine der Türen zu ihrer Rechten mit einem Ruck und Julia trat mit einem finsteren Gesichtsausdruck heraus auf den Flur.

In den elf Jahren, die zwischen diesem Ereignis und jenem Tag lagen, an dem Oskar Corinna damals auf der Party in Heidelberg kennengelernt hatte, hatte die beste Freundin seiner Exfrau sich sehr stark verändert. Von ihrem einst so ausgeflippten Kleidungsstil war nicht viel übrig geblieben. Über einer normalen Jeans und einem schlichten braunen Oberteil trug sie einen dünnen weißen Poncho, während an ihren Händen zahlreiche Ringe, Arm- und Halsbänder klimperten. Oskar kam bei ihrem Anblick leider nicht umhin, sich zu fragen, ob sich in ihrem Gesicht bereits irgendwelche Anzeichen jener schweren Krankheit zeigten, der sie in sechs Jahren zum Opfer fallen sollte. Doch er konnte keine solchen entdecken.

Kurz darauf, als Oskar zusammen mit Hermes schließlich durch jene Tür trat, stürzten die Emotionen wesentlich stärker auf ihn ein, als er erwartet hatte.

Nur wenige Meter hinter der Tür lag Corinna auf einem Entbindungsbett. Vor ihr saß eine Hebamme und neben ihr stand Oskars Alter Ego und hielt ihre Hand. »Es tut mir wirklich leid«, sagte Oskars jüngeres Selbst mit Tränen in den Augen. »Julia hat ja völlig Recht. Ich hätte dich nicht alleine lassen sollen.« Er rang sich ein Lächeln ab. »Aber wer konnte denn auch ahnen, dass unsere Kleine es so eilig hat?«

Obwohl Corinna einen sehr erschöpften Eindruck machte, brachte sie trotzdem die Kraft auf, ihren Mann anzulächeln. »Es ist schon gut. Jetzt bist du ja hier.« Sie verzog kurz das Gesicht, fing sich dann aber gleich darauf wieder. »Geh nur nicht wieder weg, ja?«

Oskars Alter Ego lachte. Eine kleine Träne löste sich aus seinem Augenwinkel, lief ein Stück seine Wange herunter, um schließlich in seinem Vollbart zu verschwinden. Er beugte sich zu seiner Frau herab und gab ihr einen Kuss zwischen die verschwitzten Strähnen ihrer blonden Haare. »Keine Angst. In Zukunft werde ich immer für euch da sein. Versprochen.«

Oskar bekam eine Gänsehaut und ihm wurde flau im Magen. Hatte er das damals wirklich gesagt? Warum nur konnte er sich überhaupt nicht mehr daran erinnern?

Der weitere Ablauf der Geburt zog sich noch eine ganze Weile in die Länge. Unter der ebenso liebenswürdigen wie bestimmten Aufsicht der Hebamme – einer erfahrenen älteren Frau namens Helga – arbeitete Corinna sich nach und nach von Wehe zu Wehe. Schließlich war es dann soweit und die kleine Amelie verkündete der Welt mit ihrem lauten Geschrei, dass auch sie von nun an zu den Bewohnern dieser Erde gehörte.

Oskar sah, wie sich seinem Alter Ego ein ganzer Wasserfall von Freudentränen über die Wangen ergoss – bevor er merkte, dass auch er selbst weinte. Trotz all der Strapazen, trotz all der Dinge, die er in den letzten Stunden in der Bibliothek erlebt hatte, ja selbst angesichts der Möglichkeit, dass er all das vielleicht nicht überleben würde, war er ungemein glücklich, hier zu sein. Denn wem war es schließlich schon vergönnt, die Geburt seines eigenen Kindes zweimal mitzuerleben?

Plötzlich jedoch durchfuhr ihn ein gewaltiger Schrecken. Waren Hermes und er nicht viel zu unvorsichtig? Musste nicht gleich irgendetwas passieren? Ja, warum genau waren sie überhaupt an diesen Ort zurückgekehrt?

Alle seine Fragen wurden beantwortet, als er sah, wie die Hebamme Amelie in ein Handtuch wickelte und sie zu Corinna und seinem Alter Ego hinüber reichte.

Das kleine Baby, dessen hochroter Kopf kaum aus dem weißen Stoff heraus guckte, war vollkommen eingehüllt in dasselbe intensive warme Leuchten, das die Bücher in dem einzigartigen Raum der Bibliothek von sich gegeben hatten. Und genau dann, als Corinna ihre Tochter das erste Mal in den Arm nahm und Amelies kleine Augen zuerst sie, dann Oskar anschauten, sprang dieses Leuchten von dem Baby auf seine Eltern über und für einen kurzen aber wunderbaren Augenblick waren sie alle drei von derselben goldenen Aura umgeben.

Kein Engel oder Dämon zeigte sich, keine Fee und kein Elf. Doch auch so begriff Oskar die Bedeutung dieses einzigartigen Ereignisses im tiefsten Inneren seines Herzens. Dieses einfache warme Leuchten war das stärkste und intensivste Symbol einer innigen Zusammengehörigkeit, das er je erlebt hatte. Ja es war, als teilten sich die Drei – wenn auch nur für einen flüchtigen Moment – ein und dieselbe Seele.

Wenig später war der Moment schon wieder vorbei und die Aura verschwunden. Die Hebamme hatte Amelie vorerst wieder an sich genommen. Hermes und Oskar verließen den Raum und gingen hinaus auf den Flur.

»So«, sagte Hermes. »Sitzt dein Kopf jetzt endlich wieder senkrecht auf deinen Schultern?«

Oskar, dessen Augen vor Tränen noch immer ganz nass waren, benötigte etwas, bis er überhaupt verstand, worauf Hermes abzielte. Dann jedoch überkam ihn ein ungeheurer Ärger. »Was zum Teufel soll das überhaupt bedeuten?«, rief er, wischte sich die letzte Feuchtigkeit aus dem Gesicht und drehte sich zu Hermes. »Kannst du mir das verflucht nochmal sagen? Hast du es geschafft, mich an ein Versprechen zu erinnern, das ich vergessen hatte? Ja, das hast du! Sehe ich die letzten Jahre jetzt mit anderen Augen? Ja, das tue ich! Würde ich einiges anders machen, wenn ich die Chance dazu hätte? *Ja, ja, ja und verdammt noch mal ja*!«

Oskars Herz explodierte beinahe in seiner Brust. Er nahm einen tiefen Atemzug, bevor er fortfuhr. »*Aber was genau erwartest du jetzt bitte von mir*?! Was soll ich tun? Wie einfach stellst du dir das alles eigentlich vor?« Er breitete die Arme aus. »Die Sache ist vorbei. Es ist gelaufen. Die Papiere sind unterschrieben. In der Realität kann man die Zeit nicht einfach so zurückdrehen wie in deiner verdammten Bibliothek. Oder soll ich dir etwa hier und jetzt versichern, dass Corinna und ich uns wieder vertragen? Dass alles wieder gut wird? Himmel Herrgott nochmal, das kann ich nicht! Selbst wenn ich es wollte. So funktioniert die Welt eben nicht! Verstehst du das?«

Schwer atmend bereitete Oskar sich innerlich auf Hermes' Reaktion vor. Wie würde er ihm wohl diesmal zu spüren geben, dass er anderer Meinung war? Zu welchem Buch würde er ihn mit seiner kindlichen Unbelehrbarkeit als nächstes schleppen wollen? Wie lange sollte dieses Spiel noch weitergehen?

Mit dem, was Hermes dann jedoch wirklich tat, hätte Oskar in hundert Jahren nicht gerechnet. Denn nun war es der große schlaksige Kerl mit Zylinder, der zuerst wässrige Augen bekam – und dann zu weinen begann.

»Wenn die Welt so nicht funktioniert, dann ist sie schlecht!«, schluchzte Hermes und wischte sich die ersten Tränen von der Wange. »Wenn euch die gemeinsame Liebe zu eurem Kind nicht wieder zusammenbringt, was denn bitte dann?«

Oskar schluckte. So hatte er Hermes wirklich noch nicht erlebt. Er wusste nicht, wie er reagieren sollte. »Aber unsere Liebe zu Amelie stand doch überhaupt nie zur Debatte«, sagte er und legte seinem dürren Begleiter eine Hand auf die Schulter. »Verstehst du das denn nicht? Die Sache ist nur viel komplizierter, als du dir das vorstellst. Und glaube mir, für Amelie ist alles am besten, genauso wie es ist.«

Hermes holte sein Taschentuch hervor und schnäuzte sich. »Nein, die Sache ist ganz einfach!«, rief er, während er das fleckige Stück Stoff wieder wegsteckte. »Und für Amelie ist es so ganz bestimmt nicht am besten. Rede dir das nur ruhig ein, wenn du willst, aber …« Er stockte.

Denn jetzt geschah etwas, das Oskar bisher noch nicht erlebt hatte. Die Welt um sie herum begann *Wellen* zu schlagen. Ja, die Luft selbst begann zu wabern und zu flackern und das Ende des Flurs, auf dem sie standen, wurde urplötzlich in eine tiefe Schwärze getaucht.

Oskar bekam es mit der Angst zu tun. »Was zur Hölle geschieht hier?!«

»Verdammt! Wir sind auf der letzten Seite angekommen!« Hermes ergriff Oskars Arm. »Wir müssen
zurück!«

18. Kapitel

Im nächsten Moment waren Hermes und Oskar zurück in der Bibliothek. Oskar lag auf dem Boden und das Buch, das ihn Amelies Geburt soeben ein zweites Mal hatte miterleben lassen, befand sich unmittelbar neben ihm. Das magische Leuchten seiner verschlungenen Schriftzeichen wurde eins mit der wundervollen Aura seiner Seiten.

Oskar stand auf. Noch einmal blickte er sich in dem riesigen Saal um und betrachtete all die Millionen und Abermillionen Bücher, welche dieselbe warme Aura in sich einhüllte. Konnte es wirklich sein? Hatten die fleißigen Schreiber tatsächlich in ihnen allen die Momente festgehalten, in denen Kinder das erste Mal das Licht der Welt erblickten? Der Gedanke war fast zu fantastisch um wahr zu sein.

Plötzlich vernahm er hinter seinem Rücken ein leises Schluchzen. Er drehte sich herum und sah Hermes, der auf seinen Knien in sich zusammengesunken war. Sein bleiches Gesicht hatte er tief in seinen knochigen Händen vergraben und sein schäbiger Zylinder mit der schwarz-weißen Feder hing derart schief auf seinem Kopf, dass er drohte, jeden Augenblick herunter zu fallen.

Als Oskar seinen dürren Begleiter so in diesem Zustand vor sich sah, hatte er – trotz allem, was er seinetwegen hatte durchstehen müssen – Mitleid mit ihm. Außerdem hatte er sich mittlerweile irgendwie an den Kerl gewöhnt.

Gleichzeitig jedoch drängte sich ihm stärker als jemals zuvor jene bisher noch immer unbeantwortete Frage auf: Warum bloß sah Hermes es als seine Aufgabe an, dafür zu sorgen, dass er und Corinna wieder zueinander fanden? Was hatte er nur mit alledem zu tun? Oskar musste es jetzt einfach wissen. Ja, er musste ihn zur Rede stellen! Ein für alle Mal.

Entschlossen machte er einen Schritt auf Hermes zu. »Warum?«, fragte er. »Warum ist *dir* die ganze Sache eigentlich so verdammt wichtig? Häh? Raus mit der Sprache!«

Hermes reagierte nicht, sondern schluchzte nur weiter vor sich hin, ohne sich auch nur für einen Augenblick anmerken zu lassen, dass Oskars Worte ihn überhaupt erreicht hatten.

»Hey! Hörst du nicht?«, hakte Oskar nach. »Ich habe dich gefragt, was *du* von alledem hast?«

Endlich nahm Hermes die Hände von seinem Gesicht. Seine Augen waren blutunterlaufen. Seine starren schwarzen Pupillen blickten ins Leere. »Was *ich* davon habe?«, fragte er. »*Was ich davon habe?*« Er erhob sich und plötzlich schien seine Traurigkeit wie weggeblasen. Stattdessen funkelte nun der blanke Zorn in seinen Augen. »Weißt du, Oskar, genau *das* ist dein Problem! Du denkst nur noch an Vorteile, an Profit und all dieses verfluchte Zeug. Sag mal, überfordert es deine kleine kahle Billardkugel da oben tatsächlich so sehr, sich vorzustellen, dass es Dinge gibt, die wesentlich wichtiger sind als all das? Dinge, die *über allem anderen* stehen?«

Oskar winkte ab. »Pah! Du umgehst meine Frage.«

»*Ganz im Gegenteil*!«, schrie Hermes. »Du bist nur entweder viel zu dumm oder viel zu verstockt, um meine Antwort zu verstehen!«

»Wie auch immer«, sagte Oskar gleichgültig. »Aber wie bitte soll es deiner Meinung nach denn jetzt weitergehen?« Er breitete die Arme aus. »Sollen wir etwa bis in alle Ewigkeit in dieser verdammten Bibliothek herumrennen? Das bringt doch alles überhaupt nichts!« Er ließ die Arme wieder sinken. »Und was viel wichtiger ist: Was ist mit Avarit und ihren Freunden? Hast du dir da schon mal Gedanken drüber gemacht? Wie zur Hölle soll das Ganze denn bloß enden?«

In Hermes' Augen trat Ratlosigkeit – gefolgt von Verzweiflung. »Ich …«

»Er weiß es nicht«, zischte eine Oskar leider nur zu gut bekannte Stimme hinter ihnen. Bevor es ihm seine Augen bestätigten, wusste er daher, aus wessen bestialischen Mund diese Worte kamen. »Er tut immer so klug, nicht war? Dabei wusste er es nie.«

Am anderen Ende des Saales stand Avarit. Und wie bereits zuvor war sie keineswegs alleine. Noch immer saßen Hunderte der kleinen schwarzen Vögel auf ihren Armen und Schultern. Doch jetzt war sie außerdem umgeben von einem ganzen Heer von Schnittern!

Oskar wurde abwechselnd heiß und kalt, als er sah, wie diese ihre halb verwesten Hände nach ihm ausstreckten, während die Vögel ihn gierig aus ihren leeren Augenhöhlen taxierten. Sie alle waren offensichtlich mehr als bereit dazu, sich auf Avarits allerkleinstes Signal hin sofort auf Hermes und ihn zu stürzen.

Sogar noch schlimmer als dieser albtraumhafte Anblick war für Oskar jedoch etwas anderes. Nur wenige Meter hinter Avarit stand Vigil. Trotz all seiner Macht würde er ihnen allerdings keine Hilfe mehr sein. Das gutmütige Fabelwesen verschwand beinahe unter einem ganzen Schwarm der schwarzen Vögel, die ihre winzigen Krallen tief in sein schneeweißes Gefieder bohrten. Vigils Kopf hing in unsagbarer Traurigkeit herab und seine großen runden Augen blickten stumpf ins Leere. Oskars Mitleid war unendlich. Ja, er wollte sich nicht einmal annähernd vorstellen, welche schrecklich düsteren Gefühle Vigil in diesem Moment quälten.

Im tiefsten Inneren von Oskars Seele entbrannte eine unbändige Wut auf Avarit. »*Ich hasse dich!*«, schrie er so laut er nur konnte. »*Hast du mich gehört*?! *Ich hasse dich!* Du bist die *verabscheuungswürdigste* Kreatur, die mir je über den Weg gelaufen ist!«

Avarit schienen diese Worte geradezu mit Stolz zu erfüllen. Sie grinste breit und unendlich diabolisch, als sie sagte: »Hasse mich ruhig, wenn du willst. Das ändert überhaupt *nichts*. Du bist mein! Du wirst *immer* mein sein!« Dann – ohne auch nur ein einziges weiteres Wort zu verlieren – stürzte sie zusammen mit allen Schnittern und Vögeln auf Oskar und Hermes los und all diese unzähligen Horrorwesen verschmolzen geradezu zu einer riesigen

314

schwarzen Wand, in deren Mitte Avarits gelbe Schlangenaugen hell aufleuchteten.

Es gab nichts, das diese Wand noch aufhalten konnte! Alle Möglichkeiten waren ausgeschöpft. Oskar musste einsehen, dass ihm nichts anderes übrig blieb, als zu resignieren. Er schloss die Augen, senkte den Kopf und erwartete das Unausweichliche.

Doch genau das trat nicht ein. Denn plötzlich ertönte ein derart ohrenbetäubender Knall, als hätte unmittelbar neben Oskars gequältem Ohr ein Düsenjet die Schallmauer durchbrochen. Anstatt jedoch zu verhallen, ging dieses Geräusch sofort darauf in ein so gewaltiges, alles erschütterndes Dröhnen über, dass Oskar es geradezu körperlich in Mark und Bein spürte.

Ängstlich öffnete er die Augen. Die Zeit schien einfach stehen geblieben zu sein! Unmittelbar vor sich sah er zwar weiterhin die heranstürmende Avarit inmitten ihres schrecklichen Gefolges, doch all die Wesen waren mitten in der Bewegung eingefroren.

Als Oskar sich daraufhin nach Hermes umblickte, erkannte er den Grund für diese plötzliche Wendung der Ereignisse – auch wenn er ihn deshalb noch lange nicht verstand.

Hermes hatte seinen schäbigen Zylinder abgenommen und hielt ihn in der linken Hand am Ende seines herabhängenden Armes. Seine rechte Hand wiederum streckte er bestimmt Avarit und den anderen Monstern entgegen. In ihr hielt er jene schwarz-weiße Feder, die zuvor an seinem Hut befestigt gewesen war. Sie schien zu brennen – und zwar in einer Flamme, die in allen Farben des Regenbogens schimmerte.

»Was?!« Oskar erinnerte sich daran, mit welch geradezu penibler Vorsicht Hermes die Feder stets behandelt hatte. Und er erinnerte sich ebenfalls daran, wie der hagere Kerl ihm versichert hatte, noch ein allerletztes As im Ärmel zu haben.

Hermes grinste angestrengt. Kleine Schweißperlen rannen über seine kalkweiße Stirn. Offenbar war es mit einer großen Anstrengung verbunden, die Feder zu benutzen. »Das ist meine allerletzte Ibisfeder!«, rief er, ließ seinen Zylinder fallen und begann, hektisch mit der freien Hand in seiner Umhängetasche zu kramen. »Aber auch für sie sind es einfach viel zu viele. Ihre Macht beginnt bereits schwächer zu werden. Siehst du?« Er wies mit dem Kinn in Richtung Avarit.

Mit Schrecken sah Oskar, dass die Dämonin und ihr Gefolge bereits wieder begonnen hatten, sich zu bewegen. Zwar sehr langsam und wie in Zeitlupe, aber dennoch deutlich und unaufhaltsam. Gleichzeitig bemerkte er, dass das dröhnende Geräusch, das von der Feder ausging, stetig an Kraft verlor. »Und was jetzt?«, fragte er.

»Jetzt bist du ruhig und hörst mir ganz genau zu!«, schnaufte Hermes und zog dabei ein Buch aus seiner Tasche, das er offensichtlich die ganze Zeit über bei sich gehabt hatte. »Hier!«, rief er und streckte es Oskar entgegen.

Als Oskar das Buch an sich nahm und seine Finger über den glatten Einband wandern ließ, bemerkte er sofort, dass es noch brandneu sein musste. Ja, tatsächlich machte es den Eindruck, als sei es gerade erst frisch gebunden worden. »Was ist das?«

»*Du sollst mir zuhören*!«, rief Hermes und verzog sein Gesicht, als hätte er große Schmerzen. Sein Arm zitterte. Außerdem sah Oskar, dass sich im Inneren der bunten Flamme feiner Staub von der Feder löste. Sie hatte begonnen, sich zu zersetzen! Bereits jetzt war der größere Teil ihrer schwarzen Spitze verschwunden. »Es gibt da etwas, das du unbedingt wissen musst, bevor du dieses letzte Buch aufschlägst.«

Die Flamme, die von der Feder ausging, flackerte für einen Moment und das Dröhnen setzte kurz aus. Ängstlich blickte Oskar zu Avarit und musste sehen, dass sie und ihre Armee ihnen bereits bedenklich nahe gekommen waren. Wenn er seinen Arm auch nur ein wenig ausgestreckt hätte, wäre er beinahe in der Lage gewesen, sie zu berühren. Aber noch wurden sie von der schwindenden Macht der Feder in Zaum gehalten.

»Sie hat keine Macht über dich!«, krächzte Hermes. Oskar begriff nicht. »Wer?«

»*Na wer wohl, du Idiot*!«, blaffte Hermes und holte einmal tief Luft. »Du allein gibst ihr ihre Macht! Sie kann dich verführen und verängstigen, locken oder einschüchtern. Sie kann dir Ängste oder Wünsche, Träume oder Albträume schicken, aber du, du ganz allein, hast die Macht! Es ist *dein* freier Wille, der über *ihr* Schicksal entscheidet. Nicht umgekehrt. Hast du das verstanden?«

»Nicht wirklich!«

»Ha! Das hatte ich auch nicht erwartet!« Hermes rang sich ein gequältes Grinsen ab – dann stöhnte er laut auf. »Nun mach endlich! Öffne das Buch!«

Oskar zögerte. »Kommst du etwa nicht mit?«

Doch Hermes ging nicht auf seine Frage ein. »Jetzt öffne sofort dieses verdammte Buch!«

Oskar wollte nicht locker lassen. »*Aber was wird aus dir und Vigil*?«

In Hermes' Augen trat ein wehmütiger Ausdruck. »Tja, das hängt ganz alleine von dir ab.«

19. Kapitel

Oskar lag auf seinem Rücken und blickte hinauf in einen schwarzen Himmel voller leuchtend grüner Sterne. Der Schrecken saß ihm noch immer tief in den Gliedern. So tief, dass er in der Tat viel zu lange benötigte, um zu realisieren, dass Sterne für gewöhnlich nicht grün waren. Dann aber traf ihn die Erkenntnis wie ein Schlag. Er kannte diese Sterne. Ja, er selbst hatte sie – den präzisen Anweisungen seiner kleiner Tochter folgend – doch überhaupt erst dort oben hingeklebt. Er war in Amelies Kinderzimmer.

Er setzte sich auf. Zwar war es in dem kleinen Zimmer recht dunkel, zu dem schwachen Licht der grünen Sternchen gesellten sich aber auch noch der rote Schein einer Nachtlampe sowie das Gefunkel zahlreicher winziger Lämpchen einer dünnen Lichterkette, die an Amelies Kleiderschrank befestigt war. Sonderlich weit konnte es ihn nicht in die Vergangenheit verschlagen haben. Tatsächlich sah das Zimmer genau so aus, wie er es von seinen letzten Besuchen in Erinnerung hatte.

Den Großteil des Raumes nahm ein weißes Bett mit lilafarbener Bettwäsche für sich in Beschlag, das Corinna und er ihrer Tochter erst vor einigen Monaten gekauft hatten, da ihr altes Kinderbett langsam etwas zu klein für sie geworden war. Darauf lagen liebevoll aneinandergereiht Amelies liebste Kuscheltiere. Eingeklemmt zwischen einem braunen Teddybären und einem pinkfarbenen Einhorn erkannte Oskar auch die kleine grüne Schildkröte, mit der er sein jüngeres Ich erst vor wenigen Minuten in das Frankfurter Krankenhaus hatte stürmen sehen. So wenig Zeit für ihn selbst seitdem jedoch auch erst vergangen sein mochte, die Schildkröte hatte ihre besten Tage bereits hinter sich. Auf ihrem Panzer erkannte Oskar deutlich mehrere grobe Nähte und eines ihrer großen runden Plastikaugen war über die Jahre sogar völlig verloren gegangen. Er musste lächeln, als er daran dachte, wie sehr Amelie trotzdem an dem kleinen grünen Stoffball hing.

Auf der anderen Seite des Zimmers unter dem einzigen Fenster des Raumes stand der kleine ebenfalls weiße Schreibtisch, an dem seine Tochter – wie Oskar sich erinnerte – allerdings so gut wie nie ihre Hausarbeiten erledigte. Nein, das machte sie viel lieber eine Etage tiefer in der Küche oder dem Wohnzimmer – und damit in der Nähe ihrer Mutter, die ihr viel öfter dabei half, als sie eigentlich sollte. Aus eben diesem Grund verschwand der praktisch ungenutzte Tisch beinahe vollkommen unter einer dicken Schicht allen möglichen Krimskrams, den ein kleines Mädchen so ansammeln konnte.

Oskar trat einen Schritt näher. In einem wilden Durcheinander lagen dort kleine Figuren und allerlei Spielzeug aus Überraschungseiern, Plastikschmuck und Kinderbücher, mehrfarbige Haargummis, Buntstifte und das leere Papier längst vernaschter Süßigkeiten. Plötzlich jedoch weiteten sich seine Augen. Denn dort hinter diesem Sammelsurium standen außerdem zwei große eingerahmte Fotos, die er schon fast vergessen hatte.

Das erste von ihnen zeigte Corinna, Amelie und ihn selbst – zwar mit etwas finsterer Miene, dafür aber in leichter heller Sommerkleidung – vor dem pinkfarbenen Dornröschenschloss im Disneyland. Das ausgesprochen breite Kinderlächeln seiner kleinen Tochter konnte Oskar jedoch nicht über den Fakt hinwegtäuschen, dass dieses Foto weniger als ein Jahr vor seinem Seitensprung mit Christine aufgenommen worden war. Ein flaues Gefühl legte sich auf seinen Magen. Das war ihr letzter gemeinsamer Familienurlaub gewesen.

Das zweite Bild war etwas jünger als das vorige. Es zeigte Corinna und Amelie mit einer bunten und für das kleine Mädchen scheinbar viel zu großen Schultüte. Oskar fehlte – was wahrscheinlich auch der Grund dafür war, dass Amelies Lächeln auf diesem Bild nicht ganz so breit ausfiel wie auf dem anderen. Ein wichtiger Fall hatte ihn an diesem Tag von morgens bis abends im Büro festgehalten.

Bei dem Gedanken daran, wie viele wichtige Ereignisse im Leben seiner Tochter er aufgrund seiner Arbeit in den letzten Jahren noch vernachlässigt hatte, verwandelte sich das flaue Gefühl in Oskars Magen in einen handfesten Krampf.

Ein Geräusch unmittelbar vor der Zimmertür ließ ihn aufhorchen. Reflexartig suchte er nach einem Versteck. Da die Auswahl in dem kleinen Raum allerdings mehr als beschränkt ausfiel, entschied er sich für das einzige, das sich ihm auf die Schnelle anbot. Kurzerhand ließ er sich auf den Boden fallen und kroch so schnell es ging unter Amelies Bett.

Auch hier herrschte zwar eine ähnliche Unordnung wie auf ihrem Schreibtisch, doch es gelang ihm gerade noch so, sich zwischen das halb vergessene Spielzeug seiner Tochter zu zwängen und vollständig unter dem Bett zu verschwinden.

Nur eine Sekunde später öffnete sich die Zimmertür, jemand schaltete das Licht ein und Oskar sah zuerst die Füße und Beine seiner kleinen Tochter, dann die seiner Exfrau. »So kleine Dame, und jetzt ab mit dir ins Bett.«

Amelie sagte nichts. Oskar sah, wie ihre kleinen Füßchen sich mürrisch auf ihn zu schleppten und sie dann nur wenige Zentimeter vor seinen Augen in ihr Bett krabbelte. Corinna folgte ihrer Tochter und setzte sich auf die Bettkante. Ihre Füße, die in dicken weißen Wollsocken und einfachen grauen Hausschuhen steckten, standen direkt vor Oskars Augen, als sie sagte: »Ich weiß, dass du traurig bist. Aber das geht vorbei. Alles wird gut, das verspreche ich dir.«

Noch immer sagte Amelie kein einziges Wort. Jedoch hörte Oskar plötzlich ein leisen Schluchzen, das in der völligen Stille des Raumes regelrecht in seinen Ohren dröhnte.

»Hey hey!«, sagte Corinna und das Bett über Oskars Kopf knarzte etwas, als sie sich zu Amelie vorbeugte und sie – wie Oskar zumindest vermutete – in den Arm nahm, um sie zu trösten. »Das ist wirklich alles nicht so schlimm, mein Schatz.« Auch Corinnas Stimme zitterte.

Oskar fragte sich, was eigentlich genau vorgefallen war. Um was für einen Tag mochte es sich nur handeln? Dann stieg ein Verdacht in ihm auf. Konnte es etwa sein, dass … Doch er kam nicht mehr dazu, den Gedanken zu beenden.

»Papa soll das nicht unterschreiben!«, schluchzte Amelie. »Bitte, bitte Mami, lass das nicht zu!«

Oskar war an den gestrigen Abend zurückgekehrt!

»Ich wollte doch auch nie, dass es soweit kommt, mein Schatz«, sagte Corinna. »Das weißt du. Aber an manchen Dingen kann man eben nichts ändern. Dein Vater hat leider Recht. Man kann die Zeit nicht wieder zurückdrehen.«

Oskars schluckte. Mittlerweile war er sich tatsächlich gar nicht mehr so sicher, ob er sich da nicht geirrt hatte.

Einige Zeit lang herrschte vollkommene Stille. Oskar vermutete, dass Corinna Amelie einfach nur in ihrem Arm hielt. Dann hörte er erneut ihre Stimme. »Sag mal, wo ist eigentlich deine neue Puppe?«

»Bei deinen Büchern«, schluchzte Amelie.

»Ach? Was hat sie denn da zu suchen?«, fragte Corinna überrascht.

»Sie ist gerne bei deinen Büchern.«

»Hmm. Naja, in Ordnung.« Oskar hörte das schmatzende Geräusch eines Kusses, dann erhob Corinna sich wieder. »Ich bringe sie dir nachher noch. Jetzt muss ich erstmal wieder zu deinem Vater. Und du bleibst hier in deinem Bett. Versprochen?«

Amelie antwortete nicht sofort.

»*Versprochen*?«, hakte Corinna noch einmal nach.

Spürbar widerwillig gab Amelie schließlich nach. »Ver-versprochen.«

Dann ging Corinna zurück zu der Tür, knipste das Licht aus und verließ das Zimmer.

Oskar wusste nicht, was er tun sollte. Bereits seit mehreren Minuten lag er regungslos unter dem Bett seiner Tochter und starrte in die Finsternis. Über sich hörte er immer wieder Amelies herzzerreißendes Schluchzen, doch er konnte absolut nichts dagegen unternehmen. Er war zu völliger Untätigkeit verdammt.

Dann plötzlich horchte er auf. Hatte er da nicht gerade etwas gehört?

»Du bist schuld«, brummte eine tiefe Stimme irgendwo in der Dunkelheit. »Du ganz allein.«

Oskar bekam es mit der Angst zu tun. Wer hatte das gesagt? Er begann zu zittern. Wenn eines dieser Wesen ihn auch hier noch entdeckte, dann wäre er endgültig verloren.

»Genau! Hihihi! Dein Papa hat dich nicht mehr lieb, weil du nämlich völlig unausstehlich bist. Du kleine Nervensäge«, flüsterte jetzt eine zweite, wesentlich höhere Stimme. »Der lügt doch, wenn er sagt, dass er sich weiter um dich kümmern wird. Hihihi! Warum sollte er sich denn schließlich auch um dich kümmern, wenn er dich überhaupt nicht mehr liebt? Nein! Hihihi! Der will dich nur loswerden. Das ist alles.«

Das war gelogen! Oskar hätte am liebsten laut aufgeschrien. Natürlich liebte er Amelie! Es lief ihm

324

eiskalt den Rücken hinunter. Konnte seine kleine Tochter diese Worte etwa ebenfalls hören?

»Warte nur ab. Bald liebt Mama dich auch nicht mehr«, brummte nun wieder die tiefe Stimme. »Weil du Papa vertrieben hast.«

Plötzlich sah Oskar, wie etwas Dunkles direkt vor seinen Augen vorüberhuschte. Es sah aus wie der Schatten zweier schwarzer spindeldürrer Beine. »Hihihi! Genau! Und dann bist du ganz alleine auf der Welt«, flüsterte die hohe Stimme, die sich jetzt offenbar direkt über Oskar befand – mitten in Amelies Bett.

Wie aus dem Nichts traten als nächstes zwei unglaublich dicke Beine direkt vor Oskars Augen. »Und ganz alleine muss man sterben.«

Die Matratze über Oskars Kopf quietschte kurz und unmittelbar darauf sah er, wie Amelies kleine Füße auf dem Teppichboden aufkamen und sie zu ihrer Zimmertür hinüberlief. Mit einem Ruck war diese geöffnet und sie trat hinaus auf den Flur. Sofort folgten ihr die spindeldürren und die dicken Beine.

Oskars Muskeln waren zum Zerreißen gespannt. Sollte er seiner Tochter folgen? Aber dann würden ihn diese bösartigen Kreaturen unweigerlich zu Gesicht bekommen und es wäre um ihn geschehen.

Kalter Schweiß trat ihm auf die Stirn. Er kam sich vor wie das Allerletzte. *Er* trug die Schuld daran, dass Amelie auf diese brutale Weise gequält wurde. Er ganz alleine. Und alles was er tat, war, wie ein völliger Versager hier unter einem Kinderbett zu liegen und am ganzen Körper zu zittern.

Oskar biss die Zähne zusammen und traf eine Entscheidung. Er würde auf gar keinen Fall auch nur eine Minute länger mit sich leben können, wenn er einfach hier liegen blieb. Also atmete er einmal tief durch – dann kroch er unter dem Bett hervor und stand auf. Seine Knie fühlten sich an wie reinstes Gummi. Dennoch gelang es ihm, langsam einen Fuß vor den anderen zu setzen und seine Angst wenigstens etwas unter Kontrolle zu bekommen.

Amelie hatte die Tür einen Spalt breit offen gelassen. Gedämpftes Licht fiel in das Innere des Kinderzimmers. Mit nur wenigen Schritten hatte Oskar dieses Licht erreicht und trat kurz darauf hinaus auf den Flur des Obergeschosses.

Zwar konnte er sich nicht sicher sein, wohin Amelie vor den Monstern geflüchtet war, doch er hatte einen sehr starken Verdacht. Da seine Tochter am gestrigen Abend nicht noch einmal bei Corinna und ihm in der Küche aufgetaucht war, konnte ihr Weg sie eigentlich nur in das Bücherzimmer ihrer Mutter geführt haben – und damit zu ihrer Puppe. Hatte er am gestrigen Abend nicht auch kurz geglaubt, das Getrappel kleiner Kinderfüße hier oben auf dem Flur zu hören?

»Du *Riesenarschloch*! Du verstehst wirklich überhaupt gar nichts mehr!«, hörte er plötzlich Corinnas Stimme überdeutlich aus der Küche unter sich. Er blieb wie angewurzelt stehen.

Wesentlich gedämpfter, aber dennoch so deutlich, dass es ihm fast in den Ohren klingelte, hörte er kurz darauf die Stimme seines nur wenige Stunden jüngeren Alter Egos: »Ich verstehe *was* nicht?«

»Dass du schuld an allem bist! Dass dank dir einfach alles den Bach herunter geht! Dass deine kleine siebenjährige Tochter *deinetwegen* oben in ihrem Zimmer liegt und in ihr Kissen weint, weil sie sich von ihrem Vater verlassen fühlt!«

Oskar traten Tränen in die Augen. Als er diese Worte am gestrigen Abend gehört hatte, hatte er sie nicht einmal ein Stück weit an sich herangelassen. Ja, er hatte nicht einmal im Geringsten verstanden, was sie eigentlich bedeuteten! Jetzt hingegen verstand er.

»Also ich würde sagen, dass an einer gescheiterten Beziehung immer beide Parteien eine gewisse Mitschuld tragen«, bemerkte sein jüngeres Selbst – und Oskar drehte sich beinahe der Magen um.

Er hielt es nicht mehr aus. Es musste etwas geschehen! Irgendetwas. Selbst wenn er dabei sein Leben aufs Spiel setzte. So schnell wie möglich überwand er die wenigen letzten Meter, die ihn noch von der halb offenen Tür zu Corinnas Bücherzimmer trennten und trat eilig in den Raum.

Der Anblick, der sich ihm hier bot, raubte ihm schlagartig den Atem – und zwar vor Schreck und Überraschung zugleich!

Das Zimmer, der Traum aus Corinnas Jugend, den sie sich hier in diesem großen Haus endlich hatte erfüllen können, wurde beherrscht von zahlreichen Regalen, die allesamt bis zum Bersten mit ihren über alles geliebten Büchern gefüllt waren. Die wenigen Stellen wiederum, an denen die Regale nicht bis hinauf zur Decke reichten, wurden in Anspruch genommen von großen farbenprächtigen Drucken der Bilder William Turners – Corinnas Lieblingskünstlers.

Zusammengekauert in einer Ecke dieses Raumes saß Amelie und in ihren Armen hielt sie fest an sich gedrückt eine Puppe. Ihr rundes Kindergesicht war tränenüberströmt und weiß vor Angst – denn unmittelbar über ihr kauerten zwei Wesen, die es an Abscheulichkeit durchaus mit Avarit aufzunehmen vermochten.

Die eine der beiden Gestalten war dick und stämmig, die andere dürr und eingefallen. Ansonsten handelte es sich offenbar um Zwillinge, denn ihnen beiden wuchsen grüne, gelbe und rote Schlangen anstatt Haaren direkt aus den Köpfen, ihrer beider blutrote Pupillen funkelten diabolisch hinab zu Amelie und sie beide steckten – wie Oskar selbst – in teuren Maßanzügen. Noch immer raunten sie Amelie ihre Boshaftigkeiten in die Ohren.

»Zuerst werden deine kleinen Füße erfrieren«, brummte die dicke Gestalt. »Weil dir niemand mehr Schuhe kauft.«

»Hihihi!«, kicherte die dürre Gestalt und fügte vergnügt hinzu: »Jaha, genau! Und dann musst du auf blutigen *Stümpfen* durch die Gegend laufen. Hihihi!«

Die beiden hielten sich ihre Bäuche vor Lachen. Sie schienen sich geradezu köstlich zu amüsieren.

War es jedoch das, was Oskar vor Schreck beinahe erstarren ließ, so war es der Anblick der Puppe in Amelies Händen, der ihn endgültig an seinem Verstand zweifeln ließ.

Amelie umklammerte Hermes! Oder besser, eine alte, fast schon lumpige Puppe, die genauso aussah wie Hermes! Offensichtlich war sie vor bereits sehr langer Zeit aus einfachen, sehr spärlichen Stoffresten zusammengenäht worden, wodurch ihre Glieder und ihr Körper derart dünn und zerbrechlich gearbeitet waren. Ihre Haare und ihren Bart hingegen hatte der unbekannte Puppenmacher liebevoll aus knallroter Wolle geformt und auf ihrem Kopf saß ein aus speckigen schwarzen Lederresten grob gearbeiteter Zylinder. Ihre Augen allerdings waren nichts anderes als zwei kleine schwarze Knöpfe.

Als Oskar gerade noch krampfhaft versuchte, dies alles zu verstehen, drückte Amelie ihre Puppe plötzlich sogar noch etwas fester an sich und begann schluchzend auf sie einzureden. »Bitte bitte Hermes beschütze mich! Bitte bitte mach, dass Papa Mama und mich wieder lieb hat! Bitte bitte mach, dass er wieder nach Hause kommt! Bitte, bitte, bitte!«

Endlich verstand Oskar! Das also war Hermes' wichtige Aufgabe! Gleichzeitig platzte ihm beinahe das Herz. Er musste handeln. Sonst wäre alles umsonst gewesen. Ohne weiter zu zögern, machte er einen großen Schritt vorwärts. »*Weg von ihr*!«, schrie er den beiden Schreckensgestalten aus Leibeskräften entgegen. »*Verschwindet*! Habt ihr gehört? Lasst sofort meine Tochter in Ruhe, ihr widerlichen Monster!«

Die zwei drehten sich fast gleichzeitig zu Oskar herum – und als ihre Blicke ihn trafen, glitzerte in ihren Augen die pure Boshaftigkeit. Ja, es wirkte geradezu so, als freuten sie sich direkt über den Besuch.

Oskar spürte die kalte Pranke der Angst in seinem Nacken. Doch davon ließ er sich nicht aufhalten. Er musste seine Tochter beschützen! Das war alles, was jetzt zählte.

Daher nahm er all seinen Mut zusammen, machte einen schnellen Satz und sprang zwischen den beiden Kreaturen hindurch. Dann stellte er sich vor Amelie und breitete schützend die Arme aus. »Haut, haut ab, habe ich gesagt! Habt ihr nicht gehört? *Ihr sollt abhauen*!«

Die Schlangen auf den Köpfen der beiden Wesen züngelten nun nicht mehr in Amelies, sondern in Oskars Richtung. Schon gingen die Monster ein wenig in die Knie. Sie grinsten breit und kicherten voller Vorfreude. Ja, sie schienen tatsächlich drauf und dran zu sein, sich auf ihn zu stürzen. Irgendetwas jedoch hielt sie noch zurück.

»Bravo!«, zischte es – und Oskar wusste, das er verloren war. »Bravo!«

Am Eingang des Zimmers, hinter den beiden Gestalten, stand Avarit und applaudierte. »Bravo!«, rief sie ein drittes Mal und zeigte ihre spitzen Fangzähne. »Aber ich muss dich leider enttäuschen. Das wird dir alles nichts nützen. Du gehörst trotzdem mir. Mir ganz allein.«

Oskars Herz explodierte beinahe in seiner Brust. Jetzt gab es wirklich überhaupt kein Entkommen mehr für ihn! Sowohl in diesem Buch als auch in der Bibliothek trennten Avarit nur noch Sekundenbruchteile davon, über ihn herzufallen.

Er war verloren.

Es gab nichts, absolut überhaupt nichts, was er hätte dagegen tun können.

Nichts.

Außer …

Schlagartig erinnerte er sich wieder an Hermes' letzte Worte: *Sie hat keine Macht über dich! Es ist dein freier Wille, der letztendlich über ihr Schicksal entscheidet. Nicht umgekehrt!*

Und plötzlich wusste Oskar ganz genau, was er zu tun hatte. Entschlossen ballte er seine Hände zu Fäusten – und stürmte auf Avarit los.

20. Kapitel

Oskars Fäuste trafen nichts weiter als stickige Luft, als er schweißgebadet und vollkommen desorientiert aufwachte. Um ihn herum herrschte wieder einmal tiefe Dunkelheit. Hektisch, ja panisch drehte er sich hin und her. Wohin nur hatte es ihn diesmal verschlagen? Wo war Avarit? Und wo diese verfluchten Monster?

Dann jedoch erkannte er den vertrauten Anblick der roten Digitalanzeige des Weckers auf dem Nachttisch. Er war wieder in seiner Appartementwohnung und lag in seinem Bett. Es war kurz nach sechs Uhr morgens. Kraftlos sank er zurück in seine Kissen. Hatte er das alles etwa nur geträumt?

Lange lag Oskar daraufhin einfach nur da und starrte hinauf an die Decke seines Schlafzimmers, während die Sonne auf der anderen Seite des Fensters langsam den Horizont erklomm. Nach und nach kam er widerwillig zu der Überzeugung, dass es sich bei alledem, was er erlebt hatte, so verdammt real es ihm auch erschienen sein mochte, tatsächlich um nichts weiter gehandelt haben musste, als um einen außergewöhnlichen Traum, oder besser Albtraum. Um einen Albtraum allerdings, den er ganz bestimmt nie wieder würde vergessen können. Da war er sich sicher! Besonders Avarits furchtbare Erscheinung hatte sich für alle Zeiten tief in das Innerste seiner grauen Zellen eingebrannt.

So plausibel diese Erklärung allerdings auch war und so oft er sich im Inneren der Bibliothek auch gewünscht haben mochte, einfach wieder hier in seinem normalen Leben aufzuwachen und ungestört mit seinem Alltag fortfahren zu können, so falsch erschien es ihm jetzt, da es wirklich passiert war. Was war mit Vigil und Hermes? Sollte er sie etwa nie wiedersehen? Er musste sich allem Anschein nach damit abfinden. Die Bibliothek hatte ihn endgültig wieder ausgespuckt.

Einige Zeit später saß Oskar schließlich beim Frühstück. Weder sein Müsli noch sein Kaffee wollten ihm allerdings so richtig schmecken und entsprechend lieblos stocherte er mit dem Löffel in der Schüssel herum. Aus purer Routine klappte er schließlich seinen Tablet-PC auf und öffnete die aktuelle Ausgabe der Tageszeitung. Doch als er desinteressiert deren Wirtschaftsteil überflog, stach ihm sofort eine Schlagzeile ins Auge – und plötzlich war er hellwach: *Bevorstehende Fusion von Tactech und Pan-Sec fast perfekt.*

Hektisch schaute er nach, welches Datum ihm das Gerät anzeigte. Seine Augen weiteten sich vor Überraschung. Es war wieder Donnerstag, der Tag nachdem er die Scheidungspapiere unterschrieben hatte! Aber wie konnte es dann nur sein, dass er diesen Zeitungsartikel bereits kannte?

Oskar saß noch eine ganze Zeit an dem Küchentisch und zermarterte sich den Kopf. Irgendwann jedoch klingelte sein Handy und scheuchte ihn aus seinen Gedanken. Bei dem Anrufer handelte es sich um Martin und als Oskar abnahm, rechnete er deswegen felsenfest damit, dass sein bester Freund ihm raten würde, sich einen anderen Parkplatz zu suchen, weil ihr Bürogebäude von einem großen Flohmarkt umzingelt sei. Stattdessen aber erkundigte er sich schlicht nach ein paar belanglosen Details eines Falles, an dem sie vor einiger Zeit zusammen gearbeitet hatten. Als Oskar daher selbst danach fragte, ob mit dem Eingang zur Tiefgarage alles in Ordnung sei, wunderte sich Martin nur und versicherte ihm dann kichernd, dass er seine schwarze Potenzstütze ohne Probleme in die unteren Regionen des Gebäudes würde einführen können.

Was folgte war der schrecklichste Arbeitstag, den Oskar seit langem erlebt hatte. Nicht nur musste er sich direkt dazu zwingen, überhaupt in sein Auto zu steigen, auch als er bei der Kanzlei angekommen war, wurde jede einzelne Minute zu einer zähen Pein. Entsprechend früh machte er schließlich Feierabend und verließ seinen Arbeitsplatz so schnell er nur konnte. Sein Weg führte ihn jedoch keineswegs zurück in seine Appartementwohnung. Stattdessen steuerte er seinen Porsche nach einem kurzen Zwischenstopp direkt zu Corinnas Haus in der Vorstadt.

Als Oskar dort aus dem schwarzen Wagen stieg, ging die Sonne gerade unter. Seine Knie zitterten, als er den Vorgarten mit der knorrigen alten Eiche durchquerte. In seiner Hand hielt er einen großen Blumenstrauß.

Lange starrte er vor sich hin, bevor er endlich die letzten Schritte tat und die Klingel betätigte. Würde sich die verschlossene Haustür noch einmal für ihn öffnen?

Ein neuer Versuch

Zwischen den gewaltigen Wurzeln des großen Baumes spannte Hugo von Grabenstein dienstbeflissen einen brandneuen Bogen schneeweißen Papiers in seine treue Schreibmaschine. Sein täglicher Wettkampf gegen Theodor von Krummholz stand im Begriff zu beginnen und er war fest dazu entschlossen, gleich zu Anfang in Führung zu gehen. Heute würde er seinen Rivalen endlich einmal schlagen, da war er sich sicher!

Doch kaum hatten seine Finger die erste Taste anvisiert, da sauste etwas großes unmittelbar über seinen Kopf hinweg und ein gewaltiger Luftzug brachte seinen und die Schreibtische seiner Kollegen in der unmittelbaren Umgebung in eine schreckliche Unordnung. Ein kollektives missmutiges Grollen erhob sich, in das sich einige handfeste Flüche mischten.

»Wohoo!«, krächzte die große staksige Figur mit Zylinder, die nun vollkommen alleine auf dem Rücken des schneeweißen Wesens saß. Kurz darauf sah Hugo, wie die zwei vor dem großen Tor landeten, das seit geraumer Zeit offen stand. Der dürre Kerl kletterte von dem Rücken der Kreatur herab. »Danke für deine Hilfe, mein Bester!«

»Nichts zu danken. Nur lass mich in nächster Zeit gefälligst erst einmal in Ruhe«, brummte das geflügelte Wesen und war drauf und dran, durch das Tor zu schreiten. Dann aber drehte es sich noch einmal um. »Sag mal, meinst du eigentlich, er hat seine Lektion wirklich gelernt?«

Die Bohnenstange lehnte sich lässig gegen die Mauer und zog ihren Zylinder tief in ihr Gesicht. »Tja, weißt du. Das kann wohl nur die Zeit zeigen.«

Das Wesen nickte, schnaufte zustimmend und verschwand kurz darauf in dem Torbogen.

Hugo wandte seinen Blick von den zwei Störenfrieden ab. Doch dabei sah er etwas, dass ihm die Zornesröte ins Gesicht trieb: Theodor von Krummholz war bereits fleißig bei der Arbeit.

Kopernikus?!

Seien Sie gewarnt! Dieses Buch handelt von Hexen und Zauberern, von räuberischen Piraten, schießwütigen Gangstern und todesmutigen Kriegern – von gammeligen Zombies, schleimigen Aliens, einem wirklich reizenden schneeweißen Einhorn sowie einer pummeligen pechschwarzen Katze mit smaragdgrünen Augen und dem seltsamen Namen *Kopernikus*. Sofern Sie dieses merkwürdige Durcheinander nun nicht vollkommen abschreckt, sondern Sie gerne erfahren würden, was es mit alledem bloß auf sich hat und vor allem auch, ob der bemitleidenswerte Büroangestellte Egon, der sich am furchtbarsten Tag seines gesamten armseligen Daseins plötzlich derart ungewöhnlichen Strapazen ausgesetzt sieht, wieder heil aus der Sache herauskommt, greifen Sie zu! Ansonsten lassen Sie es halt bleiben…

Leseprobe auf svenurban.de !!!